# 憧れ写楽《あくがれしゃらく》

谷津矢車

文藝春秋

目次

三代目大谷鬼次の江戸兵衛

二代目市川門之助の伊達与作

市川男女蔵の奴一平

装丁　野中深雪

装画　ジャクソン・ポロック（提供 アフロ）

# 憧《あくが》れ写楽

市川蝦蔵の竹村定之進

谷村虎蔵の鷲塚八平次

四代目岩井半四郎の重の井

# 寛政《かんせい》八年　夏

「面《おもて》を上げよ。やりづらくて叶わぬ」

強ばった声を浴びた鶴屋喜右衛門《つるやきえもん》は、下段の間で平伏《へいふく》を解いた。

上段の間には、声の主、斎藤十郎兵衛《さいとうじゆうろうべえ》の姿がある。年按配《としあんばい》は喜右衛門と同じくらいで、三十代後半に足を掛けている。武家髷《ぶけまげ》を結い、丁子《ちようじ》染めの絹羽織に黒の着物と鼠色の袴《はかま》を身に纏《まと》う座り姿は、黒柿の木綿反物から取った羽織と着物に身を包む喜右衛門と比べると見栄えがよく、大身《たいしん》旗本と見紛うばかりに堂々としていた。

斎藤は言った。

「役目柄このような屋敷に住んでおるが、某《それがし》は刀も差せぬ猿楽師ぞ。かしこまらぬでもよい」

斎藤の腰には小の刀もない。だが、口吻《こうふん》に武家勤め特有の固さが滲んでいた。

商売柄、武家と往来がある。喜右衛門は三つ指を軽くついた後、卑屈にも慇懃《いんぎん》無礼《ぶれい》にもならない程度に声音を整え、顔を上げた。

「お言葉に甘えさせていただきます。斎藤様、すっかりご無沙汰をば致しております」

斎藤が小さく頷くと、喜右衛門は言葉を重ねた。

「以前このお屋敷にお邪魔致しましたのは、今年の二月のことでございましょうか。その際に交わしましたお約束、覚えておいでで御ざいましょうか」

しばしの沈黙の後、斎藤が小声で答えた。

「もちろんだ。忘れるわけなかろう」

喜右衛門はにこりと笑い、明るい声を上げる。

「あれから早数ヶ月、そろそろ仕上がる頃なのではないかと思い、足を延ばしました次第でございます、斎藤様。いえ、この場では、東洲斎写楽《とうしゆうさいしやらく》先生とお呼びすべきでしょうか」

喜右衛門は、今年――寛政八年の二月、斎藤に東洲斎写楽画『三代目大谷鬼次《おおたにおにじ》の江戸兵衛《えどべえ》』の肉筆画の制作を頼んだ。元の錦絵は、寛政六年五月に掛かった芝居『恋女房染分手綱《そめわけたづな》』の登場人物、江戸兵衛を描いた縦十二寸、横八寸の大判役者絵で、向かって右を向き、横鬢《よこびん》を撫でつけた浪人髷の男が主題である。への字の細眉、赤い隈取《くまど》りのなされた鋭い目、立派な鷲鼻に、真一文字に結んだ大きな口、張ったえら、しゃくれた顎といった、いかにも役者らしい顔立ちをしている。肩口が茶の縞、そのほかの部分が黒の継ぎ着物と、朱色と深緑色の襦袢《じゆばん》を重ね着し、襦袢の間から大きく開いた両手を前に突き出す独特の見得を決めた瞬間を抜き出した、東洲斎写楽の代表作の一つである。

東洲斎写楽は寛政六年に突如現れ話題をさらった新人絵師だ。役者絵の実績があまりない版《はん》元《もと》・蔦屋《つたや》耕書堂《こうしよどう》から売り出されたことや、海の物とも山の物とも知れない新人絵師が抜擢されたことも話題の種となったが、何より玄人筋を驚かせたのは、絵そのものの鮮烈な作りにあった。所作を見せるために全身図を描き、舞台の書き割りを背景に配す従来の役者絵の約束に反し、顔から胸にかけて大きく描く大首絵《おおくびえ》を用い、真っ黒な背景に雲母《うんも》を塗りつける高価な技法、雲母摺《きらずり》を施したのである。写楽の役者絵は、新人のものとしては異例に売れた。にも拘わらず、寛政七年初頭の版行《はんこう》を最後に、写楽は活動を止めた。寛政八年の正月にも絵を出した形跡はない。十ヶ月あまりで姿を消した、謎の絵師だった。

謎とは言い条《じょう》、写楽の素性はすぐに知れた。八丁堀地蔵橋に住む阿波蜂須賀《あわはちすか》公抱えの猿楽師、斎藤十郎兵衛が写楽だ――そんな噂を聞きつけ、今年の二月、喜右衛門は斎藤の元を訪ねた。

依頼から早数ヶ月になる。肉筆画であることを差し引いても、十分な時を与えたはずだった。しかし、喜右衛門の前に座る斎藤は表情を凍らせ、体をこわばらせている。

仕事柄、面倒事への嗅覚は鋭敏になる。斎藤の反応に不穏なものを覚えた喜右衛門は、唾を呑み、切り出した。

「お願いした絵は、仕上がっておりますでしょうか」

斎藤は首を横に振った。

「――描けていない」

喜右衛門は努めて明るい顔を作る。

「そう深刻な顔をなさらないで下さいませ。斎藤様はお武家様、お役目でお忙しいのは手前も承知しております。それに、あれほどの作をもう一度描いてほしいと言うておりますのは手前の我《わ》が儘《まま》。難儀なお願いであることくらい、ちゃんと呑み込んでおります」

喜右衛門は自分の胸を叩いた。

「あれほどの作でございますゆえ、時がかかるのは仕方のないことと考えております。されど、当方の尻にも火がつき始めているところ。斎藤様には支度金をお支払いしたいきさつもございます。締め切りを設けさせていただきたいのですが、否《いな》やはございませぬね」

柔らかく述べつつも、逃げ道を与えない。そんな喜右衛門の硬軟織り交ぜた態度を前に、斎藤は腕を組み、畳に目を落とした。

「某には、描けぬ」

「何を仰《おっしゃ》いますやら。元の絵は、以前、斎藤様がお描きになったものでございましょう」

斎藤はつと、指をついて頭を下げた。武士が頭を垂れる重大さを察せない喜右衛門ではない。自然、声が上ずった。

「お武家様が斯様《かよう》なことをなさってはなりませぬ」

「謝らねばならぬことがある。蔦屋に口止めされていたのだが――『三代目大谷鬼次の江戸兵衛』は某の描いたものではない」

「またまたご冗談を」

「冗談ではない。嘘でもない。東洲斎写楽の名で出た絵のうち、幾枚かは、某の絵ではない。そもそも、東洲斎写楽の名も、用意されたものなのだ」

「そんな馬鹿なことが」

「本当なのだ。これまで幾度となく『江戸兵衛』を写した。だが、描けなかった」

斎藤は人を呼び、喜右衛門の前に紙束を運ばせた。絵だった。

喜右衛門は一枚一枚検《あらた》める。どれも『三代目大谷鬼次の江戸兵衛』を写した肉筆画だが、溜息が出た。どの絵も、鼻や目を書き落としたのではと疑いたくなるほど、何かが足りない。

「本当は、最初から事情を話せばよかった。だが、蔦屋との約定《やくじょう》があった上、支度金に目が眩《くら》み、言えなんだ」

斎藤の真っ青な顔から嘘や言い繕《つくろ》いの色を見出すことは、喜右衛門には出来なかった。

蟬《せみ》の声が遠くに聞こえる。汗が襦袢に染み、不快な熱を持つ。喜右衛門は、なまこ壁に挟まれた真っ白な道をじぐざぐに進んだ。

ここは、四谷忍原横町《よつやおしはらよこちょう》である。

武家地や寺社地で入り組む辻を暫《しば》く歩くと、華やかな通りに出た。お岩を祀《まつ》る於岩《おいわ》稲荷の門前町である。この日も人でごった返し、目抜き通りには市が立っている。そうした喧噪《けんそう》に背を向け、白く乾いた道を進むと、陽炎の向こうに目当ての武家屋敷が現れた。近隣の屋敷と比べても間口の大きな長屋門と、奥に控える豪壮な母屋の破風は、家主の権勢を雄弁に物語っている。

喜右衛門が用件を告げると、門前の中間《ちゅうげん》は鉄鋲《てつびょう》の打たれた通用門を開いた。

玄関に上がった喜右衛門は、家の者に案内され、奥の間に足を踏み入れた。書院造《しょいんづく》りの八畳間だった。埃《ほこり》一つ落ちていない畳の上におもむろに腰を下ろし、庭に目を向けた。開け放たれた障子の向こうには、幾重にも枝の曲がった松木が漆喰《しっくい》塀沿いに並んでいる。外から吹き込む風が綺麗に切り揃えられた松の葉を鳴らし、部屋へと至った。山の手四谷の風に海の香りはない。

松籟《しょうらい》の音が止むとともに奥の戸が開き、この屋敷の主人、唐衣橘洲《からころもきっしゅう》が姿を現した。

今年で五十三になる橘洲は、黒の染め着物に縞の袴を合わせ、螺鈿拵《らでんこしらえ》の脇差を差している。着物の表面はきらきらと輝き、衣擦れの音にも切れがある。絹着物だ。螺鈿の施された脇差の鞘が、夏の日差しを照り返し、極彩色の光を放つ。

喜右衛門の姿を認めると、橘洲は笑い皺《じわ》を深くした。

「おお、鶴喜《つるき》か。よう来た」

喜右衛門は手をつき、丁寧に頭を下げた。

「お休みの処、真《まこと》に申し訳ございませぬ」

「構わぬよ。非番の日は客人の来訪だけが楽しみでな」

鷹揚《おうよう》な態度の橋洲を前にしても、喜右衛門は平伏を解かずにいた。

相手が御三卿《ごさんきょう》田安《たやす》家の家臣を務める大身武家ということもあったが、目の前の老人は、一版元としても丁重に扱わねばならない相手である。

好況に沸きつつも天変地異の多かった天明時分、江戸の人々は世の出来事を狂歌に乗せて茶化し、穿《うが》ち、当てこすった。唐衣橘洲は、そんな天明狂歌の流行を煽り立てた狂歌師の一人だ。元は正統派の和歌を学んでいたそうだが、それに飽き足らず大田南畝《おおたなんぽ》らと共に狂歌会を開き、江戸狂歌一大流行の火付け役となった。その後、狂歌のあり方を巡って大田南畝と仲違いを起こしたものの、寛政二年には蔦屋耕書堂から『狂歌初心抄』を版行するなどし、今なお狂歌界の重鎮《じゅうちん》であり続けている。

斎藤十郎兵衛に『江戸兵衛』の絵を依頼した裏には、唐衣橘洲の意向があった。

寛政八年正月、喜右衛門が年始挨拶に伺った際、橘洲の口から写楽の名が飛び出した。

『東洲斎写楽を知っておるか』

版行当時、版元筋でも話題となった絵師だ。知らないわけはない。頷くと、橘洲は顔を寄せ、喜右衛門に耳打ちした。

『とやかく言う者もあるが、わしは写楽の絵が好きでなあ。寛政六年五月の興行を写した大首絵の、特に『三代目大谷鬼次の江戸兵衛』がよい。写楽に肉筆画を描いてもらうことは出来ぬだろうか。無論、金は払う』

写楽の役者絵は、寛政六年五月興行分、同七・八月興行分、同十一・閏《うるう》十一月興行分、寛政七年正月興行分に大別でき、熱心な贔屓《ひいき》ほど寛政六年五月興行分の絵を好むきらいがある。橘洲先生は写楽贔屓でしたか、と軽口を述べ、喜右衛門は二つ返事で頼まれ事を引き受けたのだった。

橋洲は折り目正しく喜右衛門の前に座った。

「して、今日は何用かな」

橋洲の声には、老人とは思えない張りがあった。腹の内で言葉を選びつつ、喜右衛門は口を開く。

「写楽先生の絵につきましてでございます」

橋洲は破顔した。

「おお、写楽の。して、どうだった」

「それが、その」

橋洲の声が浮き立ったのとは裏腹に、喜右衛門の返事はしぼむ。安請け合いをした数ヶ月前の自分を呪いつつ、喜右衛門は斎藤十郎兵衛とのやり取りを話した。

話を聞き終えると、橋洲は、ほう、と述べた。

「『三代目大谷鬼次の江戸兵衛』は自分が描いたものでないと」

「斎藤様は、『江戸兵衛』の他にも数枚は自分の作ではないと仰っています。版元の蔦屋重三郎《じゅうざぶろう》に、『三代目大谷鬼次の江戸兵衛』を始めとした幾枚かの絵を見せられ、それを参考に役者絵を描いてほしいと頼まれたとのことでございまして。写楽の落款《らっかん》も斎藤様のものではなく、元々の絵に付されていたものを切り貼りしたとのこと」

「本物の写楽が別におると言うておるわけか。――版元として、そなたはどう考える。斎藤殿の言うことは真《まこと》か」

喜右衛門は少しの間言い淀《よど》んだ後、答えた。

「信じてよいと手前は考えております」

「なぜ、そう思う?」

「版元の勘、としか申し上げようがありませぬが、ご納得頂けないと存じます。後知恵でその勘に理屈をつける形でもよろしければお話しするにやぶさかではございません」

「よい。言うてみよ」

平伏し、喜右衛門は口を開いた。

「版元稼業は、人を見る商いでございます。著者《かきて》の先生の前でこうしたことを申し上げるべきではありませぬが、手前どもは絵や戯作といった形のないものを商う商売人でして、絵師や戯作者の先生方のお人柄を足がかりに仕事をいたしております。版元である手前の目には、斎藤十郎兵衛様は実にお武家らしい、正直な御心延《おこころば》えのお方と映ります」

「なるほど。表裏のない、単純なお人ということか。江戸随一の大版元、仙鶴堂《せんかくどう》主人の月旦評《げったんひょう》だ。格別に重い。が、弱い」

「そう仰ると思い、こちらを持参いたしました」

喜右衛門は、懐《ふところ》から一枚の絵を取り出した。斎藤の描いた『三代目大谷鬼次の江戸兵衛』だった。この前の訪問の折、斎藤に頼んで一枚貰ったものだった。

「斎藤様の真筆でございます。この前、描いていただいたものでして」

橘洲は版行された『江戸兵衛』と斎藤の肉筆画を並べ置いた。顔をしかめる橘洲をよそに、喜右衛門は続ける。

「昨日、家に帰って二つを見比べました。一目瞭然でございましょう?」

錦絵の『三代目大谷鬼次の江戸兵衛』は、殺気、緊張、昂《たか》ぶりといった役者の感情を赤裸々なまでに描線に閉じ込めている。だからこそ、小さな瑕瑾《かきん》——顔と比して小さな手や肩——より、役者の躍動感に目が行く。一方、斎藤の肉筆画には力がなく、歪《いびつ》さばかりが目についた。同じものを描いているからこそ、二つの絵の違いがより際立つ。

むう、と橘洲は眉をひそめ、錦絵の『江戸兵衛』を手に取った。

「俄《にわか》には信じられぬ」

「写楽の絵の変わりぶりとも平仄《ひょうそく》が合っております。斎藤様は、『江戸兵衛』を含む六枚を除いては、自作と仰っておられますゆえ」

喜右衛門の謂《いい》を察したのか、橘洲は訳知り顔で唸る。

写楽は、寛政六年五月興行分の大判雲母摺大首絵の連作では話題を取った。が、後の連作では大首絵を止め、背景の書き割りを含む全身像を描くようになった。それにより清新さが薄れ、まとまりのなさ、雑さが作に漂うようになった。腕を落としたと見る向きも多いが、写楽が二人いるのなら、この変化にも説明がつかないこともない。

喜右衛門は頷き返して続ける。

「斎藤様には絵を頼み続けるつもりでございます。斎藤様の『江戸兵衛』もまた、写楽画でございましょうから」

「なるほど。が、不満だの」

橘洲は続けた。

「どうせなら、『江戸兵衛』を真に描いた者の絵が欲しい。――鶴喜、斎藤殿ではない、本物の写楽を探してみてはくれぬか」

「もちろん。お安い御用でございますよ」

「さようか、すまぬなあ」

内心をおくびにも出さず、いえいえ、と喜右衛門は返事をした。

版元は貸しで絵師や著者《かきて》を縛る。一つ一つの貸しは些細なものだ。締め切りを数日延ばした、顔料の代金を立て替えた、遊興費を出した……。こうして、気難しい職人を自らの手駒に引き入れる。一方で、著者《かきて》や絵師も版元に恩を売る。作を書いた、あの絵は売れた、無理な仕事を請けた……。版元と作家は、お互いを縛り合い、海の波間に漂う筏《いかだ》のような存在だ。ふと、不安に苛《さいな》まれることがある。突然大波に襲われて、もろともに真っ暗な水底に引きずり込まれるのではないかと。

いつから仕事に息苦しさを感じるようになったのだろうか。喜右衛門は、内から湧いた問いに答えることができなかった。


橘洲の屋敷を辞した喜右衛門は、九段下《くだんした》方面から御堀に出て、日本橋を目指した。道の上に陽炎が立っている。首元の汗を手ぬぐいで拭きつつその上を歩く。

江戸は運河の町だ。船を雇えば速く移動できる。だが、喜右衛門はできる限り、己の足で歩くようにしている。新たな本の種探しと周囲に言い訳しているが、実際の処は違う。仕事に没頭すると、流れ来る濁流に心が削られる。四季折々の江戸の風景を体に取り込み、心に付いた汚れを洗い、傷を癒していた。

一刻ほどかけて、日本橋界隈《かいわい》へ戻った。

日本一の大橋、日本橋のすぐそばにある魚市場は閉まり、表通りは静かだった。呉服屋の並びから一丁横に入ると小商《こあきな》いの櫛屋《くしや》や簪屋《かんざしや》といった飾り物の店や、煙管屋《きせるや》、根付屋《ねつけや》といった身の回りの品を商う店々が軒を連ね、大店《おおだな》からあぶれた客を待ち構えている。日本橋は江戸随一の賑わい所である。だが、数年前から始まった質素倹約の仕法からこの方、客足は戻らない。

空漠とした通りを抜け、喜右衛門は通油町《とおりあぶらちょう》の一角にある仙鶴堂の前に立った。

土蔵二階建て造りの建物は、書肆《しょし》の集まる通油町の界隈でもよく目立つ。赤い鶴丸の紋があしらわれた暖簾《のれん》をくぐれば、土間の奥の板間には、本を斜め置きにできる幅三尺の本棚が八つ鎮座し、種々様々な本や浮世絵が並べ置いてあった。

仙鶴堂は浮世絵や戯作といった地本《じほん》を扱う版元、地本問屋である。京都の書肆鶴屋の江戸支店であった時代を数えれば、振袖火事と謳われた明暦《めいれき》の大火の直後、万治《まんじ》の頃からこの方百五十年に亘り、江戸の地本を支えた老舗《しにせ》である。他版元の倍はある店の間口は、仙鶴堂の積み上げた歴史と権勢を雄弁に物語っている。

自分の店というのに、喜右衛門はよそよそしさを覚えている。

その理由は既に分かっている。地本が少ないのだ。

地本は本棚三棹《さお》分用意してある。しかし、店の本棚の多くを占めるのは、学術書や実用書といった、いわゆる物の本だった。これらの本は、本来は地本問屋ではなく書物《しょもつ》問屋の商い品だ。浮世絵や戯作といった華やかな色合いの地本と比べると物の本は紺色や黒一色の表紙で絵もなく、全体に地味である。勢い、店の雰囲気は物の本に押されて暗い。

天明時分はもっと華やかだった。十年前の店先の様子を思いつつ、喜右衛門は、奥に声をかけた。

「今戻ったよ」

本棚の後ろで本の荷ほどきに当たっていた丁稚《でっち》が喜右衛門の姿に気づいて作業の手を止め、奥から盥《たらい》を抱え持って戻った。

喜右衛門は上がり框《かまち》に腰を下ろすと、

「気が利くな。その調子で勤めなさい」

差し出された盥で足を洗い、店の奥に向かった。暗い廊下をしばらく歩き、西向きの庭に突き当たると右に折れ、奥の間の障子を開いた。

書院造りの六畳間で、隅に布団が積み上げられ、床の間には以前仙鶴堂が版行した細版の美人画が飾られている。奥向きを華美にすべからず。先代の父の教えに従い整えた、質素な夫婦部屋だった。

そんな部屋の真ん中に、お辰《たつ》の姿があった。

今年で三十三になる。黒々とした髪を丸髷でまとめ、小さな簪《かんざし》を挿している。煤竹《すすたけ》茶の着物に亜麻色の帯を合わせる地味な姿で、化粧気も薄い。顔の多くを占める眼鏡、そしてめったなことでは変わらない表情が、見る者に怜悧な印象を与える。

お辰は紙縒《こよ》りで仮留めされた本と、校合《こうごう》に用いる『群書治要《ぐんしょちよう》』、『類聚国史《るいじゆこくし》』といった類書（事典）を数冊脇に置き、書見台に向かっていた。時々、ずり落ちた眼鏡を細い指で上げつつ、本に赤字で筆を入れている。眼鏡の奥の目を細め、最後の丁をめくり終えると顔を上げた。

そこで喜右衛門に気づいたらしい。お辰は手早く書見台を脇にのけ、丁寧に三つ指を突いた。

「お前様、お帰りでしたか。ご苦労様です」

「大変そうだな」

喜右衛門が本の山を眺めつつ労《ねぎら》うと、お辰は、書見台に目をやった。書見台の上の原稿には夥《おびただ》しい訂正が入っている。儒学書のようだが、返り点や漢字の間違いの指摘で丁が真っ赤だった。

原稿の末尾にある著者名を一瞥《いちべつ》し、喜右衛門は顔をしかめた。

「またあの先生か」

この著者は論旨の明快さと博覧強記ぶりで知られる儒学者だが、性根が江戸っ子気質《かたぎ》で、枝葉末節の雑さが目につく人だった。

いえ、とお辰は平坦に言った。

「仕事ですから」

「そうか」

沈黙が二人の間に垂れ込めた。直後、お辰は座り直し、話を変えた。

「橘洲先生のこと、感触はいかがでしたか」

喜右衛門は顔を引き締め、腕を組んだ。

「嫌われぬよう、慎重に進めているところだ」

「何としても、橘洲先生の新作、いただきたいところです」

蔦屋さんには負けられないしな、と言いかけ、喜右衛門は口を噤《つぐ》む。やや下品に思え、自重したのだった。

版元は、御公儀の政《まつりごと》に翻弄されていた。

松平定信という大名がいる。徳川吉宗公の孫として生を享《う》け、将軍候補に擬せられながらも御三卿田安家から白河藩主の養子となった。天明三年に起こった天明の大飢饉に際しては義父に助言をし飢民を救い、藩主となってからは疲弊した藩政の立て直しに当たり、その名を四海に轟かせた。十代将軍家治の死を受け家斉が将軍となった天明七年、乞われて老中首座に登ると、後の世に寛政の改革と呼ばれるようになる大規模な仕法の見直しに当たったのだった。

奢侈《しゃし》の禁止、文武奨励策を唱えた寛政の改革は本屋にも影響を与えた。地本がぴたりと売れなくなった一方、物の本が大いに読まれるようになったのである。この流行の変化に喜右衛門も乗らざるを得なかった。数年前に書物問屋の株を得て自店で物の本を商うと同時に、儒学書や教養書を戯作風にまとめた本を作り、大いに売っている。

唐衣橘洲に目をつけたのは、そうした事情からだった。狂歌集は手堅く売れる。天明狂歌の三巨人の一人、橘洲の著作ともなれば、なおのことだ。橘洲の我が儘を聞き入れて斎藤十郎兵衛に接触したのも、本物の写楽について調べてほしいなどという厄介な依頼を受けたのも、全ては橘洲の歓心を得るためだった。

喜右衛門は天井を見上げた。

「面倒な話だが、なんとか、やってみる」

無表情のまま、お辰は頭を下げた。

「橘洲先生の狂歌となれば、さぞ綺麗なお原稿なんでしょうね。楽しみにしております」

縁側から声がした。喜右衛門が応じると、丁稚が障子を開き、縁側の床に指をついた。どうした、と問うと、丁稚はたどたどしい口調で喜多川歌麿《きたがわうたまろ》の来訪を告げた。喜右衛門は僅かに頷き、頭を切り替える。

約束はしていない。が、絵師、ことに歌麿の来訪はいつも出し抜けである。喜右衛門はすぐに奥に通すよう言った。するとお辰は夕餉《ゆうげ》の用意がありますのでこれで、と感情の起伏の籠もらない声で言い、原稿を片付け立ち上がると台所に消えた。それと入れ違いになるように、大きな足音を立てて歌麿が現れた。

「よお」

今年で四十四になるはずだが、十は若く見える。皺一つない顔、白髪一つない髪、ゆったりと着こなした銀鼠《ぎんねず》の着物には、洒脱《しゃだつ》な遊び人の風情がある。一つだけ遊び人と違うとすれば、煙草道具ではなく矢立を帯からぶら下げていることくらいだ。

歌麿は子供のように軽い足取りで部屋に進み入ると、どかりと喜右衛門の前に座り、挨拶もそこそこに頭を垂れて両手を合わせた。

「すまねえ鶴喜さん、かくまってくれ」

歌麿は気安い。自然、喜右衛門の口吻も砕けたものになる。

「またですか」

「仕事がしっちゃかめっちゃかでよお、泉市《せんいち》だろ？　伊勢金《いせきん》だろ？　山田屋《やまだや》だろ？　色んな処を待たせちまってて、見つかろうもんならツケの取り立てよろしく尻の毛まで抜かれちまう」

「うちもお待ちしているんですがねえ」

「そうだったっけか」

首をすくめる歌麿に毒気を抜かれ、喜右衛門は吹き出した。

八つ年下の喜右衛門すら、年の離れた弟のような可愛げを歌麿に感じることがある。他の版元も歌麿の筆の遅さに呆れこそすれ、叱りはしていないという。しかしこれでも、押しも押されもしない大絵師である。

歌麿は寛政四年、耕書堂から錦絵『当時三美人』を出し、大当たりを取った。なぜ当たったのか。当たり作が出る度に取り沙汰される疑問だが、喜右衛門は馬鹿馬鹿しい、と唾棄する口である。勝ちには不思議の勝ちがあるものだ。しかし、歌麿の『当時三美人』だけは、明確な答えがある。この絵の凄味は大首絵だということにあった。三美人の顔を大写しにして並べた大胆な構図が、八頭身の細身美人が特徴の鳥居《とりい》清長《きよなが》の絵を過去のものとしたのだ。今、歌麿は新たなる時代の寵児《ちょうじ》として、各版元に求められるがまま美人画をものしている。

苦笑いしつつ、喜右衛門は歌麿に言った。

「じゃあ、今夜はうちで飯を食っていきますか」

「ありがてえ。仙鶴堂のまかない、旨いんだよな」

子供のようににかりと笑う歌麿に追従笑いをした喜右衛門は、頬に汗を感じ、手ぬぐいを取り出した。その拍子に、喜右衛門の懐から、『江戸兵衛』の錦絵が畳の上に零《こぼ》れ落ちた。その絵を拾い上げた歌麿は、絵面を眺めるなり表情を曇《くも》らせた。

「写楽か」

「何か、写楽と遺恨でも」

「うんにゃ。——なんでおめえ、写楽の絵を懐に呑んでるんだ」

歌麿の問いに、喜右衛門は答えた。

「実は、本物の写楽を探さなくちゃならなくなりまして」

「何言ってんだ。写楽は八丁堀の斎藤某なんだろ?　本物もへったくれもあるか」

喜右衛門は事情を説明した。すると、歌麿は、うへえ、と声を上げる。

「なるほど、ねえ」

歌麿は眉間《みけん》を寄せ、口をへの字に枉《ま》げた。その変化を見て取った喜右衛門は、矢継ぎ早に言った。

「歌麿先生にとんだお耳汚しを」

話を畳もうと頭を下げた喜右衛門を前に、歌麿は憮然《ぶぜん》と問いを放った。

「これから、どうする気なんだ」

「差し当たっては、本物の写楽がいる線で調べてみようと思っています。橋洲先生に貸しが出来れば当方はそれで構いませぬゆえ」

しばらく言い淀んでいた歌麿は眉間に皺を溜め、口を開いた。

「本物の写楽探し、俺も付き合うぜ」

台詞と表情が嚙み合っていない。喜右衛門が返しに困っているうちに、歌麿は鼻を鳴らした。

「何、奴さんの面《つら》を拝んでみたくなったんだよ」

その時、部屋に手代が現れた。年の頃三十の手代は歌麿に気兼ねした風を見せつつ、明日の寄り合いのお菓子、どうしましょうかと小声で喜右衛門に問うた。

「寄り合い？」

歌麿が頓狂な声を上げる前で、喜右衛門は自分の膝を叩いた。

「すっかり忘れてた。明日の朝、地本問屋の寄り合いがうちであるんでしたよ」

「そいつは困った。版元の連中がここに来るってこったろ」

「朝早くやるわけではありません。朝餉《あさげ》を食べてすぐ、お出かけになればいいのでは」

「――今日は退散するわ」

そう言い捨て、歌麿は部屋を後にした。

手代に明日の菓子の買い出しを命じた後、一人になった喜右衛門は部屋を出、すぐ横にある納戸の戸を開いた。

中に入るなり、かびの臭いが鼻をついた。六畳ほどの板間の中には本棚が並べられ、戯作や錦絵が山積みにされている。子供の頃から蒐集《しゅうしゅう》したもので、年代ごとに分けてある。喜右衛門は、刊行の近いものを置く棚から錦絵を幾枚か手に取った。最近のものは彫りが甘く、摺りも不鮮明、顔料は薄く紙もぺらぺら、安い作りなのが見て取れた。

喜右衛門は懐から写楽の『江戸兵衛』を取り出し、眺めた。薄暗い中でも、背景の雲母が燦然《さんぜん》と輝き、役者の躍動感ある見得を浮かび上がらせている。

地本問屋の端くれ、舞台裏の事情は痛いほど理解している。それでも、喜右衛門は溜息を堪えることができなかった。


けたたましい音が辺りに響いている。喜右衛門は目を擦り、体を起こした。当番の丁稚が廊下や縁側を練り歩き、古鍋をすりこ木で叩いて店の者を起こして回る、朝の先触れだ。

横に目をやったものの、お辰の姿はない。布団は部屋の隅に折り畳まれていた。奥から味噌汁の匂いがする。あくびをしつつ立ち上がった喜右衛門は、いつものように衣桁《いこう》から黒柿の着物を取り、身に纏った。「地本問屋の主役は本や浮世絵、店主は地味な恰好に努めよ」。亡き父の教えを愚直に守っている。紺色の帯を締めたのち、鏡台の前に座った。鏡の中には、風采の上がらず、若者とも中年ともつかない、中途半端な男の顔が映っている。辛気くさい顔を幾度となく叩いて髪を整えた。しかしなおも、とぼけた顔の男が喜右衛門の顔を覗き込んでいる。

運ばれてきた朝餉を食べ終え、店の者にその日の指示を与えた喜右衛門は、箒《ほうき》とちりとりを手に店先に出た。

表通りは人の姿もまばらだった。日差しもまだ弱く、涼しい風が吹き渡っている。喜右衛門は仙鶴堂の店先を箒で掃き、ちりとりでごみを掬《すく》った。

生前の父は、店の前の掃除を日課にしていた。宴会で帰りが遅くなっても、風邪を引いても欠かさず、朝一番に箒とちりとりを手に取り、店の前に立った。在りし日の父の背を思い出しつつ、日々の惰性で掃除をこなす。

打ち水を道に撒《ま》き、掃除道具を脇の用具入れに片付け、仙鶴堂の鶴丸紋が染め抜かれた暖簾を店の軒先に掛けて中に入ると、喜右衛門は威勢よく手を叩いた。

「さあさ、今日も商いを始めるよ」

売り場にいた店の者は自分の持ち場へと散っていく。

店を開いた後は帳場格子の奥に座るのが喜右衛門の常だが、今日は地本問屋の寄り合いがある。奥へ向かい、女中に茶菓子や座布団の用意を差配して回った。

そうこうするうちに、地本問屋の主人たちが次々に訪ね来た。やくざ稼業とはいえ商売人の端くれ、版元は割合時間に厳しい。

あらかたの出席者が揃ったのを見計らい、喜右衛門は奥の客間へと向かった。八畳二間の客間には、江戸市中の主立った地本問屋の主十数名が一堂に会している。喜右衛門は女中に命じて茶菓子を運ばせ、下座に設《しつら》えた自分の座布団に座った。

地本問屋の寄り合いは持ち回りで、場を供した版元が行司役を務める決まりである。昨日のうちに用意した次第を片手に、喜右衛門は寄り合いを進めた。

新規に地本問屋の株を買うと名乗り出た商人の扱い、西国版元の無断開版《かいはん》への対応、株を持たずに活動する版元某の処遇、喜右衛門は行司役としてこれらの問題を発議する。しかし、参加者は皆、腕を組んで畳の目を数え、口を結んでいる。近頃は、行司役の店主がある程度の方針を決め、皆で追認する流れがお決まりだった。この日も、喜右衛門が対応策を提案し、皆がそれを呑む流れとなった。

議題が尽きると、懇談の時となった。先ほどまで黙りこくっていた版元の主たちは、ここぞとばかりに横の版元と談じ始めた。寄り合いでの雑談は意見交換となる。他の版元の仕込みや著者《かきて》や絵師の近況など、同業者にこそ出来る話は多い。

もっとも、景気のいい話は聞かれない。

「ここのところ、売れ行きが悪くてね」

「あんたのところもかい。うちもそうなんだ」

喜右衛門の周りにいた版元たちは、白髪頭を撫でつつ悩ましげに息をついた。

「うちも厳しくて困ってますよ」

喜右衛門が話に乗ると、他の版元たちは一斉に非難がましい目を喜右衛門に向けた。

「仙鶴堂の主人が何言ってんだい」

「そうだそうだ。山ほど版木を持ってるおめえさんのところが苦しいんじゃ、俺たちはとうの昔に潰れてらあ。この店を預かっていながら苦しいんだとしたら、おめえさん、よほどのどら息子だぜ」

「そんなことより、さっき仙鶴堂の店先を見たが、書物問屋みてえな品揃えだな。感心しねえなあ。地本問屋の張りをなくしたら、あの世のお父上が泣かれるぜ」

「大店のぼんぼんは苦労知らずでいけないね」

「それとも、京の書物問屋から貰ったかみさんの尻に敷かれてんのかい」

何が楽しいのか口角を上げ、肩を揺らす版元たちの前で、喜右衛門はへらへらと力なく笑い、追従した。胸の奥がちくりと痛む。しかし、胸に刺さったままの棘《とげ》に見て見ぬ振りを決め込む。

笑い声が止んだところで、それまで黙りこくっていた老版元が口を開く。

「あの堅物のせいで、随分景気が冷え切っちまって嫌になるよ」

そのぼやきに、他の者たちが色をなした。

「そんなことを言うもんじゃありませんよ」

御政道への非難を口にした老版元は、首をすくめる。

「寄り合いの楽しみも減っちまったしなあ」

十年ほど前まで、地本問屋の寄り合いといえば、吉原でも人気の引手茶屋の大部屋を借り切った豪勢なものだった。が、今は御政道に遠慮して版元の客間で開かれるようになった。

先の話が呼び水になったのか、天明時分の自慢話が誰からともなく始まり、場が沸いた。曰く、あの頃は茶屋を貸し切りにして新刊刊行の祝いをやった。曰く、何の気なしに刷った草双紙が二千も売れた。曰く、実見もせずに版木を買い漁った。どれもこれも、寛政の今となっては現実味のない、まるで御伽草子《おとぎぞうし》のような話だった。

喜右衛門は無言で輪から離れた。今年三十六の喜右衛門は、地本問屋の寄り合いでは若手だ。同じ世代の人間がおらず、雑談の際には頭を垂れて先輩の話を拝聴する形になる。昔の自慢ほど、つまらない話柄《わへい》はない。

一人で部屋の隅に座り、番茶を啜《すす》る。

ふと、先の版元の言葉が思い出された。

『この店を預かっていながら苦しいんだとしたら、おめえさん、よほどのどら息子だぜ』

『仙鶴堂の店先を見たが、書物問屋みてえな品揃えだな』

どら息子。

書物問屋のような店先。

茶を啜りながら、喜右衛門は先に浴びせられた言葉を思い返したものの、反論できなかった。

脇に湯飲みを置き、息をついた喜右衛門の頭上に、影が差した。

「鶴喜さん、これはどうも」

喜右衛門が顔を上げると、目の前に蔦屋重三郎の笑顔があった。

不惑《ふわく》の坂は越えているはずだった。が、つるりとした顔立ち、つややかな黒髪は二十代後半でも通りそうなほど若々しい。真っ黒な染めの着物に青の帯を締め、いぶし銀の煙管《きせる》を腰に差す姿からは粋人の雰囲気が漂っている。しかし、そんな印象を上書きするかのように、喪服に使う白の半衿が着物の衿から覗いていた。

蔦屋重三郎は大版元、耕書堂の主人である。

もとの耕書堂は大版元鱗形屋《うろこがたや》の傘下として、吉原門前の茶屋の片隅で絵双紙の販売代行を行なう小書肆に過ぎなかった。しかし、鱗形屋が無断開版騒ぎを起こして傾いたのを機に、吉原遊女の格付け本『吉原細見《よしわらさいけん》』の版行権を鱗形屋から引き継ぎ、売り出した。これが「吉原の詳細が手に取るようにわかる」と評判を取って大売れし、大いに名を売った。さらに、鱗形屋と付き合いの深かった戯作者を引き抜き、天明三年には錚々《そうそう》たる版元が軒を連ねる日本橋通油町に進出、その後も話題作を次々に世に出した。そうした派手な経歴のためか、蔦屋の立ち居振る舞いには、役者めいた華やぎとある種の胡散《うさん》臭さが付きまとう。

蔦屋は心底の読めない軽薄そうな笑みを浮かべ、喜右衛門の横の座布団を指した。

「いいですか」

「ああ、どうぞ」

喜右衛門の声を受け、蔦屋はその上に腰を下ろした。

「今日の寄り合いの段取り、お見事でした。あたしが行司役では、ああはうまく行きません。鶴喜さん、主になられて何年でしたっけ」

部屋の中は騒がしい。にも拘《かか》わらず、蔦屋の声ははっきり耳に届く。

「かれこれ、五年ですね」

「近頃の若い人は、如才《じょさい》がなくて恐ろしい」

「蔦屋さんに褒められても、嫌味でしかありませんよ」

「やっぱりですか」

けろりと蔦屋は言い、つまらなげに唇を伸ばした。

「心から褒めてるんですけどねえ。仙鶴堂といえば、かつての鱗形屋と並ぶ江戸の老舗。その看板を継ぐのは並のことじゃありません。あたしみたいな糸の切れた凧には到底務まりません」

「老舗なんて重荷なばかりです」

版元稼業は常に当てるか否かの鉄火場で、老舗の看板が役に立つ機会はそう多くない。事実、仙鶴堂もかつて『吉原細見』を商っていたが、耕書堂版に客を取られて部数を維持できなくなり、手を引いたいきさつがある。

仙鶴堂版は数年前の版木を流用した一色刷のものだった。それに対し、耕書堂版は最新の評判を調べて載せ、挿絵までつけた。仙鶴堂が『吉原細見』から撤退したのは、版元の本道である本の作りで耕書堂版に敗北したからだった。

時に奇抜な本の売り出しをし、同業者の輪から浮く蔦屋だが、版元としての正道である「いいものを作り、売る」姿勢を墨守《ぼくしゅ》し続けている。だからこそ喜右衛門はことあるごとに蔦屋に声をかけ、親しく交わる間柄となった。

敬意を払う相手だからこそ、喜右衛門は蔦屋に自らの手札を明かした。

「実は今、東洲斎写楽先生に仕事を頼んでいます」

蔦屋の耕書堂は、東洲斎写楽を売り出した版元である。嫌味の一つは覚悟した。だが、喜右衛門の想像に反し、蔦屋は、おお、と声を上げ、嬉しげに頬を緩めた。

「そりゃいい。斎藤十郎兵衛様ですね。生真面目なのが玉に瑕《きず》ですが、ものになれば、きっといい絵師になります。あたしではどうにも出来ませんでしたが、あるいは鶴喜さんなら」

喜右衛門は被せ気味に言った。

「斎藤様が言ってましたよ。『江戸兵衛』は自分が描いたものじゃないと。本物の写楽と呼ぶべき人がいるのですね。紹介して下さいよ」

蔦屋は笑顔を貼り付けたまま黙りこくった。首の辺りに手をやり、目を畳に落としている。表情から感情を読み解くことこそできないものの、心を閉ざされたことは分かった。喜右衛門は、出し抜けな蔦屋の拒絶に戸惑う。

目を泳がせるうちに考えがまとまったのか、蔦屋は顔を上げ、口を開いた。その声は、先ほどまでのそれと全く違いのない、にこやかなものだった。

「何を言うかと思えば。あの一連の作は斎藤様の真筆ですよ」

軽い調子で応えた蔦屋に、喜右衛門は念押しの問いをぶつけた。

「真《まこと》のことですか」

「ええ。本物の写楽なんていやしません。阿波公お抱えの猿楽師斎藤十郎兵衛様が、お役目の合間に絵を描いた。それを知ったあたしが、あの方を檜舞台《ひのきぶたい》に引きずり出した。でも、あたしが仕事を頼み過ぎたばっかりに絵が荒れて、新たに描かなくなってしまわれた。ただ、それだけの話です」

　蔦屋は笑みを崩さなかった。

　虚を突かれた恰好の喜右衛門をよそに、蔦屋は平坦に言葉を継ぐ。

「多分、あの方の絵が徐々に荒れてゆかれたことからの憶測と推察しますが、これは、あたしの人徳のなさゆえです。あたしは、戯作者ならある程度育てることが出来るんですが、絵師はいけません」

　蔦屋重三郎には、不世出の絵師、喜多川歌麿を育て、『当時三美人』を流行らせた実績がある。その旨を喜右衛門が指摘すると、蔦屋は力なく笑った。

「勇助《ゆうすけ》――歌麿の才能を開花させたのはあたしじゃないんです。一緒に店を切り盛りした丸屋《まるや》小《こ》兵衛《へえ》さんのご手腕でして」

　丸屋某の名は喜右衛門も聞き知っている。元は通油町の版元だったが、店ごと蔦屋に買い取られ、耕書堂の裏方に回った御仁だ。手堅く丁寧な本作りで定評があったが、最近は病みつき、店に出ていないと聞く。

　蔦屋は咳払いをした。

「歌麿は今、鶴喜さんでも仕事をしているんでしたね。ありもしない写楽の正体なんて探していないで、歌麿や斎藤様に手を尽くしてください。あたしの代わりに」

　軽口の端々に、幾重にも折れ曲がった蔦屋の内心を感じ取った。しかし、蔦屋がどうした心持ちでいるのか、表情から窺い知ることはできなかった。

　吉原はこの日も煌《きら》びやかに輝き、男どもを次々に呑み込んでいる。喜右衛門は期待に胸を膨らませる男たちの姿を冷めた目で眺めつつ、黒塗りの大門《おおもん》を潜った。

吉原の目抜き通りである仲之町《なかのちょう》通りを北に歩く。道の左右に二階建ての豪奢な建物——大手の引手茶屋——が軒を連ね、どの店の窓からも、三味線の音色や男と女の嬌声《きょうせい》が溢れ出ている。表通りを人波に洗われつつ進むうち、指定された引手茶屋、すみ屋が見えてきた。

屋号の通り十字路の隅に店を構えるすみ屋は、赤塗りの窓手すりが一際目立つ店だった。軒先には真っ赤な提灯がいくつもぶら下がり、道に薄紅色の灯火を投げかけている。

喜右衛門は入り口から中に入った。玄関先には、帳場に向かい、帳簿をめくりつつ算盤を弾く遣り手の姿があった。その遣り手は喜右衛門の来訪に気づくと真っ白な御髪《おぐし》を整えて顔を上げ、「歌麿のお客さんだね」と曰くありげに言い、のそりと立ち上がった。

喜右衛門は、二階、表通りに面した十二畳の部屋に通された。

畳はつややかに磨き込まれ、青々としている。床の間には竜胆《りんどう》の花が活けられ、床の間の向かいの壁には金泥仕上げの江戸名所図屏風が立ててあった。部屋の真ん中で、男衆四人が円居《まどい》して、膳を前に酒を酌み交わしていた。その中の一人、歌麿が襖を開けた喜右衛門に気づき、おう、と声を上げる。

「ようやく来たか」

「ええ、ちと、仕事に手こずってしまいまして」

「いけねえなあ。そんなんじゃ、いい版元になれないぜ」

苦笑する喜右衛門をよそに、歌麿は自分のすぐ横の膳を指した。誰も箸をつけていない様子で、冷め切った焼き魚が元の形のまま皿の上にある。意を理解した喜右衛門は、その前に膝を折った。

喜右衛門は改めて座を見渡した。歌麿の横に座る男たちは皆若く、それぞれ、薄汚れた黒紋付の羽織に紺の着物、青の着流し、茶の着流しに身を包んでいる。青の着流しは眼鏡をかけた出っ歯の小男で、黒紋付、茶の着流しは座っていても分かるほどの大男だった。黒紋付の男はさておき、残る二人の顔に見覚えはない。

名前を聞こうと口を開こうとした喜右衛門の機先を制するように、歌麿が若者三人を手で示した。

「馬琴《ばきん》は知ってるだろ。残り二人は、十偏舎一九《じっぺんしゃいっく》に、北斎宗理《ほくさいそうり》だ」

曲亭《きょくてい》馬琴は耕書堂の番頭だった男だが、昨年、大人向けの読み物、読本の『高尾船字文《せんじもん》』を耕書堂から版行、重厚感と知性ある書きぶりで名を売る若手戯作者で、喜右衛門とは数年来の顔見知りである。十偏舎（のち十返舎）一九は、上方で浄瑠璃作者として活躍した後江戸に下り、寛政六年頃から耕書堂に転がり込んで翌年滑稽本を出すに至った新進気鋭の戯作者だ。そして北斎宗理は勝川春朗《かつかわしゅんろう》として活躍していた浮世絵師だが、絵師、俵屋《たわらや》宗理に弟子入りし直し、その名跡を継いで肉筆画に鞍替《くらが》えした絵師である。

目を剝いて三人の顔を眺める喜右衛門に向き直り、歌麿は自分の胸を叩いた。

「どうだい。いい仕事したろ」

写楽の活躍した寛政六年当時、北斎は耕書堂から絵を出している。一九と馬琴に至っては奉公人だった。本物の写楽の正体を知っていても不思議はない者たちだ。

当を得た人選に舌を巻きつつ、喜右衛門は呼び出しの理由を話した。すると、重そうな眼鏡をくいと上げた十偏舎一九が、青い袖を巻き込みつつ腕を組み、口元から白い出っ歯を覗かせた。

「はあはあ、なるほど、写楽ですか。面白い絵師ですね、ありゃ」

「一九先生は、写楽に会ったことはおありで」

「斎藤十郎兵衛さんなら。重三郎さんから写楽だって紹介されました。まさか、写楽がもう一人いるなんて思ってもみませんでしたよ」

曲亭馬琴が一九に同意した。

「俺も同じくだ。斎藤殿は当世には珍しく、武家の筋目を残すよい男だった。俺もあのお人が写楽だと聞いていたが」

一張羅であろう八つ矢車の黒紋付羽織を誇るように胸を張り、酒席でも正座を崩さずに重苦しく話す馬琴に反し、あぐらをかいて座る北斎宗理はこれ見よがしに顔をしかめた。

「俺は最初から二人いると思っていたよ。斎藤十郎兵衛とは顔見知りだが、あれには覇気がねえ。最初の頃の写楽の絵は、あいつには描けんよ」

馬琴と北斎に気難し屋の風を嗅ぎ取った喜右衛門は、二人を差し置き、柔和に頰を緩める一九に水を向けた。

「一九先生は、最近、写楽風の絵を描いておられますね」

「よくご存知ですねえ。今年の正月に版行した、『初登《しょと》山手習方帖《ざんてならいじょう》』のことでしょう」

「『暫《しばらく》』を写楽風に描いておいででした。でも、あの絵、写楽は描いていないのでは」

一九の『初登山手習方帖』にある凧絵には、『暫』の装束に身を包んだ老年の男の全体図が描かれている。写楽の絵に、あのようなものはなかった。

「あれ、本当ですか。でも、どっかで見た気がするんですがねえ」

小首をかしげる一九をよそに、喜右衛門は写楽について知ること、気づいたことを話してほしいと呼びかけた。

すると、北斎が猪口を膳の上に置き、おもむろに手を挙げた。

「写楽は、勝川春章《しゅんしょう》一派の絵師じゃないかねえ」

「勝川先生の？　なぜ、そうお思いで」

話に出た勝川春章は、四年前に鬼籍に入った浮世絵師である。手足の長い八頭身の女性像が特徴の鳥居派が隆盛した時代、実際に即したありのままの女性を描いて定評を得、似姿とまで謳《うた》われた役者絵も多くものしている。総じて典雅を旨とする鳥居派と一線を画し、独自性と創意工夫で新たな時代の扉を開いた絵師である。弟子も多く残し、門下外にまで影響を及ぼし続けている。

喜右衛門も勝川春章の絵を一枚持っている。市川團十郎《いちかわだんじゅうろう》の『暫』の見得を描いた絵扇だった。様式やお約束に囚われず、紙の上にその姿を留めようという描き手の意志を感じる仕事だった。思えば、その絵も、顔から腰までを描いた大首絵一歩手前の画面構成をしている。

写楽の絵を持っているか、と問われ、喜右衛門は『三代目大谷鬼次の江戸兵衛』を差し出した。目の前の膳をどけ、畳の上に絵を置いた北斎は、図の口元を指した。

「俺は元々春章先生の弟子なもんでね、一派の描き癖も分かるんだ。口角を見ろ。春章先生は口元の影を深く描く癖がおありだ。弟子もその描き癖を踏む習いになってる。それだけじゃない。耳の描き方、体つきの写し方にも、勝川春章の匂いがする。だが、勝川春章そのものじゃない。野趣《やしゅ》が混じってらあ」

「野趣といいますと」

「勝川風じゃない雑味があるってこった。多分、他の処で絵を齧《かじ》って、春章先生の画風を採り入れたんだろ」

猪口を呷《あお》る一九が楽しげに口を挟んだ。

「むしろおいらは、この絵に、版本絵師の描き癖を感じますねえ」

一九は懐から一冊の草双紙を取り出した。これは？　と聞くと、最初の丁をめくり、一九は口を開く。

「こいつは恋川春町《こいかわはるまち》先生の『金々先生栄花夢《きんきんせんせいえいがのゆめ》』なんですが」

序文の付された最初の丁の末尾には、楷書で『画工　戀川春町戯作』と記載があった。

「随分懐かしい本を持ってきたな。干支二回り近く前の本じゃないか」

苦々しげに言う馬琴に、

「名作はいつまで経っても色褪せないいんですよ」

一九は反駁《はんばく》して丁をめくり、あるところで手を止めた。

「釈迦に説法ですが、版本絵師は草双紙の挿絵を描く人です。物語が主で、絵は従。だからこそのお約束があります。たとえば」

一九は『金々先生栄花夢』の丁の挿絵を指した。郭《くるわ》遊びに興じる男たちの肩口には大きな丸が描かれ、中に「金」「源」「五」「八」と文字が振られている。

「この丸文字は人物名の略字なわけですが、写楽の描く紋が、こんな感じじゃありませんか」

喜右衛門は『三代目大谷鬼次の江戸兵衛』の肩を指差した。一九の言う通り、定紋は、服に皺が寄っているにも拘わらず、欠けこそあれ、歪みのない正円をしている。

「この描き方からして、写楽は版本絵師なんじゃないかと思いましてね」

喜右衛門は小首をかしげた。絵の描き癖から窺える本物の写楽は、勝川春章門下ないしは私淑者で、版本絵師の手癖を持った人物、といったところだ。斎藤十郎兵衛は一連の写楽の絵が初仕事で、版本を手がけたことはない。

喜右衛門が唸る横で、歌麿がすくりと立ち上がった。皆の視線を受けると、「厠《かわや》だ」と言い残し、外に出て行った。

歌麿の足音が遠くなった辺りで、喜右衛門は思いつきを口にした。

「皆様のうちの誰かが本物の写楽ということはございませぬか。あるいは、皆で力を合わせて写楽の絵を描いていた、とか」

絶対に確認しておきたい可能性だった。

戯作者の曲亭馬琴はさておくとしても、一九は自らの版本に写楽風の絵を描いている。北斎も元を正せば勝川春章門下である。何らかの事情で名前を隠す必要に迫られ、写楽を名乗って活動した線、あるいは皆で協力して写楽をでっち上げた線は充分に考えられた。

笑い声が上がった。北斎だった。

「無名の号を使う理由がねえし、合名で絵を描くなんてまどろっこしいこと、やってられるか」

寛政六年当時、北斎は勝川春朗から叢《くさむら》春朗に名乗り変えて一本立ちしたところだった。名を挙げたくて仕方のなかったこの時期に、偽名で絵を描く理由がないと北斎は言う。

北斎に続いて一九が口を開いた。

「おいらもあり得ませんね。写楽の絵が出る頃というと江戸に出てきたところで、蔦屋さんの処で下働きしつつ、十偏舎一九としての戯作を用意していた時期です。もしおいらが本物の写楽だったら、何で黙っている必要があるんです。写楽っていうと、寛政六年五月興行分の連作がそれなりに当たったはずです。手前の手柄とばかりに騒ぐでしょうし、版元だってそれを売りにするでしょ」

喜右衛門はぐうの音も出ない。もっともだった。

「では、他に、本物の写楽になり得る人は……」

それまで口を噤んでいた曲亭馬琴が、会話に割って入った。

「あの時期、俺は蔦屋の番頭で、耕書堂の仕事をすべて知る立場にあった。にも拘わらず、本物の写楽に当たる絵師が思い浮かばぬ」

「馬琴先生に隠しておられたのかも」

馬琴は喜右衛門をねめつけた。儒者のような重厚さのある馬琴の座り姿、立ち居振る舞いから発される一瞥に、喜右衛門はたじろぐ。

「聞くが、なぜ、隠す必要がある」

馬琴はぴしゃりと言い放つ。

「今も昔も、役者絵を出すこと自体は罪ではない。それに、番頭は店の股肱《ここう》だ。番頭にまで正体を隠すなど考えられぬ。蔦屋がそこまでして本物の写楽を隠す理由はあるか」

一九がとどめを刺した。

「本物の写楽などというのがいるとすれば、名前や姿を隠さなくてはならない事情のある、厄介な事情持ちということになりますね」

沈黙が垂れ込めた時分、手ぬぐいで手を拭く歌麿が部屋に戻った。すっかり白けきった座を見回すと喜右衛門の後ろに立ち、肩に軽く手を乗せる。

「参考になったかい」

「ええ。おかげさまで」

歌麿はにかりと笑い、両手で幾度となく喜右衛門の肩を叩いた。

「じゃあ、ここにお揃いの歴々のために、鶴喜さんも一肌脱がないとな。皆、今日のここの払いは鶴喜さん持ちだ。呑んで騒げ」

そいつぁいい、御馳走になるぜ、と頭を下げる北斎、大盃を持ち出す一九を眺め、堅物で通る馬琴は苦々しい顔をした。

それからは大宴会となった。部屋には次々に食べ物が運び込まれ、芸者や幇間《ほうかん》が雪崩れ込んだ。若手絵師や戯作者に豪華な飯を奢るのは、版元の嗜みである。喜右衛門も最初からその心づもりでいた。

この日の宴会は高くついた。場には舌の肥えた歌麿がおり、次々に格式の高い仕出し屋の飯を頼み、格式の高い遊女屋に使いをやる。

「ありがとうございます、版元さん」

遊女に袖を引かれて鼻の下を伸ばす若手の作り手たちを見送った喜右衛門は部屋に残り、膳が乱れ、銚子の転がった有様を眺めつつ、煙管の雁首《がんくび》に煙草葉を詰めた。

「鶴喜さんは女を買わないのかい」

振り返った。歌麿だった。

酒を呷る歌麿は、尻を引きずり、喜右衛門の前に座り直した。歌麿先生こそ、と水を向けると、歌麿は、「女はてめえの金で買わねえと駄目だ。それに今日は気分じゃねえんでね」となぜか不貞腐れたような顔をして、吐き捨てた。

煙草に火をつけ、一息吸った喜右衛門は、ぽつりと言った。

「女買いは好かんのです」

ふうん、と鼻を鳴らした歌麿は、猪口に銚子を逆さにして振った。銚子の口から数滴、酒の滴が落ち、猪口の上で弾ける。

「らしいなあ。でもよ、お前さん、版元の主人だろ。なら、もう少し、遊びを覚えた方がいいと思うぜ」

「女遊びをしろと？」

「そうやって、どっ白《ちら》けた面をしているよりは、女狂いの方がいくらかマシだって話だ」

喜右衛門は己の頬に手をやった。すると歌麿はけらけらと笑い、

「そうそう、そんな顔だ」

猪口の底を舐めた。

喜右衛門の煙草の火は、いつの間にか消えていた。


「ああ、ここだよ」

耕書堂の生え抜き作家たちとの宴会から数日後のこと。喜右衛門の前を歩く歌麿は、ある武家屋敷の前で足を止めた。生け垣のすぐ向こうに瓦葺きの小さな屋根が覗く、中級御家人の屋敷を絵に描いたような処だった。歌麿は木戸を引き、喜右衛門共々敷地に足を踏み入れた。

ここは牛込中《うしごめなか》御徒町《おかちまち》である。

その名の通り、御家人組屋敷が軒を連ねる町である。静かな小径を暫く行くと、道の左右に生け垣が並び、粗末な木戸門の立つ一角に入り込む。扱いは武家地だが、町人髷の者もよく見かける。武家屋敷地を潰して町人向けの長屋に作り替えた処も多く、道を一つ折れるとすぐに町方同然の光景が広がるのもこの町の特徴だ。事実、目的の屋敷の左右は、町方の長屋になっていた。

木戸門をくぐってすぐ、庭があった。門のすぐ側に立つ松の木は、枝葉が丁寧に切り揃えられ、夏の日差しを透かしている。池の畔の岩にこびりついた苔は水滴できらきら輝き、鹿威《ししおど》しが乾いた音を立てた。

庭先を抜けて母屋の南側に回ると、果たして家の主人、大田南畝がいた。縁側に座って背を丸め、爪を切っていた。白いものの混じる髪を武家髷に結う南畝は鼠色の着流しを身に纏い、脇差を帯に差すばかりの略装だった。

客の来訪に気づいたのか、爪を切る手を止め、南畝は顔を上げた。

「おう、誰かと思えば歌麿じゃねえか」

「南畝先生、ご無沙汰してます」

歌麿が恭《うやうや》しく頭を下げると、南畝は破顔した。

「悪たれが肩肘張った挨拶をするんじゃねえよ。まあ上がんな」

正座に改めた南畝は歌麿の横に立つ喜右衛門の顔を見、不思議げに首をひねった。

「珍しい客人だ。仙鶴堂の主人か」

「ご存知であられましたか」

「おめえさんのお父上とは付き合いがあったからね。小さい時分に逢ったことがあるが、さすがにおめえさんは忘れてるだろうなあ」

手で目の辺りの高さを示し、南畝は言った。

苦笑しつつ喜右衛門が頭を下げると、南畝は軽い調子で二人を屋敷に上げた。

南畝の処に話を聞きに行く。そんな提案を口にしたのは、午後、仙鶴堂に姿を現した歌麿だった。

「写楽の件、今日も調べに行くんだろ」

不機嫌な表情を顔に貼り付けつつ、歌麿は言った。

上がり框の際で膝を折った喜右衛門は、思わず聞いた。

「耕書堂出入りの方以外に、どなたに話を聞けばよろしいものか」

「顔の広いお人がいるぜ」

その言葉に従い、牛込中御徒町へと足を運んだのだった。

喜右衛門たちが案内されたのは、南向きの客間だった。床の間近くには大きな麻布が広げられ、その上に切りかけの花や鋏が散らばっている。花を生ける途中で投げやり、爪切りに精を出していたらしい。

「すまねえな。ちと汚れててよ」

「いえ、急に訪ねたのはこちらですから」

喜右衛門が畳に腰を下ろすと、南畝は差し向かいに座った。伝法な喋り方とは裏腹に、裾を手で整え音もなく座り、両手を静かに膝の上に置いた南畝は、そういやあ、と呟いて立ち上がると、部屋の隅にある簞笥から三枚の絵を取り出した。

「最近、おめえの絵を買ったんだ」

三枚続きのそれを南畝は並べた。潑剌《はつらつ》と磯遊びに興じる女の姿を切り取った佳作だった。絵にはそれぞれ、楷書で「哥麿画」と落款が付してある。落款の辺りを指でなぞり、目を細めつつ歌麿は言った。

「おや、こいつは『江ノ島岩屋の釣遊び』じゃないですか。ずいぶん前の絵ですねい。確か、売れる直前に描いたんだったか」

「そうかい。この時分の絵は、気合いが入ってて俺ァ好きだね。ぎらぎらしててな」

南畝は意地悪げに口角を上げ、手を叩いた。

「で、今日は何用でうちに来たんだい。あっ、もしかして、狂歌集でも出さないかってお誘いかい？　最近、その手の誘いが多くて嫌になっちまうよ」

喜右衛門は身を乗り出した。版元として興味がある。

「そんな話がおありなのですか」

「狂歌集がよく売れるとかでどの版元も腕まくりさ。ま、全部断ってるがね」

「何か、ご事情がおありで？」

「身辺が騒がしくってね。二年くらい前に学問吟味の甲科及第首席になったんだ。学問の出来る幕臣を登用するものなんだが、しばらく放っておかれてよ、近々、ようやく俺も役目を頂けることになった。狂歌にかかずらわっていられなくなりそうなんだな」

からりとした口振りで南畝は言った。

大田南畝は唐衣橘洲らと共に天明狂歌を牽引した巨人の一人のはずだった。その筆鋒は世事はおろか御政道にも向かい、寛政の改革を皮肉った詠み人知らずの狂歌『白河の清きに魚のすみかねてもとの濁りの田沼こひしき』の作者という風聞さえある。

喜右衛門の視線に気づいたのか、南畝は頬に皺を溜める。しかし、その笑みには一抹の翳《かげ》が差していた。

「そんな顔をしなさんな。狂歌で世を穿った俺が、御公儀のお役目に就かなくちゃならない滑稽さは、俺が一番よく分かってる」

まあいい、と話を打ち切り、改めて、南畝はぴしゃりと言った。

「とにかく、狂歌はお断りだよ」

「今日は、仕事の話ではございませぬ。絵師の写楽について、お話を伺いに参りました次第で」

南畝は声を低くした。

「写楽っていうと、東洲斎写楽か」

「はい。実は」

喜右衛門はいきさつを説明した。黙りこくっていた南畝は、話をすべて聞き終えるや膝を叩き、身を乗り出した。

「本物の写楽か。めっぽう面白い話だねえ。こういうのを待ってたんだよ、こういうのを」

南畝が雀躍《じゃくやく》する理由が分からず、喜右衛門は目を幾度もしばたたいた。

「で、どこまで調べは進んでいるんだい」

顔を上気させつつ話を急かす南畝に、歌麿は弱り顔で応じた。

「それがさっぱりなんでさ。耕書堂に出入りする連中に話を聞いたものの空振りで参っちまう。どこから手をつけたらいいのかもとんと分からねえんで、生き字引の南畝先生にご教示いただきたく」

「んじゃ、まず聞くぜ。斎藤十郎兵衛が、てめえで描いていないって言った絵はどれだ」

喜右衛門は即座に答えることができなかった。すると南畝はこれ見よがしに息をつき、しゃあねえなあ、と言うと、部屋の隅に置かれた文机を近くに引き寄せ、歌麿にもう一方の手を伸ばした。

「歌麿、筆を貸せ」

歌麿から矢立を受け取った南畝は、文机の上に懐紙を広げた。

「こういうときには、分かっていることと分かっていねえことを切り分けるといいぜ。頭の中でごちゃごちゃにしていても漠とするばかりだ。紙に書き出せ。じゃあ、聞くぞ」

尋問に従って喜右衛門は斎藤十郎兵衛との会話で出た「斎藤十郎兵衛が自作ではないと述べた

写楽画」について指折り挙げ、南畝が紙に書き上げた。

紙上に、六名の名前が並んだ。

三代目大谷鬼次の江戸兵衛
市川男女蔵《おめぞう》の奴一平《やっこいっぺい》
二代目市川門之《もんの》助《すけ》の伊達《だて》与作《よさく》
市川蝦蔵《えびぞう》の竹村定之《たけむらさだの》進《しん》
四代目岩井《いわい》半四郎《はんしろう》の重《しげ》の井《い》
谷村虎蔵《たにむらとらぞう》の鷲塚八平次《わしづかはっぺいじ》

懐紙を見下ろし、南畝は、ふむ、と頷いた。

「鶴喜さんよ、写楽の絵は持ってきてるかい」

「はい、こちらに」

喜右衛門は風呂敷包みから当該の絵を取り出し、三人の膝前に並べた。

ある事実が露わになった。斎藤十郎兵衛が自作でないと述べた六枚は、どれも寛政六年五月興行のもの、つまり、世間を騒がせた大判雲母摺大首絵の一部だったのだ。

「ちいと待ってな」

立ち上がり奥の部屋に消えた南畝は、ぼろぼろの帳面を抱えつつ二人の前に戻った。まじまじと眺める喜右衛門の視線に気づいたのか、帳面の表紙を掌《てのひら》で叩く。

「こいつァ俺の集めた辻番付でよ」

辻番付とは歌舞伎番付の一つで、盛り場に貼ったり贔屓《ひいき》筋《すじ》に配るために刷られる公式の番付のことである。座元や興行の大まかな内容、配役、場合によっては裏方の記載のあるものも流通している。

元の場所に腰を下ろした南畝は、帳面を忙しく繰った。

「寛政六年五月興行といやあ、色んな演目がかかっているんだよな。写楽が描いてるのはどの芝居だったか」

「確か」

喜右衛門は絵を検めた。

写楽の初御目見得である寛政六年五月興行分の連作は、都座《みやこざ》の『花菖蒲《はなあやめ》文禄曾我』十一枚、桐《きり》座《ざ》の『敵討乗合噺《のりあいばなし》』六枚、『花菖蒲《はなあやめ》思《おもいの》笄《かんざし》』一枚、河原崎座《かわらざきざ》の『義経千本桜』一枚に『恋女房染分手綱』の九枚、計二十八枚の大判雲母摺大首絵が世に出ている。

そのうち、南畝は帳面を繰る手を止めた。

「なるほどねえ。先の六人、全員同じ芝居に出てるぞ」

「さようでございましたか。してその題は」

「河原崎座の『恋女房染分手綱』だな」

「重の井の子別れの段が人気ですねえ」

喜右衛門は手を打った。

芝居『恋女房染分手綱』は御家騒動ものの演目である。

伊達与作は丹波領主、由留木《ゆるぎ》家の御物頭《おものがしら》の重責にあった。しかし、ある日、藩命を受けて運んでいた用金三百両を何者かに強奪されてしまう。さらに同時期、由留木家の腰元、重の井と密通していた事実が発覚、立場を失った与作は用金強奪の責任を取る形で藩を去ることになる。その後与作は馬子となり、重の井との間に生まれた実子、与之助《よのすけ》（のち三吉《さんきち》）と共に雌伏の時を過ごす。しかし、用金強奪が鷲塚官太夫《かんだゆう》、八平次兄弟の仕業と判明し、二人を討って面目を施し帰参、重の井と再会を果たす。これが大まかな本作の筋だ。

鷲塚八平次の命を受けた悪党の江戸兵衛が与作の奴、一平から用金を強奪する修羅場や、重の井の実父、竹村定之進が娘の不祥事を受けて切腹する場、重の井が我が子の三吉と出会ったものの名乗り合うことも出来ずに別れる子別れの場など、板の上で映える見所も多い。善玉にも悪玉にも一定の人間味が与えられた台詞回しが見巧者《みごうしゃ》の心を摑み続け、上演の度に大入りとなる芝居である。

南畝は辻番付を畳の上に置き、腕を組み、ふうん、と鼻を鳴らす。

「つまりこういうことか？　斎藤がてめえの絵じゃねえと言ったのは、玄人受けもよくて、金の掛かった売り出しをした時期のもの、ご丁寧にも一つのお芝居に集中してることになるぜ」

本物の写楽が『恋女房染分手綱』の役者のみを選んで描いている事実をどう考えたらよいのか、喜右衛門には分からない。だが、もし写楽本人の意向が働いているとするなら、気難しい芝居通の像がちらつく。少しだけ、本物の写楽の輪郭が浮かび上がった心地がした。

曰くありげに歯を見せた南畝は、喜右衛門に顔を向け、続けた。

「時をかけてあれこれ並べたおかげで、靄《もや》が晴れてきた。取っかかりは見つかったんじゃないか」

「手前にはさっぱり……」

小首をかしげる喜右衛門を、南畝は明るい声でどやしつけた。

「しっかりしてくんな。二年前の五月に河原崎座で興行が打たれた『恋女房染分手綱』が深く関わってるのがわかったんだ。大きな収穫だろう。そこを足がかりにすりゃいい。役者絵ってのは、役者とか芝居小屋と深く関わってる。ってこたあ」

喜右衛門は膝を打った。

「座元の河原崎座に話を聞きに行けば」

「そういうこった」

が、次なる問題が喜右衛門にのしかかった。

「伝手がありませんで……」

「手がかかるねえ」

顔をくしゃりと歪めた南畝は懐紙に一筆認《したた》め、喜右衛門に差し出した。

「本所牛島《うしじま》に反古庵《ほごあん》って処がある。そこに住むお人は芝居に顔が利く。これを見せりゃ、色々手を貸してくれるだろ」

「何から何までありがとうございます」

「いいってことよ。面白え話を聞けたからなあ。——そういや、写楽と言えば、一つ、思い出したことがある」

喜右衛門が話を先に促すと、南畝が続けた。

「写楽を売り出す際《きわ》、蔦重《つたじゆう》に頼まれたんだ。〝写楽の絵は役者の生き写しだ〟と触れ回ってほしいってな」

「そんなことが。おやりになられたのですか」

「蔦重とは古い付き合いなもんでね。やっといた」

南畝はなぜか不機嫌な面を浮かべる歌麿に向き、『三代目大谷鬼次の江戸兵衛』を始めとした、斎藤が描いていないと主張する六枚の絵を指した。

「おい歌麿。おめえ、この絵をどう見る」

目を泳がせる歌麿は、意を決したように、南畝に向き合った。

「――ここにある六枚のうち、『蝦蔵』なんかは当人と瓜二つだと思う」

「裏を返せば、この六枚のうち、ほとんどが似てねえってこっちゃねえか。蔦重は、似てるって評を作って、似てもいねえ絵を売り捌いたことになるが、それでいいか、歌麿」

「――へえ」

絞り出したかのような歌麿の返事を受け、南畝は元の陽気な表情に戻った。

喜右衛門が疑問の声を上げた。

「写楽の絵を買った人たちは、皆、南畝先生の売り口上に煽られたのでございましょうか」

南畝はへらへらと笑った。

「そうだったら狂歌師冥利《みょうり》に尽きるんだがね。この六枚はそうでもねえが、他の写楽の絵は当人に似てるだろ。さすがの大田南畝も、火のないところに煙は立てられなかったってこった」

しばし畳の目を数えていた喜右衛門は、肚の内にわだかまる疑惑を口にした。

「本物の写楽が、蔦屋重三郎その人の虞《おそれ》はございませぬか」

自分の店から自作を世に出すなど、美学に反する。版元は裏方であることに誇りを見出す商売人だ。出しゃばりは馬鹿にされる。もし蔦屋が本物の写楽だったなら、名を隠す理由がある。

乾いた笑い声が上がった。

目を向けると、南畝は膝を幾度となく叩き、笑い転げている。ぽかんと口を開けた喜右衛門の前で、目の涙を指で払う南畝は、喉の奥からひいひいと高い声を出しつつ口を開いた。

「それはねえよ。だって蔦重の野郎、芸事はからっきしなんだぜ。狂歌も下手くそ、絵も駄目、戯作なんざ目も当てられねえ。あれほど江戸を騒がせ続けた版元なのに、何をやらせても筋が悪い。絵を描かせても、犬と猫の区別が付かねえほどだ」

自説を完膚《かんぷ》なきまでに否《いな》まれた。鼻じらみつつも喜右衛門は訊く。

「南畝先生は、本物の写楽は、どういった人だとお思いなのですか」

南畝は顎に手を当てて目を伏せ、ややあって、ぽつりと言った。

「そうだな。名のある人だと思うぜ」

「なぜ、そう思われるので」

南畝はあっけらかんと答えた。

「蔦重の商法だよ。蔦重はいつも、売れてねえ作者と売れてる作者を抱き合わせにするんだ。例えば、そこの歌麿を売り出した『画本虫撰《えほんむしえらみ》』は、まだ売れてなかった歌麿と、売れてた俺たち狂歌師を抱き合わせにして売ったたんだ」

「なるほど、斎藤様が新人絵師だったことを考え合わせれば、本物の写楽の正体は、人気絵師となる寸法でございますね」

「そういうこった」

南畝の話はそれで終《しま》いだった。

日本橋へと戻る道は夕焼けに呑まれ、朱に染まっている。喜右衛門は前を行く人々の背を見やった。その背には、一日の仕事を終えた安堵と疲れが滲んでいる。喜右衛門もその流れに身を任せ、いつもより早足で日本橋へと続く道を行く。

そんな中、喜右衛門は歌麿に言葉を投げやった。

「とんでもないお人でしたね、南畝先生は」

ああ、と歌麿は、応じた。

「江戸随一の狂歌師だ。未だに怖え先生さ」

「歌麿先生のおかげで、調べが進みましたよ。今日こそ夕飯を食べていって下さいな」

「仙鶴堂の飯は旨いからな。ありがたく頂戴しようかね」

喜右衛門は足を止めた。

「歌麿先生」

真っ赤な日差しが逆光となって、振り返った歌麿の表情は判然としなかった。

喜右衛門は逡巡した。だが、思い切って切り出す。

「さっき、南畝先生が言ってた話、ありゃ何ですか」

「あん？」

「〝蔦屋と仲直りしろよ〟ってやつです」

お暇《いとま》の際、喜右衛門たちが草履を履いて立ち上がると、縁側に立つ南畝が沓脱石《くつぬぎいし》の上に立つ歌麿を呼び止め、「蔦屋と仲直りしろよ」と声をかけた。それに対し、あれほど南畝を恐れ敬っている風だった歌麿が、そっぽを向いて返事をしなかった。そのことに引っかかりを覚えたのだった。

南畝の言葉は、歌麿と蔦屋の軋轢《あつれき》を暗に示している。事情は知らない。が、これを上手く利用すれば、自らの店に歌麿を繋ぎ止めることができる。そんな算盤勘定が喜右衛門の頭を掠《かす》めた。

一方で、興味もあった。歌麿を当代一流の絵師に押し上げたのは蔦屋だ。江戸を騒がす版元と絵師の仲違いは同業者にとっては醜聞の種であり、他山の石でもある。

歌麿は、ややあって、逆光の中で息をついた。

「なんでもねえよ。ただ、あの野郎とは考えの違いがあるだけだ」

「そうですか」

深入りしなかった。相手の事情に分け入り虎の尾を踏んだことは一度ならずある。過去の経験が、喜右衛門を臆病にした。

歌麿はまた歩き出し、振り返った。

「早く帰ろうぜ。腹減ったよ」

顔は逆光で見えない。しかし歌麿の声音は殊更に明るい。

夕方だというのに熱風が吹いた。蟬はなおも恋歌をがなり立てている。


錠前を外して千本格子の蔵戸を引いた。その瞬間、墨と顔料の匂いが喜右衛門の鼻を掠める。真夏だというのに、土蔵から漏れ出る風は肌寒い。

中に入って高窓を開けると光が差し込み、蔵の中にわだかまっていた薄闇が払われた。舞う埃が雲母摺のようにきらめく向こうには、何列にも亘って背の高い木の棚がずらりと並び、夥《おびただ》しい数の板——版木が所狭しと収められている。

版木は版元の財産だ。これを使えば刷り物を作ることができるし、版木自体も他の版元と取引して金に換えることのできる財物である。蔵一杯に詰め込まれた版木は、そのまま地本問屋、仙鶴堂の権勢を示すものだ。

この日、喜右衛門が版木用の蔵にいるのは、秋売り出しの仕込みのためだ。版元にとって、秋も新春に次ぐ書き入れ時だ。新作を売りに出すのが例年の流れだが、初夏時分に開かれた寄り合いの際、番頭から猛反対を受けた。

「地本が全く売れておりませぬ。秋の売り出しについては、古い作を刷り直して茶を濁してはいかがでしょう」

番頭は父の代から店を支える生え抜きである。邪険には出来ない。それでも喜右衛門は粘った。

「新作を出さねば版元の名折れだ」

番頭は弱り顔を見せながらも、頑として譲らなかった。

「開版したところで、売れねば店の損になりますぞ」

すったもんだの末、来年の新春の売り出しに合わせて新作を出すことになった代わり、秋の新作開版は見送られた。そのおかげで、目を掛けていた若手戯作者に仕事を出すことが叶わず、作ごと他の版元に逃げられた。

ふと、昔の光景を思い起こした。喜右衛門は父と二人で奥の間にいる。父は彫り上がったばかりの版木を手に持ち、満足げに頷いていた。いつのことだったかは覚えていないが、相当昔のことだろう。記憶の中の目線は低く、父の髪は黒々としていた。

『どうだ。この彫り、見事なものだろう。版木が上がると、版元をやっている実感が湧く』

巌《いわお》のように黙りこくるのが常だった父が、この時ばかりは饒舌《じょうぜつ》だった。

あたしもできますでしょうか。喜右衛門の問いに、父は答えた。

『ああ。飽きるくらい、やることになるさ。そしていつか、江戸を驚かすような本を手がけることにもなろう』

喜右衛門は首を振って昔の光景を振り払い、版木を一枚一枚棚から出すと彫りを検《あらた》めた。綺麗な彫りのものを選ぶと、自然と喜右衛門ではなく亡き父の手掛けたものばかりとなる。喜右衛門は、父が開版した定番の――手堅く売れる――版木を抜き出し、表に運び出した。そうして近くにいた手代に命じ、それらを摺りに回させた。

午前の仕事を終えた喜右衛門は、歌麿と連れ立ち、浅草の渡しから本所牛島へ向かった。隅田川を挟んで浅草寺の対岸にあるそこは、貧乏人が肩を寄せ合い暮らす裏長屋や、商人、お大尽の寮（別宅）が甍《いらか》を連ねる雑然とした町である。鑿《のみ》音や客引きの呼び声、喧嘩の声が絶えず、日本橋とは違う猥雑な活気に満ちている。

板塀で囲まれたやかましい道をしばらく行くと裏長屋が途切れ、屋敷が軒を連ねる一角に入った。

喜右衛門たちは生け垣の切れ間にある枝折戸《しおりど》を開き、ある屋敷の敷地に足を踏み入れた。入ってすぐ黒土の畝《うね》が目に入った。その畝には様々な作物が植えられ、葉が青々と茂っている。丁寧に耕されている様子で、作物も瑞々しい。畑の真ん中には不恰好な案山子が立っているが、役には立っていないらしい。二羽の雀が横に延びた腕の上でさえずり、踊っている。

畑の只中に、市川蝦蔵《えびぞう》の姿を認めた。柿渋のほっかむりで頭を隠し、つぎはぎだらけの野良着を着た老翁だった。ほっかむりから覗く髪は白く、顔には気難しげな深い皺が刻まれている。そんな蝦蔵は畝の前に腰を下ろし、三角に組まれた添え木にぶら下がる胡瓜《きゅうり》を一つ一つ手でちぎり取っている。喜右衛門たちの気配に気づいたのか顔を上げ、作物を笊《ざる》の上に置くと、喜右衛門たちに真っ白な歯を見せつけるように笑いつつ、音もなく立ち上がった。

「おや、お客人かい」

蝦蔵の声は、一音一音の輪郭がくっきりしていて聞き取りやすく、老人にありがちなしわがれもない。

喜右衛門は会釈をして、丁寧な言葉遣いを用いた。

「市川蝦蔵様とお見受けいたします」

喜右衛門の声は知らず震えた。

蝦蔵は目を細め、ほっかむりの上に手を乗せた。

「改まらなくたっていいよ。お武家を相手にしているわけでもあんめえ」

背に冷や汗を流しつつ、喜右衛門は慇懃に続ける。

「この度、大田南畝先生より、ご紹介を受けましてこちらにお邪魔いたしました次第で」

喜右衛門は手を震わせ、南畝の紹介状を差し出す。

「びくつかなくともいいってのに」

丁寧な手つきで紹介状を受け取り、蝦蔵はその場で開いた。右から左に目をやった後、懐にその文を恭《うやうや》しく仕舞うと、そういうことかえ、と言い、音もなく踵《きびす》を返した。

「立ち話もなんだ。来な。茶くらい振る舞うよ」

蝦蔵に続き畑の間の道を進むと、茅葺きの庵が現れた。納屋のような趣だったが、達者な字で反古庵と書かれた扁額《へんがく》が軒先に掛かっている。庵全体の佇まいから、家主の剽《ひょう》げ趣味が嗅ぎ取れた。

縁側から庵の中に上がり込む。

中は、六畳の居間と小さな竈《へっつい》の据えられた一畳の土間から成っていた。居間の真ん中に半畳の炉が切られ、小さな六角釜が湯気を上げている。縁側から見て向かって左側、六畳間と土間の際に三尺幅の仏壇が鎮座し、その脇に布団が畳み置かれてあった。天井板はなく、土壁も剝がれかけて中の骨組みが見え、黄ばんだ畳が敷かれた、侘《わ》びた隠居小屋だった。

喜右衛門は、庭を背にして炉の際に座った。歌麿もその横に座る。

ふと、仏壇を眺めた。中に仏像や位牌などはなく、代わりに白い半紙が背板に貼ってある。喜右衛門はくすりと笑い、言った。

「西《にし》ノ内《うち》紙でございますね」

裏の木戸から土間に現れ、土間の水屋から茶碗を取り出した蝦蔵は、声を弾ませる。

「詳しいね」

「商売柄、扱うものですから。——よい洒落でございます」

西ノ内紙は、武家の三行半の定法となった通り、品質は高いながらもありふれた紙の一つである。それを仏壇に貼るというのは、西方浄土におわします仏様を拝みたいが持ち合わせがなく、西ノ内紙を本尊の代わりにしている、西ノ内を名乗るからには西方浄土に縁しているのだろう——そんな諧謔《かいぎゃく》なのだ。顔を見合わせ肩を揺らす喜右衛門と蝦蔵をよそに、喜右衛門の横であぐらを掻く歌麿はきょとんとしている。

蝦蔵は茶碗を三つ盆に乗せ、土間際の畳に座った。野良着に不似合いの、折り目正しい正座だった。三人で過ごすには少し狭い庵の中で息を整えた蝦蔵は、部屋の隅に置いてあった茶道具の盆から茶色の棗《なつめ》を手元に引き寄せるとそれぞれに抹茶を茶杓《ちゃしゃく》で入れ、炉の釜を開いて柄杓で湯を掬い、茶筅で手早くかき回す。そうして三服の茶を点て終えると、喜右衛門たちの前に置いた。

「改めて、市川蝦蔵だ。若い人が訪ね来ると暮らしも華やかになる。事情《わけ》はどうあれ、うれしいね」

蝦蔵は、愛嬌のある大きく丸い目で二人を見据えた。ほっかむりを取ると、立派な鷲鼻、大きな口に細い顎といった風貌が露わになった。皺だらけとはいえ、名役者の苦み走った風貌は、男である喜右衛門すらも惚れ惚れするほどにいぶし銀だった。

市川蝦蔵は、歌舞伎の大名跡にして総本家、市川團十郎の五代目を長らく務めた、歌舞伎界の最長老の一人である。

喜右衛門は歌舞伎数寄だ。勢い、声に熱がこもる。

「いや、手前は、蝦蔵様の襲名披露を直《じか》に観ましたもので。あれぁ素晴らしかった。今でも口上は覚えております」

歌麿が暢気《のんき》に割って入った。

「〝俺はざこえびだから、伊勢海老じゃなくて蝦《こえび》を名乗る〟って口上だったか。あれには普段歌舞伎を観ない連中も大騒ぎしていたっけ」

市川團十郎家の名跡「えびぞう」といえば「海老蔵」だが、五代目團十郎は退く際、名跡にない「蝦蔵」を名乗った。襲名披露の際、洒脱味たっぷりに述べた口上が話題を呼び、芝居小屋では大向こうの掛け声が絶えなかった。

蝦蔵は素っ気なく言った。

「そりゃ重畳《ちょうじょう》。でも、なんてこたぁねえよ。ヘボな役者がてめえの血筋《うまれ》で鯱張《しゃちこば》るのも無様なもんで、正直に手前の非才振りを申し上げただけのことよ」

役者が角を突き合わせる戯場《ぎじょう》にあって謙譲の心を忘れず、鷹揚な態度で江戸歌舞伎に君臨した五代目團十郎――蝦蔵は、敬意と愛着を込め「戯場の君子」と呼ばれた。あの口上が話題を攫《さら》ったのは、渾名《あだな》そのままの人となりが客に伝わったからだ。

ここだけの話、と蝦蔵は声を潜めた。

「今年の顔見世興行で、役者を退《しりぞ》くつもりなんだけどね」

「左様でしたか。もっと、蝦蔵様のお芝居を観とうございました」

顔見世は十一月の興行だ。あまりに近い。心から喜右衛門は言った。蝦蔵は破顔し「様はやめてくんな」と軽い調子で言うと、目を伏せ、後ろ頭に手をやった。

「役者冥利に尽きるなあ。でも、おいら自身が、芝居に飽いちまったんだ」

蝦蔵は茶碗に口をつけ、ことりと床に置くと、きっと睨《にら》みを利かせた。

「今日は隠居を控えた役者の芸談を聞きに来たわけじゃあんめえな」

喜右衛門は口をつぐんだ。瘧《おこり》を払うと謳われる團十郎の睨みは今もなお健在だった。

蝦蔵は南畝の文を掲げる。

「南畝先生の話によりゃあ、写楽について聞きたいとか」

「写楽について、何かご存知ですか」

「残念だけど、何も知らないね」

「逢っていないんですか」

「ああ。一度も顔を合わせてないんだよ」

意外の念もあったが、気を取り直し、別に用意しておいた問いを発した。

「蝦蔵さんは、二年前、『恋女房染分手綱』に演《で》ておられますよね」

「出し抜けに言われても困っちまうけど、あんたが調べておいらが出てるってことになってるなら、板を踏んだんだろうね」

「二年前の話ですよ。覚えておられないのですか」

「面目ないねえ。おいらは色んな板に乗ってるから、演《や》ったそばから芝居のことを忘れちまう」

千両役者の言い振りだった。肝が冷えるものを覚えた喜右衛門は、懐から一枚の絵を取り出し、蝦蔵の膝前に置いた。『市川蝦蔵の竹村定之進』だ。

武家髷を結い、向かって左を向く老人の姿を描く大判雲母摺大首絵である。細面の顔、丸い目、大きな鷲鼻、真一文字に結んだ口、えらに溜まる皺に長い顎、團十郎の色である柿渋の着物を纏い、その上に裃《かみしも》をつけた、堂々たる老武士の肖像である。余裕たっぷりに振る舞う蝦蔵の演技を寸分違わず写し取る佳品だった。

絵を眺めた蝦蔵は、思い当たるものがあったのか、懐かしげに目を細め、

「ああ、ああ。あのお芝居かえ」

声を弾ませた。

「このお芝居では、蝦蔵さんは座頭をお務めだったとか」

水を向けると、蝦蔵は、目をしばたたかせて息を呑み、そうだったね、と沈んだ声で相槌を打った。そして空白を埋めるように溜息をついた。

「あん時はおいらが一番の古株だったからねえ。大変だったよ」

「というと」

「舞台裏が滅茶苦茶だったんだ。江戸三座がすべて休場して、控櫓《ひかえやぐら》ばっかりになった次の年だ。役者の気苦労も絶えなくてね」

官許の芝居小屋、堺町《さかいちょう》の中村座《なかむらざ》、葺屋町《ふきやちょう》の市村座《いちむらざ》、木挽町《こびきちょう》の森田座《もりたざ》、俗に言う江戸三座は、たびたび資金難に悩まされて休座した。その際には代わりの芝居小屋、控櫓が立ってその穴を埋めたが、寛政六年五月興行は江戸三座すべてが休座し控櫓三座が立つ、前代未聞の事態に陥った。

「なんで、そんなことに」

芝居仕込みの艶のある美声で、蝦蔵は続けた。

「大きな声じゃ言えねえが、定信公の御政道のせいだよ。歌舞伎は綺麗に着飾って、男伊達を競うもんだ。そいつが風紀紊乱《びんらん》に繋がるんだと。で、芝居も地味にやらざるを得なくなった。そのせいで客足が遠のいちまったんだ。数年は三座も頑張ったんだが、結局寛政五年にはどこも休座に追い込まれちまった」

蝦蔵は茶碗を傾け、小ぶりな手でその表面を撫で回した。

「控櫓だって大変なのは一緒さ。『恋女房染分手綱』を演った河原崎座も相当金に困ってたから、見るに見かねておいらが贔屓筋の大商人と繋いだりもしたんだ。寛政六年の五月興行は特に金回りがどぎつくてね。覚えてるのは、金の話ばっかりだ」

蝦蔵に聞くべきことはすべて聞いた。しかし、このままでは収穫がない。ありがとうございます、と述べ、喜右衛門は手を畳についた。

「厚かましいお願いをしてもよろしいでしょうか。写楽について、戯場の皆様にお話を伺いたいと思うておりまして」

「顔繋ぎしてほしいってわけかい」

蝦蔵は仏壇脇の文机から筆を取り上げると、懐から取り出した懐紙にさらさらと書き付け、喜右衛門に差し出した。

「これを持って、河原崎座の座元、河原崎権之《ごんの》助《すけ》さんを訪ねな。よくしてくれるだろう」

喜右衛門は文を受け取り、押し頂いた。

「ありがとうございます。蝦蔵さん」

「いいってことよ。でもよう、写楽は、斎藤なんとかっていうお武家さんなんだろう？　今更調べても無駄だと思うがねえ」

かもしれませぬ、と喜右衛門が話をはぐらかすと、蝦蔵は歌麿に目を向けた。

「歌麿。久しぶりだね」

「すっかりご無沙汰を」

二人は知り合いだったらしい。頭を下げる歌麿に、蝦蔵は素っ気なく訊いた。

「役者絵は描かねえのかい」

「少し前に描きましたけど、もうこりごりですよ。俺は女しか描きたくねえんです」

蝦蔵は曰くありげに白い歯を見せた。その顔立ちは、『市川蝦蔵の竹村定之進』の柔和な表情と瓜二つだった。

「昔からおめえはそうだったね。結局その一念で当代一流になったんだから大したもんだが、おめえ、そろそろ、下り坂をどう下りるのか、考えた方がいいと思うがね」

目を落とし炉の炎をかき回した歌麿は、顔を上げた。その表情には、憂いも、迷いもなかった。

「死ぬまで女の絵を描く。目の前にどんな道が広がってようが、そそる女を描き続ける。それが歌麿の張りでさあ」

「死ぬまで、そう吠えられりゃ上等だね」

蝦蔵の表情には、一抹の憂いが滲んだ。仕方ねえ、そう言いたげだった。

河原崎権之助は白髪交じりの横鬢を撫でつけつつ、うーむと唸った。

「蝦蔵さんにも困ったものです。安請け合いをなさる」

木挽町《こびきちょう》の控櫓、河原崎座は幕が上がったところだった。楽屋裏は殺気に包まれている。裏方の面々が忙しげに芝居小屋のそこかしこを飛び回るのを横目に、喜右衛門たちがその二階にある座元の控え間の襖を開いた時には、この部屋の主、河原崎権之助が帳面をひっくり返し、しきりに算盤を弾き、勘定の者を叱りつけているところだった。

算盤の音と勘定の者たちの短い悲鳴の飛び交う部屋の中で、喜右衛門は頭を下げた。

「申し訳ない限りで。大した用事じゃございません。出直しましょう」

「いつ来られても迷惑ですよ。今聞きましょう」

文机を脇に退けた権之助は、角違い二つ巴の紋付羽織を脱いで脇の衣桁《いこう》に掛け、けだるげに続けた。

「これも一つの縁ですな。まさか大版元のご主人がお越しとは。是非とも仙鶴堂さんにも役者絵を出して頂いて芝居を盛り上げていただきたいものですなあ。どうです。五両出してくださったら、うちの芝居を役者絵に仕立てても構いませんよ」

悪い話ではない。食指が動いたが、今日は仕事の話をしに来たわけではなかった。喜右衛門はそちらの話もいずれ是非、と軽くいなし、本題に入る。

「今、諸般の事情で写楽について調べて回っております。寛政六年五月興行の――」

「写楽」

権之助の皺顔があからさまに曇った。察するものあった喜右衛門は、変に相手を突かないよう、おずおずと訊いた。

「何か、おありだったのですか」

「写楽は、とんだ疫病神でしたもので」

権之助が言うには、版行直前、写楽の絵について役者の間で悶着があったのだという。

「写楽の最初の絵、寛政六年五月興行の連作が特に問題でしてね。ある役者は実物よりも綺麗に描いてくれたって喜びましたし、瓜二つと言う役者もいました。でもその一方で、こんな絵は許さないと息巻いた役者もおりました。座組の点でも解せぬところがありましてね」

「一体何があったのでございましょう」

「六代目市川團十郎さんと、大谷広次《おおたにひろじ》さんの絵が一枚もなかったんです。その一方で、ようやく台詞を貰えた駆け出し役者、例えば谷村虎蔵の絵は描いてる」

六代目團十郎は市川蝦蔵の子で若いながら父の芸風を色濃く継いだ大名跡、大谷広次は憎々しい実悪《じつあく》で人気を取る悪役名跡、大谷家の顔役である。三十枚ほど版行された寛政六年五月興行分の大首絵に、二人の絵は一枚もない。

「写楽が自分の贔屓しか描かなかったのでは」

喜右衛門の思いつきに、歌麿が割って入った。

「そんなわけがあるか。役者絵は役者の看板で売るもんだぜ。役者からすりゃ人気を測る物差しだ。もし看板役者の絵がなかったら、体面を潰されたって怒り出すのは目に見えてる」

権之助は頷き、歌麿に顔を向けた。

「ようご存知で。もしや、絵師の方ですかな」

歌麿が名乗ると、権之助は腰を丸めて手を揉んだ。

「あの有名な。少し前に役者絵を描いてらっしゃいましたね。是非、また描いて下され」

気が向いたらな、と歌麿は不機嫌に述べた。なにか察するものがあったのか、指で頰を掻いた権之助は喜右衛門に向き直る。

「とにかく、写楽には、我々もほとほと困《こう》じ果てていたのですよ。歌麿さんが仰る通り、役者は体面を気にする生き物です。戯場の表にある名題《なだい》が小さいってんで出演を取り止める役者だっているくらいでして」

大向こうの掛け声が喜右衛門の耳に届いた。丁度見せ場なのか、客の歓声が部屋の襖を揺らす。騒めきが引いたのをしおに、喜右衛門は問うた。

「ではなぜ、我慢なすったんですか。座元が怒れば、蔦屋さんに詫びさせ二人の絵を描かせて、万事解決じゃありませんか」

「いや、ちと、事情がありましてね」

「事情、とは？」

重ねて訊くと、権之助はばつ悪げに言った。

「あのお芝居、蔦屋さんにお金を出していただいたんですよ。百両」

一つ、疑問が氷解した。役者絵版行には劇界との伝手が必須だ。大々的に役者絵を版行していなかった耕書堂がなぜ写楽を世に出せたのか疑問だったが、芝居小屋に金を工面したなら納得もできた。

一方で、更なる疑問が湧いた。

役者絵は一枚当たりかけそば一杯程度の値段である。写楽の絵は他と比せば高い値付けがされていたが、百両の出費と釣り合う入りがあるとは思えない。将来に亘って役者絵を出す布石とも思えたが、そもそも河原崎座は控櫓に過ぎず、過度にすり寄る理由がない。

蔦屋が銭勘定に疎いわけがない。この出費にも狙いがあったと見なすべきだ。しかし、その狙いが見えそうで見えない。

疑問を脇に置き、喜右衛門は言った。

「金を出した蔦屋さんの手前、文句も言えなかったと」

「寛政五年と六年は金繰りにひいひい言わされた年でしてね。蔦屋さんから百両頂いて、なんとか芝居の体裁を整えたんですよ。忸怩《じくじ》たる思い出です。芝居の演目すら蔦屋さんに握られていましたから」

『恋女房染分手綱』を掛けると決めたのは、蔦屋さんだったんですか」

「ええ。本当は他の座と同じく新作を掛けたかったんですがね。〝『恋女房染分手綱』はこれまで何度も掛かった名作、滑りはしない〟、そんな蔦屋さんのお言葉に抗えませんでした。蝦蔵さんや岩井半四郎さんを迎えて、豪華な芝居としました。蔦屋さんの仰る通りでしたよ。大入りとはいきませんでしたが、それなりに客足の伸びた、手堅いお芝居となりました。――まあ、蔦屋さんが配役や芝居の内容に口を出したのには辟易《へきえき》しましたが」

「配役と、芝居の内容？　座元や役者の決めることでは」

「特例ですよ。江戸兵衛を演じた二代目中村仲蔵《なかむらなかぞう》、当時は三代目大谷鬼次。奴一平を演じた市川男女蔵。あと、鷲塚八平次を演じた谷村虎蔵。この三人は、蔦屋さんの推薦でした。そこまで重要な役でもありませんし、虎蔵さんを除いてはまずまずの配役でしたがね」

三代目大谷鬼次、市川男女蔵、谷村虎蔵。この三人の名前に、喜右衛門は覚えがあった。斎藤十郎兵衛が自作でないと述べた絵の役者たちだった。偶然だろうか。

喜右衛門が顎に手をやる前で、権之助は続けた。

「配役より、芝居内容の口出しがひどくて、それには困らされました。役者の立ち位置まで細かな指示が入ったのには面食らいました」

歌麿が疑問の声を発した。

「そんなことをしたら、役者が怒って収拾つかなくなるんじゃねえか。でも、そうはなってない。どうしてだ」

「実際、役者たちは役を降りる寸前だったんですよ。丸く収まったのは蝦蔵さんのおかげです。絵が似てないと怒る役者を慰めて、自分の絵がないと怒り狂う六代目團十郎さんを叱りつけ、同じくへそを曲げた広次さんの愚痴を聞いて下すった。のみならず、蔦屋さんの口出しに怒りを溜める若手の役者を宥《なだ》めて下さいました」

戯場の君子の面目躍如だった。

権之助は軽く息をついた。

「あたしがお話しできますのは、このくらいですかねえ。写楽には会ったこともありません。よう知らぬのです。蝦蔵さんの手紙には〝二人に助力を願いたい〟とありました。他にお手伝いできることがあれば、何なりと言うてください」

でしたら、と喜右衛門は切り出した。

「寛政六年の五月興行で江戸兵衛を演じた、三代目大谷鬼次さんにお目に掛かりたく」

ああ、と権之助は言った。

「名前を改めて二代目中村仲蔵ですな。今、体の調子を崩して、休んでいるところです。見舞いがてら行かれてはいかがですかな」

「ご迷惑では」

「丁度、仲蔵さんに見舞いの品を持って行こうと思っていた処なんですよ。鶴喜さん、悪いんですが、お遣いを頼まれちゃくれませんかね」

断る理由はない。喜右衛門は二つ返事で請けた。

二代目中村仲蔵の家は、木挽町にほど近い裏長屋にあった。

江戸有数の芝居町、盛り場として知られる木挽町も、一筋脇道に逸れると途端に閑静な気配が漂う。とはいえ、白粉と蠟燭《ろうそく》の脂の匂いは、一筋入ったくらいで拭えるものではない。陰間《かげま》に腕を抱かれて鼻の下を伸ばすお大尽と幾度もすれ違い、河原崎権之助に教わった道筋を辿るうち、目印となる飯屋の前に着いた。その左脇にある裏長屋の木戸をくぐり、突き当たりにまで進むと、中車《ちゆうしや》紋が大きく墨一色で描かれた障子戸があった。

声を掛けて戸を開くと、中から弱々しい、しかし険の籠った声がした。

「誰だい」

喜右衛門が河原崎権之助の遣いであることを説明すると、声が緩んだ。

「おお、座元さんの遣いかい。入りねェ」

喜右衛門たちは薄暗い長屋の中に足を踏み入れた。

竈《へつつい》のついた二畳土間の奥に四畳半の板間が続く、よくあるつくりをしていた。暑いのに窓も開けておらず、中には熱気が籠もっている。

薄暗い部屋の真ん中に、粗末な布団が敷いてある。その上に、一人の男が身を横たえていた。

二代目中村仲蔵その人だった。髪は結わずに垂らし、うっすら伸びた月代《さかやき》が芝のようになっている。細く鋭い目、立派な鷲鼻、大きな口は役者を絵に描いたようで、頰はたるんでいた。白粉を塗って隈取りを施せば板映えするだろう面構えだ。枕元には、湯飲みや小さな水差しが無造作に並び、夥しい空の薬包が山をなしている。

中村仲蔵は臥したまま土間に立つ喜右衛門たちの顔を交互に眺め、青い顔を傾げた。

「見ねえ顔だな」

喜右衛門たちは自分の身分を明かした。だが、仲蔵の口ぶりに険が混じる。

「版元と絵描きが、板に上がれねえ役者に何の用だい」

喜右衛門は殊更に明るい声を上げ、辺りに漂う剣呑な気配をいなした。

「河原崎権之助さんの遣いというのは真《ほんとう》です。ほら、この通り」

権之助から預かった風呂敷包みを掲げ、喜右衛門は言った。包みの角違い二つ巴紋――河原崎座の定紋《じょうもん》――を目の当たりにすると、ようやく仲蔵の態度から敵意が消えた。

身を起こした仲蔵は、ばつ悪げに横鬢を掻いた。

「権之助さんが版元を顎で使うなんて、珍しいね」

「実は」

喜右衛門は来訪の意図を伝えようとした。すると、仲蔵は、

「上がんな」

二人を板間の上に招くと、掛け布団をはねのけて身を起こした。咳をする度、乱れた衿から覗く薄い胸が小刻みに震える。顔色も悪い。

あぐらを組んだ仲蔵は、足を忌々しげに叩いた。

「脚気《かっけ》で弱ってるところに風邪を引いちまってよ。座元には田舎でしばらく休めと言われちゃいるんだが、俺はちゃきちゃきの江戸っ子よ。水が変わるのが気に食わねえ」

喜右衛門も江戸っ子なだけに、その謂《いい》は腑に落ちた。

改めて、と仲蔵は切り出した。

「二代目中村仲蔵だ」

「改名なさったんですってね」

仲蔵は、おう、と軽く言った。

「初代仲蔵さんの家族に頭下げて、一代限りの約束で継がせてもらったんだ。どうしてもって頼み込んでな」

初代中村仲蔵は、大部屋役者を振り出しに大看板に登り、四代目、五代目團十郎に一目置かれるまで研鑽《けんさん》を重ねた不世出の役者である。鬼籍に入ってしばらく経つが、玄人筋から素人筋に至るまで惜しむ声の絶えない、愛された役者だった。

仲蔵は鋭い目をさらに細めた。

「俺も大部屋から始めたから、初代にあやかりたかったんだ。初代の斧定九郎《おのさだくろう》みてえな、すげえ工夫をしてえもんだよ」

初代中村仲蔵一番の功績は、『仮名手本忠臣蔵』の端役に過ぎなかった斧定九郎を人気悪役に押し上げたことだ。むさ苦しい山賊と描かれる斧定九郎を、白塗りの顔に五分月代、黒羽二重を尻からげにした見目麗しい浪人姿に作り替え、死に際の場面、白塗りの膝に吐血を垂らす見得を考案した。この艶《なま》めかしくも鬼気迫る演技が評判を生み、仲蔵は看板役者の地位を盤石なものにした。

仲蔵はじろりと喜右衛門に目を向けた。

「悪りい悪りい。で、今日は何の用だ」

「実は、東洲斎写楽についてお話を聞きに参りまして」

すると、仲蔵は目を剝き、身を乗り出した。

「写楽だと」

声には怒気が混じっている。しかし、すぐに咳に阻まれる。

背中をさすって仲蔵を落ち着かせたところで、喜右衛門は聞いた。

「一体何があったんですか」

「気に食わねえ野郎だ。一度挨拶に来たが、生意気でよ」

「写楽と会ったのですね。いつのことか覚えておいでですか」

「確か俺が川島治部五郎《かわしまじぶごろう》を演った時だな。残暑がきつかった思い出がある」

川島治部五郎の登場する芝居『二本松陸奥生長《むつそだち》』は、二年前の七月興行で掛かった芝居である。

「年の頃はお前さんと一緒くらいだったかな。羽織に袴、御丁寧に武家髷まで結ってるのに、刀を差してねえ変な野郎で、腰だめがなってない、もっと修業しろと俺に言って来やがった」

刀を差していない武家。斎藤十郎兵衛だろうと察した。写楽名義で川島治部五郎の絵が版行されている。この絵に言及していないことから鑑みるに、斎藤当人の真筆なのだろう。

「その前のお芝居『恋女房染分手綱』でも、写楽は仲蔵さん演じる江戸兵衛を描いておりますが」

「ああ。だな。だが、そんときには写楽に会ってない」

蔦屋は寛政六年七月興行の際には仲蔵に斎藤を引き合わせているのに、その前の五月興行では顔を出していないことになる。五月興行で仲蔵を描いた『三代目大谷鬼次の江戸兵衛』は斎藤が自分の作ではないと主張する一枚である。

喜右衛門は問いを切り出した。

「仲蔵さんは、『恋女房染分手綱』の江戸兵衛をおやりになられたんですよね」

「おう、端役だよ」

口ぶりこそ不満げだったが、仲蔵はくすぐったげな表情をして、答えた。

江戸兵衛は『恋女房染分手綱』の悪役、鷲塚兄弟の弟、八平次の手下である。与作の奴、一平の行く手に立ちはだかり、藩の御用金を強奪する。主人公の与作とは直接の関わりはないものの、落魄《らくはく》のきっかけを作る、重要な登場人物の一人である。

「端役の良さは、趣向を好きにいじり回せるところだ。江戸兵衛は色んな役者の手垢がついてるから新しい趣向とはいかなかったけどよ」

仲蔵は、布団の上で身振りを交えた。掌を大きく開いた後、肘を腰にぴたりとつけ、両腕を外に広げ、顔を大きく右から上、上から左に回し、最後に下手側を睨んだ。軽くなぞっただけ、上半身だけでの演技だったが、見得は堂に入っていた。

「こいつは、俺の発案なんだ。以前の趣向が嘘くさくてよ、作り替えたんだ。どうだい、いいだろ」

喜右衛門は相槌を打ち、質問を変えた。

「何でも、蔦屋さんがこの役に推挙したとか」

仲蔵は軽く、おう、と応じた。

「そうみたいだな。もっとも、蔦屋の推挙がなくとも、俺の役だったろうよ。俺が三代目大谷鬼次の名前で板を踏んでたあの頃、大谷の大名跡、大谷広右衛門《ひろえもん》は空席で、俺の師匠の大谷広次が悪役の顔だった。俺は師匠のすぐ下だったんだ。江戸兵衛の役くらい、楽に取れる立場だったよ」

大田南畝の家にあった辻番付によれば、当時の仲蔵、三代目大谷鬼次は、全体の位付が二十六位、立役者としては中堅どころだった。先の発言は壮言ではない。

「この役をやっていて、変なことはありましたか」

「藪から棒だな」

すみません、と喜右衛門が謝ると、仲蔵はいたずらっぽく口角を上げた。が、思い当たるものがあったのか、あ、と頓狂な声を発した。

「一つ、あった」

促すと、仲蔵は虚空に目を泳がせたまま、続けた。

「大したことじゃねえんだが、推挙される前、座元に蔦屋を紹介されたときのことだ。蔦屋、変なことを言ってたっけ。俺の顔を見て、江戸兵衛に近い顔立ちだ、ってよ」

仲蔵は、自分の大きな鷲鼻を親指で指した。

「江戸兵衛にぴったりだ、なら分かるんだよ。役に合う顔立ちってのはあるからよぉ。だが、江戸兵衛に近い、ってのはどういうこったろうな」

不可解な発言だが、意図を探るだけの糸口もない。生じた疑問を棚上げにして、喜右衛門は別の問いを放つ。

「写楽の『江戸兵衛』は、自身に似ているとお思いでございましょうか」

仲蔵は布団に目を落とし、唸った。喜右衛門は口を開かず、ただ待った。

頰を指で掻きつつ、仲蔵は意を決したように口を開いた。

「似てる、と答えなきゃなんねえ義理があるんだよな」

「というと？」

「言ったままだ。義理があって答えられねえ」

歌麿は声を上げて笑った。

「おいおい仲蔵さん、それじゃあ、似てねえと認めるようなもんだぜ」

「どう取るかはてめえらの勝手だよ」

仲蔵は喜右衛門たちから顔を背ける。

概ね、聞きたいことは聞き終えた。

別れの挨拶をして立ち上がり、踵《きびす》を返したそのとき、あるものが喜右衛門の目に留まった。黒の直衣《のうし》が部屋の隅の衣桁に掛かっている。ただの着物ではない。染めの色が深い。とてつもない手間暇が費やされた、極上の漆黒だった。掃き溜めに鶴——裏長屋の一室そのものの仲蔵の部屋にあっては、ひどく浮いて見える。

喜右衛門の視線に気づいたのか、仲蔵は面映ゆげに頬を緩めた。

「お目が高いね。実は、次のお芝居で、役者を退く市川蝦蔵さん相手に『暫』のウケを演るのよ。無理言って、衣装を借りたんだ」

『暫』は江戸歌舞伎を代表する演目である。帝位を狙うウケが善良な人々を打ち首にせんとするあわやの場面に暫が割って入り、「暫く」の声と共に見得を切ってウケの魔の手から人々を救う、荒事《あらごと》芝居の代表格だ。

仲蔵は白い歯を見せた。

「蝦蔵さんは凄え役者だ。あの人と比べちゃ、俺は若い。三十八だからな。ウケは板を引き締める大事な役だし、実悪よりも難しい公家悪《くげあく》だ。何としても病を治して、この大一番に臨みてえもんだ。この芝居に出られなかったら、中村仲蔵の名が泣かあな」

仲蔵は憎々しげに自分の腿を叩く。

「仲蔵さんは、本当にお仕事がお好きなんですねえ」

すると、仲蔵は困惑の混じった笑みを浮かべた。

「ああ。楽しいさ。じゃなくちゃ、やってられねえよ」

喜右衛門の胸が、ずきりと痛んだ。

黙りこくる喜右衛門に、そうだ、と仲蔵は声を掛けた。

「写楽の正体とやらが分かったら、俺にも教えてくれよ。俺の江戸兵衛をあんな風に描いた野郎には、夢枕に立ってでもお礼参りしなくっちゃな」

ふと、背に戦慄が走った。一瞬、仲蔵の佇まいに死の影を見たのだった。だが、喜右衛門はそんな予感から目を逸らし、仲蔵の長屋を後にした。


仙鶴堂の奥の間で、算盤を弾く軽快な音が響く。しかし、その音とは裏腹に、喜右衛門の溜息は深い。

店の帳簿を整理しているところだった。数字を眺め、算盤を弾くと、損は出ていないものの地本の売り上げが落ち込み、物の本で身代を支える仙鶴堂の今が浮き彫りになっていく。元々陰鬱な仕事だが、実際の数字を前にすると、なおのこと気が塞ぐ。

本当は、地本が作りたい。新たな戯作や浮世絵を版行して、世を騒がせたい。だが、代々の老舗、仙鶴堂の主人としての責任が枷《かせ》となる。結果として、喜右衛門は己の思いに蓋をするしかなかった。

どっ白けた面をしている――歌麿の言葉を思い出し、気が塞いだ。

喜右衛門は叫びたくなった。面白いことをしようにもできないんだから当たり前じゃないですか、と。

仙鶴堂は番頭一人、手代五人の大所帯だ。雇人への責、老舗の看板の重みが、店や喜右衛門をがんじがらめに縛っている。かつての蔦屋のような奇抜な商いは、今の仙鶴堂にはできない。店主となってから、店の取り回しは格段に巧くなった。反面、自分の好みの本を作り売る版元の醍醐味から遠ざかりつつあるという自覚がある。

作業を終えた喜右衛門は帳簿をしまうと、文箱から昨日京から届いたばかりの手紙を取り出し、広げた。

息子の喜介《きすけ》の手紙だった。

そこには京都鶴屋の丁稚として働く喜介の近況が綴られていた。旦那に大事にされていること、今は物の本の開版を手伝っていること、学者先生に怒られながらも精一杯働いていること――跳ねるような字から、この文を書く喜介の表情が目に浮かぶようだった。

十一になる一人息子を思いつつ、喜右衛門は目を揉んだ。

四年前、喜介をお辰の実家、京都鶴屋に修業に出した。京都鶴屋は書物問屋としての歴史が長うございますゆえ、学べるものも多いはずです、そんなお辰の勧めに反対する理由はなかった。

息子の面影を思いつつ文を畳み、文箱に収めたその時、丁稚が部屋に姿を現した。表に客人があるという。筆や硯をしまい、表に向かった。客の姿はほとんどない。夏の終わりの地本問屋そのままの光景が広がっている。けだるげな気配漂う店先に、本棚を眺めて腕を組む、蔦屋重三郎の姿があった。

この日も蔦屋は白の半衿に黒の着物姿だった。普通、版元が同業者の棚を眺めるときには心底を測られないよう神妙な表情を浮かべるものだが、蔦屋は目を輝かせ、笑みすら浮かべていた。

「蔦屋さん」

喜右衛門が板間の上から声を掛けると、蔦屋は丁寧に頭を下げた。

「突然のお訪ね、すみません。――さすがは鶴喜さんですね。お客の求めをよく知る、手堅い本棚をお作りです」

「何を言うやら。天下の版元、耕書堂主人にそう言われても、嫌味にしか聞こえませぬよ」

「そんなつもりは滅相も。それに」

蔦屋は苦笑して、言った。

「あたしは、あんなことを起こしてしまった札付きですから」

蔦屋の言う〝あんなこと〟に思い当たる節はあったが、喜右衛門はその話柄を広げなかった。つっかけを履き、土間に降りると、気まずい気配を振り払うように、殊更に明るく切り出した。

「蔦屋さん、ようこそいらっしゃいました。何かご用ですか。もし込み入ったお話でしたら、茶を用意いたしましょう」

喜右衛門が奥を差すと、人のいない店先を見渡し、蔦屋は軽く手を振った。

「すぐ終わる話ですし、今はお客さんもいないようですからここで」

促すと、蔦屋は笑みを浮かべたまま、喜右衛門に顔を寄せた。

「鶴喜さん、写楽について調べ回っているみたいですね」

「なぜそれを」

「地獄耳じゃなきゃ、版元稼業は務まりませんよ。――あたしの忠告を聞き入れてくれなかったんですね」

喜右衛門はあえて素っ気なく返した。

「版元稼業は出し抜き出し抜かれの仕事です。同業者に何か言われて諦めるなんてこと、あっちゃいけません」

「違いない」

蔦屋は肩を揺らして笑った。どこか、物悲しい笑い方だった。

喜右衛門は言葉を返した。意図せず、吐き捨てる風になった。

「蔦屋さんともあろうお方が、商いの仁義などと言い出しはしませぬよね」

商いの仁義――馴れ合い――を蹴り捨て、一代で天下一の版元に躍り出た風雲児が蔦屋だ。皮肉を前にしても、蔦屋は笑みを崩さなかった。

「仰る通り、仁義を切れなんて、あたしの言えた口じゃありません。ただ、寝た子を起こすなと言ってるんです」

蔦屋は声を潜めた。それでも、明るい声色はそのままだった。

「本物の写楽は絶対に見つかりません。手の届かないものを探して、波風を起こさないでいただきたいのです。事と次第によっては、あなたにも火の粉が降りかかりますよ」

「どういう、意味ですか」

「申し上げた通りです」

蔦屋は喜右衛門から離れた。なおも笑顔を崩さなかった。そして、少し声を上げ、続けた。

「この件から手を引いてください。代々の名店、仙鶴堂を潰したくなければね」

「待ってください。蔦屋さんにとって、写楽は一体」

喜右衛門の問いに、蔦屋はしばし考え込むと、ややあって、ぽつりと言った。

「憧《あくが》れ、ですかね」

透明な笑みを浮かべた蔦屋はくるりと踵を返し、黒い着物の袖を風にはためかせつつ、店から離れていった。

呼び止めようとしたものの、店先に現れた客に声を掛けられた。子供向け儒学本を探しているという。客を本棚に案内するうち、蔦屋の姿は日本橋通油町の雑踏の波間に消えた。

喜右衛門はふと店先を眺めた。物の本に追い立てられるかのように、店の隅に集められた錦絵や戯作——地本は、居心地悪そうにして本棚の上に並んでいる。

# ある記憶　壱

戯場では、この日もツケが高らかに打ち響いた。

だんびらを振り回し入り乱れる役者の勇姿に、客は歓呼の声を上げる。この日、最も目立っていたのは大谷広次だった。裃《かみしも》を肩脱ぎにし、船の上で憎々しい悪役を演じている。

「おい、蔦屋」

蔦屋は芝居から目を離し、横に向いた。

声の主は、写楽だった。

紫の頭巾で顔を隠す写楽は、席の手すりから身を乗り出し、食い入るように芝居を眺めていた。板の上で大見得を切る役者の姿に目を輝かせ、他の客と共に手を打つ。

「こんないい席を用意するたあ、やるな」

この日は、板正面の桟敷席を取った。茶屋に金を積み、押さえただけあって芝居の様子がよく見える。

「喜んで頂けて何よりです」

満員御礼の客席がどよめき、戯場が揺れた。船を模した大道具の舳先《へさき》に立つ大谷広次が足を踏み鳴らし、太刀の鐺《こじり》を床に打ち付けての大見得を切った。大向こうからやんやの声が上がり、広次は睨みで応じる。

「俺は当代の演技が好きだね。あの人ァ、悪役の重みのなんたるかを分かってらっしゃる」

広次の大見得に目を細めつつ、写楽は続けた。

「なあ、蔦屋よ」

「なんでしょう」

「役者絵、描かしちゃくれないだろうか」

蔦屋は思案の末、静かに言った。

「こう言っちゃなんですが、耕書堂《うち》は役者絵が得意じゃありませんし、第一役者絵は鳥居の一派が強い。なかなか難しいかと。それに、先生には色々とお仕事を頼んでいるはずですが」

「まあ、そうだわな。だがよ。お前さんの扱いなんざ、知ったこっちゃない。俺は絵師なんだ。他の仕事で当たりを取っちまったが、絵師としても大きな仕事をやってみてえと思ってる」

暫く黙考し、蔦屋は口を開いた。

「今はいけません。でも、そのうち、機が熟したら必ず」

「いいだろう、待ってるよ」

写楽は板の上に遠い目を向けた。何かを羨むような目つきだった。

板の上の大谷広次は太刀を抜き、大きく振りかぶって見せた。広次の頭上で翻された刀身は、まるで三日月のように煌めいていている。

# 寛政八年　秋

飾り気のない木戸を開くと、顔料や膠《にかわ》の匂いが鶴屋喜右衛門《つるやきえもん》の鼻先を掠《かす》めた。北壁の小窓から照り返しの日差しが落ち、部屋を青く、ぼんやりと照らしている。本来は女中部屋なのだろう。六畳ほどの板間だったが、足の踏み場がないばかりか、見通しも悪い。床には絵筆や絵皿が散乱し、渡された洗濯紐に描きかけの絵が吊ってあった。

商売柄、こうした光景は見慣れている。画室だ。

画室の真ん中に、斎藤十郎兵衛《さいとうじゅうろうべえ》の姿があった。筆を手に持ったまま唸り、『三代目大谷鬼次《おおたにおにじ》の江戸兵衛《えどべえ》』の線画を見下ろしている。

斎藤の顔を覗き見た。血色が悪く、浮かない顔をしていた。

喜右衛門が声を掛けると、斎藤は「よう来た」と言い、筆を脇に置いて、自分の前に人一人が座れるだけの場を作った。意を察した喜右衛門は、そこに腰を下ろす。

「依頼の絵を描いておったのだ。見てくれぬか」

挨拶もそこそこに、喜右衛門は絵を手に取った。

見る前から覚悟はしていたものの、落胆が大きい。

出来が悪かった。描線は元絵をなぞっただけのものでしかない。線画であることを差し引いても、迫力に雲泥の差がある。何がどう違うのか、指摘するのは難しい。ただ、本物に存在した大事な何かが、斎藤の絵から抜け落ちている。

お武家様に失礼を申し上げます、と切り出し、喜右衛門は噛んで含めるように言葉を重ねた。

「この絵では、先方も納得しないことでしょう」

肩を落とす斎藤に、喜右衛門は声を掛ける。

「のんびりおやりください。焦らず、じっくりと、写楽《しゃらく》の絵を思い出して下されば」

その声は、知らず、掠れた。

斎藤は描きかけの『三代目大谷鬼次の江戸兵衛』を両手で丸め、脇に捨てた。その先には紙くずの山がある。

「今回、写して、改めて思った。写楽は天才だ。あの頃、真似絵が描けたのが面妖でならん」

斎藤は立ち上がると、一枚の大判絵を洗濯紐から取り、喜右衛門に差し出した。

かつて斎藤が写楽名義で描いた『二代目嵐《あらし》龍造《りゅうぞう》の金貸石部《いしべ》金吉《きんきち》』の肉筆画だ。

向かって右を向き左手を右肩に当てた、格子柄の着物の中年男が描かれた大首絵である。元の絵は、嵐龍造の人懐っこい目と下がり眉、四角い顔立ちを余すところなく描き出した佳品で、写楽数寄の間でも評価の高いものだった。石部金吉は、寛政六年五月興行で打たれた芝居『花菖蒲《はなあやめ》文禄曾我』の登場人物である。

「こちらも、いけませぬね」

きちんとした絵ではある。破綻はないし、光るところもある。だが、かつて江戸を騒がせた写楽の筆致はどこにもない。

「なぜ、あの頃の写楽の絵が描けぬのでしょうね。かつて斎藤様は、写楽風の絵が描けておいででしたのに」

斎藤は俯いた。だが、ややあって、ぽつりと言った。

「写楽風、か。そなたも、某《それがし》を見てはくれぬのだな」

喜右衛門の二の句を断ち切ると、斎藤は投げやりに言った。

「今日のところは帰ってくれ。既に金は貰っている。版元が『江戸兵衛』を描けというなら石にかじりついてでも果たすのが絵師の務めなのだろう？　粘ってみる」

だが——と斎藤は前置きし、言った。

「今は、そなたのことが気に食わぬ」

とりつく島がない。喜右衛門はまたの来訪を約束し、いや、一方的に言い置き、その場から辞去した。

斎藤の家を出た喜右衛門は、店へ戻ることにした。小径から東海道に出て、北に足を向けて歩く中、考え事に浸る。

本物の写楽云々が斎藤の狂言という線もありうる——夏時分はそう考えていた。だからこそ、『江戸兵衛』の作者でないと告白を受けても、斎藤に『江戸兵衛』の肉筆画を頼み続けた。しかし、事、ここに至り、喜右衛門は確信を持った。斎藤の言う通り、写楽はもう一人いる。

二代目中村仲蔵《なかむらなかぞう》への聞き取り以来、写楽探しは止まっていた。蔦屋重三郎《つたやじゅうざぶろう》の忠告もあったが、秋の売り出しの準備で忙しくなり、写楽まで手が回らなかったためだ。

唐衣橘洲《からころもきっしゅう》との約束は生きている。

喜右衛門は今の仕事に思いを致した。秋の売り出しが始まり、手が空いたところだった。しばらく、版元は正月の売り出しに向けた種蒔《ま》きの時期になる。版元の主人としては、絵師や戯作者との打ち合わせなどで随意に動ける時期だ。

喜右衛門は空を見上げた。鱗雲《うろこぐも》が何処までも続いている。

京橋は町人・商人の町だ。材木問屋の並ぶ一角はいつも気っ風の良い者たちでごった返している。材木は景気がよかろうが悪かろうがそれなりに売れ、職人も食いはぐれることはない。松平定信の仕法が猛威を振るい火が消えたように町方が静かだった時分も、この界隈《かいわい》だけは活気を失わなかった。

材木問屋の通りから外れて小間物問屋の並びを行き、商人向けの飯屋の並びに至った喜右衛門は、茶を挽《ひ》く豆腐屋と、良い匂いを暖簾《のれん》の向こうから漂わせる飯屋の間にある裏長屋の木戸をくぐった。板の外れかかった溝《どぶ》を避けて一等奥まで進むと、煙草入れをあしらった木の看板が脇に掛かり、「たばこもの」と大書された障子戸が喜右衛門を出迎えた。いつの間にか表の喧噪は遠ざかっている。

戸を叩く。すると、

「開いてるぞ」

奥から、商人の挨拶とは思えない、つっけんどんな声がした。苦笑しつつ、喜右衛門は戸を開いた。

入ってすぐのところに土間と六畳ほどの板間があり、いくつか部屋があるのか奥に襖が立っている。長屋の一室としては豪奢な作りだった。

梁《はり》に渡された洗濯紐に茶色い草――煙草葉――がいくつもぶら下がり、中は見通しが悪い。煙草葉をかき分け奥に向かうと、板間の上がり框《かまち》には方二尺ほどに区切られた背の低い棚が置かれ、煙草入れや煙管《きせる》の羅宇《らう》、雁首《がんくび》といった煙草道具が鎮座する店先が露わになる。

部屋に漂うコクの強い香りに鼻をひくつかせつつ、喜右衛門が辺りを見渡すと、棚の横、幅一尺ほどの大包丁と年季の入ったまな板を前にして座る山東京伝《さんとうきょうでん》の姿を認めた。

藍染めの羽織に茶の紬《つむぎ》着物を合わせている。昔は着る物に頓着のない人だったが、吉原の妓女《ぎじょ》を落籍《ひ》かせて妻に迎えてからというもの、洒脱《しゃだつ》ないでたちに身を包むようになった。もっとも、数年前にその妻とは死に別れ、今は男やもめだ。

喜右衛門が気安く声を掛けると、京伝は顔を上げた。

「喜坊《きぃぼう》か。よく来た」

「もうそう呼ぶの、止めて頂けませぬか。こそばゆくって」

「小さな時分の呼び癖が抜けなくてな」

悪びれもせず、京伝は言った。

山東京伝は、天明の頃から挿絵や草双紙の著者《かきて》として名を馳せ、寛政の頭頃に当代随一に躍り出た人気戯作者である。しかし、寛政三年、蔦屋重三郎の耕書堂《こうしょどう》から出した草双紙が風紀紊乱《びんらん》を招くと指弾され手鎖《てぐさり》を食らい、暫くの間筆を折った。今は煙草小物屋と戯作者の二足のわらじを履き、どちらも大いに流行らせている。趣味でやっている煙草葉の調合も、玄人はだしの腕前と評判だ。

吉原に材を取る洒落本、諧謔《かいぎゃく》を旨とする黄表紙の第一人者、そんな大仰な評判から誤解されることも多いが、実際の京伝は訥々《とつとつ》とものを話す穏やかな人である。粋人《すいじん》の枠に嵌《はま》らない、世慣れない雰囲気を宿した物腰が女人の心をくすぐるのか、悪所では大いにもてる。

子供時分、喜右衛門は父に連れられ、よく京伝の元を訪ねたものだった。その度に小遣いをくれ、書き物の手を止めて遊びに連れて行ってくれた。そんな関係は、喜右衛門が父の仕事を手伝うようになってからも変わらなかった。父の代わりに原稿を催促に行けば「ただ原稿を取って帰るんじゃ面白くないだろう」と物見遊山に連れ出し、その地の名物を馳走してくれた。ある戯作の出版祝いの際「版元は酒を飲んで一人前」と喜右衛門に絡む戯作者を引き剝がし、代わりに返杯を受けたのも、その場に居合わせた京伝だった。

京伝は、さて、と言った。

「今日は新刊の話かな」

喜右衛門は頭を版元の主としてのそれに切り替える。

「はい。話が早くて助かります。今回は滑稽本をお願いしたく」

「来年の一月刊行だな」

「仰る通りで。うちの目玉となります」

草双紙は縁起物の側面があるため、有力な新刊は正月を目指して版行される。戯作者歴の長い京伝にとっては慣れたやりとりなのか、話も早い。

「して、何を書くべきか。仙鶴堂《せんかくどう》主人としての注文を聞きたい」

京伝は、仙鶴堂主人、の処に抑揚をつけた。その謂《いい》を理解した喜右衛門は、気を引き締め、口を開く。

「今、子供向けの教養本が当たっておりますから、そうしたものをお願いしたく思っています。例えば、類書《るいしょ》に滑稽味を混ぜて、子供向け読み物に仕立て直してはいかがでしょう」

喜右衛門は己の言葉に薄ら寒さを覚えた。守りに徹した提案なのは、喜右衛門自身、痛いほど承知している。しかし、版元稼業を通じて身についた鉄面皮で自分の内心を覆い隠した。当代一流の戯作者にすら売れ筋のものを頼むことに思うところはあったが、実用を前面に打ち出さないことには、戯作は売れなくなった。

おずおずと顔を上げる。しかし、京伝は涼しげな顔で頷いた。

「構わない。むしろ、ありがたい。子供向けなら、お上に睨まれることもあるまいよ。手鎖はもうごめんだ」

京伝は両腕を並べ、顔の前に掲げた。見えない枷《かせ》が腕に嵌っているかのような仕草だった。決して口数は多くない。だが、その分、身振りは重い。

新刊の打ち合わせは進んだ。『和漢三才図会《わかんさんさいずえ》』を子供にも分かるように嚙み砕き、滑稽味を加えた本にすると骨子が決まったところで、京伝はふいに小首をかしげた。

「ときに、今日は到着が遅かったな。いつもなら午後一番にやってくるのに」

「ええ。今日は唐衣橘洲先生にお目に掛かってまして」

「狂歌集を出すのか」

「いえ、実は」

隠すことではない。写楽の件を話した。

話をすべて聞き終えると、京伝は、むう、と唸った。

「斎藤某が描いていない絵が六枚、か」

「どう思われます」

京伝は真面目な顔で言った。

「まず聞くべきは、〝京伝先生が本物の写楽では〟じゃないのか」

京伝は時折、真顔で冗談を言うことがある。喜右衛門は相好を崩し、首を振った。

「あり得ませぬよ。あたしが一番承知してます。付き合いも長いですから」

写楽が活躍した時分の京伝は、手鎖を受けた心の傷から立ち直れずにおり、自称弟子の曲亭馬琴《きょくていばきん》に代筆をさせるほどに憔悴《しょうすい》していた。

『このままでは京伝さんが戯作から離れてしまわれる』

蔦屋と喜右衛門はどちらともなくそう言い、寛政六年の春、二人で協力して京伝から原稿を取ることになった。途轍もなく苦労した。戯作から気持ちが離れ、勘の鈍った京伝を宥《なだ》めすかして文机に向かわせ、書き上がった原稿をすぐに校合《こうごう》に回し、執筆と同時並行で推敲《すいこう》をし、できたものを彫師に一枚一枚渡す、絵に描いたような修羅場が半年に亘って続いた。彫師にどやされ、摺師に嫌味を言われ、必死の思いで製本に漕ぎ着けたのは、初売りの前日、元日の夕方のことだった。その間、喜右衛門は毎日のように京伝の家に足を運んだ。他の仕事を蔦屋から請けていれば、必ずや察知できたはずだ。

そもそも、京伝と本物の写楽の画風はまったく違う。京伝は北尾《きたお》派の正統を行く画風なのに対し、本物の写楽は勝川春章《かつかわしゅんしょう》の画風に属している。

二重の意味であり得ない。それが、版元としての喜右衛門の見立てだった。

「――すまぬ、混ぜ返した」

謝った京伝は「どう思うか、だったたな」と先の喜右衛門の言葉を繰り返し、続けた。

「耕書堂の若手も知らぬ、歌舞伎の面々もよう知らぬとなると、八方塞がりだな。しかも、耕書堂の若手連中は本物の写楽など見たことがないと言うておるのだろう」

喜右衛門が小さく頷くと、京伝は続けた。

「絵を描けぬようになった斎藤某の言い逃れと見るのが適当にも思える。が、斎藤某の挙げた六作が同じ芝居のもので、しかも名作の誉れ高い寛政六年五月興行の分となると、妙に真実味が増す」

「そうなんですよ。あたしにも、そう思えてきてしまって」

顎に手をやる京伝は、むうと唸り、口を開いた。

「本物の写楽は、余程の事情持ちだな」

言わんとするところが分からず話を促すと、京伝は続けた。

「蔦屋出入りの職人や元番頭が知らぬ絵師だぞ。あるいは嘘をついているのかもしれんが、いずれにしてもそこまでして身元が隠されていることになる。一人くらいはぽろっと喋っても不思議ではないのにな。だとすれば、重三郎が途轍もない労力を使って皆の口を塞いだか、誰にも逢わさず本物の写楽と付き合ったことになる。そこまでせねばならぬのは、という訳だ」

「例えば、お大名とか、お武家ですか」

「あるいは、異国人」

「それはさすがに。写楽は勝川派の流れを汲んでおるようです。異国人に勝川派の筆法を学ぶ暇があるとは思えませぬ」

冗談だったらしい。京伝は指で頬をかき、続けた。

「――とにかく、本物の写楽とやらが実際にいるとするなら、何らかの差し障りがあって正体を隠しているとみるべきだ。耕書堂主人の、蔦屋重三郎がな」

喜右衛門は質問を変えた。

「もし京伝先生があたしだったら、どう調べますか」

「訳ありの筋から探す手もなくはないが、調べが煩雑《はんざつ》になる。もし俺なら、絵師を虱潰《しらみつぶ》しにする。その方が早い」

「なるほど。江戸にいる絵師なら、数に限りがありますからね」

頷いた京伝だったが、当人が得心していない様子で、眉根《まゆね》を額に集め、唸った。

「しかし、誰一人として本物の写楽を見た者がないのが気になる。幽霊か、それとも妖《あやかし》か」

同感だった。

二百年前ではない。たった二年前に活動していた絵師だ。なのに、姿を見た者がいない。皆で口裏を合わせている？　そんなことなどできっこない。口の軽い者はどこにでもいる。誰の口からも話が出ないことを考えると、やはり、誰も本物の写楽を見ていないと見るべきだ。

喜右衛門は、京伝に写楽の『三代目大谷鬼次の江戸兵衛』を渡した。

「何か、この絵から分かることはありませぬか」

京伝は絵を手に持ち、見下ろした。穴が空くほどに目を向けるうち、自分の膝前に絵を広げ、落款《らっかん》部分を指した。

「全く見当は付かんが、一つ気になったのは、ここの〝画〟だな。写楽は画の縦棒を田から突き出さない癖があるようだ」

言う通り、写楽の落款「東洲齋寫樂画」の〝画〟は、田の中央の縦線が上にはみ出していない。

「書き癖だろう。画の本字だな。参考にはならんか」

「いえ、ありがたいご指摘です」

普通の場面では崩し字を用いるから、字の細かな違いは問題にならない。楷書の落款だからこその発見だった。小さなものではあるが、手がかりには違いない。

「そういえば、お聞きしたいことが他にもあったのでした」

促され、喜右衛門は切り出した。

「憧《あく》れ、とは、どうした意味でしょうか」

以前、写楽について話した際、蔦屋の口から零《こぼ》れた言葉だった。自分なりに調べてみたものの、要領を得なかった。博覧強記な京伝ならば或いはと思い、口にしたのだった。

京伝は、ふうむ、と唸る。

「〝あくがるる心はさても山桜　散りなんのちや身に帰るべき〟の憧《あく》れか」

喜右衛門が幾度かまばたきをすると、京伝はぴしゃりと言った。

「西行法師の有名な短歌だ。〝花に憧れてふらふら彷徨《さまよ》う心はここに留め置くことはできないにしても、山桜が散った後には自分の身に戻ってくるものだろうか〟といった意味だ」

「すみません、〝憧れる〟は分かるんですが、〝ふらふら彷徨う〟の意はどこから出てきたのですか」

「掛詞だ。古語の〝憧《あく》る〟には、〝心惹かれる〟と〝ふらふら彷徨う〟意がある。むしろ、〝彷徨う〟方が本義だ」

あのときの蔦屋は、どちらの意で〝憧《あく》れ〟と口にしたのだろう。答えが出ないまま、二、三話をしたのち、喜右衛門は京伝の元を辞した。

店じまいの気配漂う町人の町、京橋の往来に立った喜右衛門は、急ぎ足で日本橋へ戻った。

次の日、奥の間で番頭や手代と月例の打ち合わせを開いた。床の間のすぐ前に喜右衛門とお辰《たつ》が腰を下ろし、左右に番頭や手代が向き合って座る。

最初はそれぞれの仕事の進捗報告だった。自らの仕事を手早く説明する手代の後、喜右衛門は自分の抱える京伝との仕事について話した。

「京伝先生には、ここでの取り決め通り、子供向けの読み物をお願いした」

するると、横に座るお辰が声を挙げた。

「それはようございました。先生は何と？」

「乗り気であられたよ」

「でしょう。京伝先生だって、危ない橋を渡りたいとはお思いにならないでしょう」

前の打ち合わせの際、京伝に大人向けの滑稽本を書いて貰うという喜右衛門の主張をお辰に潰された。「今、お上に目をつけられれば面倒なことになります。京伝先生もそれはお望みにならないのでは。それに、今、戯作は全く売れませぬ」。そう言われては、喜右衛門も自案を取り下げるほかなかった。そんないきさつを思い出した喜右衛門は、お辰の能面めいた顔に、勝ち誇りの色を感じてならなかった。

山東京伝本気の戯作を読みたかった。未練を引きずるうちに、目の前の打ち合わせの話題は、自然と新作の売れ行きに移った。例外はあれど、刷り物は概《おおむ》ね、半月で売り上げの見通しが立つ。売り上げを見るのに丁度良い時節だった。

手代が浮世絵、戯作や儒学本など各部門での売り上げについて説明した。説明が積み重ねられるうち、戯作や錦絵を始めとする地本《じほん》の売り上げ減を、儒学書や学問書といった物《もの》の本《ほん》、ことに初学者向けの本の堅調で補う今の仙鶴堂の様子が浮き彫りになる。

「従いまして、今後は、物の本に力を入れていくべきですな」

最後に番頭がそう締めくくった。苦虫を噛み潰したような顔だった。

喜右衛門は腕を組み、考える振りをした。言うべきことは決まっている。だが、言いたくはなかった。しばらく抗っていたものの、店の者たちの急かすような視線に追い立てられる形で、自分の腹の内を明かした。

「番頭の意見も尤《もっと》もだが、うちの店は元々地本問屋だ。戯作者や絵師の先生方とも付き合いが深い。物の本に力を入れすぎて先生方とのお付き合いが絶えてはいけない」

正月の売り出しは地本問屋の勝負所である。戯作や錦絵を前面に出すべきだと喜右衛門は付け加えた。

否やの声は上がらなかったものの、手代の中には不満げな表情を隠さない者もいた。しかしこの日の行司役を務める手代が皆を一瞥《いちべつ》し、次の議題へと移る旨を宣言する。そんな中、ちょっとよろしいでしょうか、と声が上がった。声の主は、喜右衛門の横に座るお辰だった。行司役の手代が話を促すと、お辰は眼鏡を上げ、無表情のまま口を開いた。

「旦那様はそう仰いますが、今、物の本の売り上げが地本に食い潰されている恰好なのでしょう？　なら、戯作や錦絵の新作はお休みしたほうがよいのではありませぬか」

秋の売り出しで新作版行を諦める代わり、新春の新作は出す。夏の間に交わした番頭との口約束を反故《ほご》にされた気分だった。声に険が混じる。

「何を言うか。そんなことをすれば」

「戯作者や絵師の先生方に迷惑が、ですか」

先回りされる恰好となった喜右衛門は口を噤《つぐ》んだ。それを答えと取ったのか、お辰は続ける。

「ならば、戯作者や絵師の先生にも物の本の仕事をお願いすればよろしいのでは。今、初学者向けの物の本が流行しています。戯作者の先生に物語仕立ての物の本を書いてもらえばいいですし、絵師の先生方にはその挿絵を描いてもらえばいいはずです」

喜右衛門も山東京伝にそうした仕事を頼んだくらいだ。お辰の謂《いい》は筋が通っている。だが、喜右衛門が危惧するのは、戯作者、絵師の生活のことばかりではない。

「一度戯作や錦絵の商いを小さくすると、その分、それらを得意にする彫師、摺師の仕事が減る。一朝一夕ではどうしようもない損失になる」

「でしたら、そうした方たちにも物の本の仕事を」

「特に錦絵周りには、独特の技術《わざ》がある。錦絵の仕事がなくなると、これらも失われる」

職人の技術は長い修練の果てに身につく反面、ちょっとのことで失伝する。仕事を出すことで職人の手を守るのも版元の務めだと喜右衛門は亡き父から教わっている。

喜右衛門は咳払いをし、ざわめきを制した。

「物の本に力を入れる方針に反対はしない。だが、戯作や錦絵もきちんと売る。それでよいか」

喜右衛門は座を見渡し、最後にお辰に目を向けた。お辰は何か言いたげに口ごもる。しかし、最後には諦めたようにかぶりを振って、

「差し出口、失礼をいたしました」

手をついた。

打ち合わせが終わった。手代や番頭は、重い足取りで部屋を去る。お辰も、喜右衛門の顔色を窺いつつ立ち上がると、幾度か振り返りつつ、縁側に消えた。

喜右衛門は、人のいなくなった奥の間の真ん中で腕を組み、物思いに沈んだ。

お辰のこと、店のことが頭上に揺蕩《たゆた》う。

仙鶴堂は父の代に京都の書物《しょもつ》問屋鶴屋《つるや》から独立を果たした。その際、本店はある条件を出した。

〝仙鶴堂の二代目に京都鶴屋の娘を娶《めあわ》せること〟。そうして仙鶴堂に嫁いできた京都鶴屋の娘が、お辰だった。

結婚当初、喜右衛門の母が、お辰に強く当たった。

『ご本家の娘の割に、気の利かない子だよ。上方言葉も嫌味だね』

喜右衛門の母は八百屋の娘で、気っ風良く店を切り盛りして仙鶴堂を繁盛させた人だった。それだけに、万事につけて静かなお辰が鼻についたのだろう。お辰は上方言葉こそ改めたが、客あしらいは一向に上達せず、一日店に出ると三日は寝込んだ。

その間、喜右衛門は何もできなかった。表は母が取り仕切っていて、手を出すことが叶わなかった。見て見ぬ振りがしばらく続いたものの、天明の終わりに母が死に、売り場の差配を任されたのを機に、喜右衛門は原稿の間違いを正す校合やまかないの用意といった、他人と関わらない仕事をお辰に任せた。妻が店を切り盛りし夫が本を作る、従来の書肆《しょし》における夫婦の分業を無視した采配だった。

仕事は得意な者に任せればよい、それ程度の考えだったが、数年後、物の本が店の主力となって校合の重要性が増し、専従で磨いたお辰の技倆《ぎりょう》が日の目を浴びた。仙鶴堂の正確な校合は著者の信頼を勝ち得、付き合いのない著者《かきて》に仕事を頼むときにも「仙鶴堂さんの校合は評判がいいから安心だね」と言われるに至った。

よく出来た妻だ。書物問屋の実務に関する知識は仙鶴堂でも随一で、店全体を見渡して本作りをしている。仙鶴堂が身代を保っているのは、お辰のおかげだった。

しかし、お辰が活躍すればするだけ、かつての仙鶴堂の姿が失われている気がしてならなかった。戯作や浮世絵の棚が削られ、代わりに物の本が山積みになった店先は、子供の頃、喜右衛門が慣れ親しんだ光景から遠くかけ離れている。

夫一人、妻一人の店なら、店主の思いのままに本を作ることができるだろう。しかし、仙鶴堂は多数の雇人を抱えた老舗《しにせ》で、付き合いのある職人の暮らしを守る義理もある。手堅く稼ぐより他にない。喜右衛門はときどき、ある夢を見る。仙鶴堂の建物が唸りを上げて喜右衛門に迫り、上にのしかかってくる、あえぐうち、その建物が父に変じている、そんな夢だ。脂汗と共に目覚めても、胸に感じていた重みは生々しく残る。

天井を見上げつつ喜右衛門が唸っていると、廊下に続く襖が開き、その隙間から丁稚が顔をひょっこり出した。どうした、と聞くと、丁稚は客人の来訪を告げた。奥に通すように命じ待つと、喜多川歌麿《きたがわうたまろ》が部屋に姿を現した。

紺の着流し姿の歌麿は、重い足取りで部屋に入り、どかりと喜右衛門の前に座った。着物は紬らしい。髷《まげ》も乱れておらず、髭も丁寧に剃っている。だが、ひどく血色が悪い。

「景気が悪そうですね」

喜右衛門があえて軽い口ぶりで切り出すと、歌麿は白い歯を見せ、けらけら笑った。しかし、その声は精彩を欠く。

「禁令が出ちまって、他の処で描いてた絵がいくつか没になっちまった」

歌麿はひらひらと手を振った。場に漂う辛気くさい気配を振り払おうとするかのような仕草だった。

寛政八年八月、判じ物の版行を禁じる触れが出た。

判じ物は絵に仕込んだ謎を見る者に解かせる趣向の絵のことで、細々と売れる子供向け錦絵のひとつだった。歌麿はこれに着目、書き入れを禁じられた美人の名前を判じ物に仕立てて解かせる判じ物美人絵を確立し、当てた。何かが当たると二番煎じが出るのが版元の常だが、判じ物も美人画も参入するには壁が厚いからか後追い作は出ていない。先に出た禁令は、事実上、歌麿一人を狙い撃ちにしたものだった。

「版元どもが竦《すく》み上がっちまってよ。結局、判じ物美人絵は様子見ってことになったんだよ」

「そいつは難儀でしたね」

うちで出しましょうか。

出かかった言葉を、理性で飲み込んだ。

天明の頃ならいざ知らず、寛政の今、禁令は無視できない。

老中主座の松平定信が断行した寛政の改革は性急かつ時代錯誤な代物で、武士を中心に反発が広がった。蔦屋はその世相を嗅ぎ取り、寛政の改革を茶化した戯作を書かせて版行し、大いに売った。

そんな狂乱の最中、人気を取った戯作者の恋川春町《こいかわはるまち》と朋誠堂喜三二《ほうせいどうきさんじ》の二人に、松平定信の手が伸びた。春町には駿河小島《おじま》藩年寄本役の倉橋寿平《くらはしじゅへい》、喜三二には秋田佐竹藩江戸留守居役の平沢平角《ひらさわへいかく》という表の顔があった。藩を通じて二人に圧力が掛かったのである。藩主の叱責を受けた喜三二は筆を折ると誓約し戯作から足を洗ったものの、春町は圧力をはね除け、なおも戯作を書き続けた。

何も起こらないはずはなかった。

寛政元年七月、春町は松平定信より出頭命令を受けた。その出頭日、春町は死んだ。表向き病死とされたが、その死は、詰め腹を切らされた、毒を呷《あお》ったといった憶測を呼んだ。

しかし、蔦屋は春町の死を経てもなお戯作を版行し続けた。そうしてついに寛政三年、戯作者の筆頭、山東京伝が手鎖を、自身は重過料の罰を受けた。

蔦屋贔屓《びいき》の喜右衛門から見ても、この一連の事件は蔦屋の軽率が招いたことに思えてならなかった。恋川春町が死んだ時点、いや、もっと前から、御政道の嫌う戯作から足を洗うべきだった。あの筆禍は、〝三日禁令〟と揶揄《やゆ》された御公儀の禁令のあり方に慣れ、定信公の本気度を取り違えた結果だ――それが喜右衛門の見方だった。

定信公が老中の職を辞した今も、依然として締め付けは厳しい。市中には「こうした作は禁じられているはず」と刷り物片手に奉行所に注進に走る野暮天すらいる。有り体に言って、商売にならない。

つまらなげに口をへの字に枉《ま》げた歌麿は、足を投げ出して天井を見上げた。

「十年前まではよかったよ。お上は俺たち町人にとやかく言ってこなかったんだから。くだらねえ世の中になったもんだ」

喜右衛門が頷くと、歌麿はがばと身を起こし、喜右衛門ににじり寄った。

「愚痴を言いに来たわけじゃなかった。鶴喜《つるき》さんよ、まだ、写楽の正体探し、やってるかい」

「ええ。一応は。夏の終わりまで仕事が忙しくって、ほとんど出来ずじまいだったんですけどね。そろそろ、また始めようかなと思ってます」

「そうかい。そいつはよかった。ちょいと耳寄りな話があってよお」

歌麿はずいと身を乗り出した。

数日前、贔屓筋との酒盛りが悪所で開かれた。その最中、歌舞伎役者、市川男女蔵《いちかわおめぞう》と引き合わされ意気投合、深更まで酒を飲み交わす中、歌麿が写楽の正体探しの話を酒の肴代わりに披露した。すると、男女蔵が興味を持った。

「〝もしよかったらあたしが戯場を案内します〟と男女蔵さんは言ってたぜ」

市川男女蔵といえば、斎藤十郎兵衛が自作でないと主張する『市川男女蔵の奴一平《やっこいっぺい》』の役者である。ありがたい申し出だった。

「いいですね。でも、ちと、教えてほしいことが」

「なんだい」

「歌麿先生はどうして写楽の調べにご助力くださるんですか」

歌麿は肩をすくめ、いたずらっぽく笑った。

「先にも言わなかったか。奴さんの顔を一目見たいだけだ」

喜右衛門は納得したふりをした。

渡りに舟ではある。夏時分、河原崎座《かわらざきざ》の河原崎権之助《ごんのすけ》や二代目中村仲蔵《なかむらなかぞう》に話を聞いた際、寛政六年、蔦屋が百両もの大金を河原崎座に援助したことや、『恋女房染分手綱《そめわけたづな》』の役者の一部を蔦屋が選び、演技にまで口を出したことが分かった。戯場が臭うと喜右衛門も睨んでいたところだ。

喜右衛門は歌麿の顔を見た。歌麿はあぐらを組んで目を虚空に泳がせている。その表情から底意を窺うことはできそうになかった。


月例の打ち合わせから数日後の昼下がり、仙鶴堂前で騒ぎが起こった。

青格子の着流しに銀鼠の帯を締め、いぶし銀の煙管を腰に差した白面の美男が突如、店先に現れたのだった。二十代半ばの年按配《としあんばい》で、逆八の字の眉にどんぐり眼《まなこ》、大きな鼻にへの字の口をした細面は、目の周りの印象が強いからか、鯔背《いなせ》というよりは、頑是《がんぜ》ない子供めいた可愛げがある。

丁度かき入れ時で、店先に客が屯《たむろ》する時分だった。役者絵に見入っていた町娘の一団がふとした拍子に優男に気づいて黄色い悲鳴を上げ、取り囲んだ。道を行く人々までも突如起こった大騒ぎに足を止め、瞬く間に野次馬の人垣ができあがった。

変事を察した喜右衛門は帳場から立ち上がると、優男――市川男女蔵を客から引き離して店の中へと逃がし、客間へ案内した。

「いやあ、助かりました。改めまして、市川男女蔵です」

男女蔵は涼しい顔で客間の真ん中に腰を下ろし、口元から白い歯をこぼした。表からはなおも女の悲鳴が聞こえるというのに、当人はあっけらかんとしていた。黄色い声を浴びるのに慣れている様子だった。

「こちらから伺うつもりでございましたのに」

喜右衛門がそう言うと、いえいえ、と男女蔵は両手を振った。

「ちと、相談したいこともありましたので」

相談でございますかと鸚鵡《おうむ》返《がえ》しにすると、男女蔵は、ええ、と軽やかに頷く。

「写楽について調べているんですってね。歌麿先生から聞きました。――鶴喜さんに、お覚悟の程を伺いに参りました」

大仰な物言いに喜右衛門が戸惑う中、男女蔵は鼻を鳴らした。

「写楽の名は、戯場においては禁句の一つでしてね」

写楽の寛政六年五月興行の絵は、似ている絵、似過ぎている絵、まったく似ていない絵と、かなりのむらがあり、しかも描かれるべき立役者の絵がなかったことで、役者の間で物議を醸したのだと男女蔵は言う。

「六代目團十郎《だんじゅうろう》さんがひどかったのなんの。なぜ俺の絵がないってんで大荒れでした。同じく描かれなかった大谷広次《ひろじ》さんは何も言ってませんでしたけど、弟子の中村仲蔵さん――あの頃は三代目大谷鬼次を名乗ってましたね――が描かれているのに自分の絵がないのには、内心、思うところがあったんじゃないですか。あの後、鬼次さんが大谷を割って出て中村仲蔵を名乗ったのは、この件で師匠筋としっくりいかなくなったからなんじゃないでしょうか。まあ、想像ですけどね」

「そうした不満は、蝦蔵《えびぞう》さんが火消しに回られたとか」

「お詳しいですねえ。仰る通りです。あのお方に〝ここは一つ俺の顔を立ててくれねえか〟と頭を下げられたら、角を引っ込める他ありません。江戸歌舞伎の顔役ですからね。でも、心の内に怨みは残る。そういうもんです」

男女蔵は、あたしは、と前置きし、続けた。研ぎ澄まされた刀のように目が鋭く変じた。

「評判や人気も大事ですが、戯場が好きで芝居をやってるところがあるんです。そういう人間にとっては、戯場を荒らされるのが一等業腹《ごうはら》でして。あなたみたいな手合いには辟易しているんです」

悪意の錐《きり》が突きつけられる。が、喜右衛門はその尖った切っ先を確固たる笑みで躱《かわ》した。

「畏《おそ》れながら――これしきの脅しで揺らいでは、地本問屋の主人なんてできませんよ」

戯作は売れませんから止めましょう――番頭やお辰の言葉が脳裏を掠め、つい、喜右衛門の口から強い調子の言葉が出た。

笑みを受けた男女蔵は、あーあ、と投げやりに声を上げ、肩をすくめる。それまでの険しい顔から一転、おどけて見せた。

「市川男女蔵の睨みが利きやしない。――どうやら、本気みたいですね。分かりました。改めて、ご協力を約束いたしましょう。役者に繋ぎます。話を聞きたい役者がいれば、ぜひぜひ」

食えないお人だ、と喜右衛門は心中でぼやく。喜右衛門の決意の程を試していたらしい。合点した様子の男女蔵の前で、喜右衛門は口を開いた。

「もちろん、他の役者さんにも繋いでいただきたいのですが、男女蔵さん、あなた様のお話もお伺いしたく」

「へ、あたしにですか」

「あなた様のことも写楽が描いておりますゆえ」

「なるほど」

男女蔵が頷いたのを見計らい、喜右衛門は本題に入った。

「男女蔵さんは、二年前の五月興行の際、『恋女房染分手綱』の一平を演じてらっしゃいますね」

「ええ。ありがたいことです」

「目立つお役ですものね」

喜右衛門が相槌を打つと、男女蔵は、まこと、と頷いた。

「立役四枚目のあたしにしちゃ破格です。出ずっぱりで大変でしたけどね」

男女蔵の演じた一平は、主役、伊達与作《だてよさく》の奴《やっこ》である。江戸兵衛に用金を奪われる失態を犯しながらも与作に付き従い、与作とその子、三吉《さんきち》（与之助《よのすけ》）に馬子の業を教える役どころで、与作や重の井《しげのい》に続いて板を踏む場が多い。

それに、と男女蔵は言った。

「実は一平は、死んだ親父が演じたことがあるんですよ」

「二代目の市川門之助《もんのすけ》様でございますね」

二代目市川門之助といえば、先代團十郎――蝦蔵――と共に一時代を築いた名優だった。

男女蔵は軽い調子で頷いた。

「あたしが上手く一平を演じることができたのも、親父の芝居を身近に見ていたからでしょうね。一緒に板を踏んだ二年前の芝居では父は伊達与作を演《や》ってたんですが、公方様が代替わりなすった年の興行では一平役だったんです。親父の一平は凄かったなあ。いや、親父だけじゃない。五代目團十郎に三代目大谷広右衛門《ひろえもん》、三代目の市川高麗蔵《こまぞう》に三代目坂田半五郎《さかたはんごろう》までも揃って板を踏む、豪華なお芝居でしたよ」

喜右衛門は立ち上がり、簞笥の中から写楽の『市川男女蔵の奴一平』を取り出すと、男女蔵の前に置いた。

向かって左を向いた奴髪の男が刀を抜く一瞬を捉えた、大判雲母摺《きらずり》の大首絵だった。橙色の着物には、男女蔵のものである三枡《みます》に男の定紋が染め抜かれている。

「この絵は、鬼次さん――中村仲蔵さん演じる江戸兵衛に脅される中、一平が刀を抜いたところでございましょうね」

「鶴喜さん、『江戸兵衛』の絵はお持ちじゃないですか」

「ございますよ」

また簞笥から『三代目大谷鬼次の江戸兵衛』を取り出し渡すと、男女蔵は自分の絵のすぐ横に『江戸兵衛』を置いた。丁度、紙の上にいる二人の役者が向かい合う形になった。

「江戸兵衛が脅して一平が刀を抜いて応じる、続き物みたいなつくりなんです。いやあ、迫力がありますねえ」

男女蔵は絵を三尺ほど離し、得心したように頷いた。

そうしたことで、より、緊迫した場の雰囲気が蘇る。男女蔵の言う通り、芝居の熱気をありのままに残す佳い絵だった。

でもなあ、と男女蔵は言った。

「何かが違う気がするんですよ」

「何か、とは？」

「いえね、それがよくわからんのです」

目をすがめた男女蔵は、ややあって、ああ、と得心げに唸った。

「そうか、これ、逆ですね」

「逆？」

意味が取れずに喜右衛門が聞き返すと、男女蔵は、ええ、と頷いた。

「色々あって、本番では鬼次さん演じる江戸兵衛が上手に、あたし演じる一平が下手に立って演じたんですよ。でも、この絵ではあべこべなんです」

本番では江戸兵衛が向かって右、一平が向かって左に立ったと男女蔵は言う。しかし、写楽の絵はあべこべだった。

どうしたことでございましょう、と喜右衛門が水を向けると、男女蔵は絵を見下ろしつつ、ぶつぶつと言葉を重ねた。独り言だった。

「描き手が上手と下手を間違えた？　見ずに描いたってことですかね？　それとも、練習の時の様子を元に描いたか。でも、そもそも蔦屋さんが絵師らしき人を連れてきた様子はなかったんですよねえ」

「男女蔵さんは写楽に逢うておられないのですか」

「ええ。少なくともあたしは見てません」

俄《にわか》には信じ難い話だった。

謎が謎を呼ぶ中、喜右衛門は訊いた。

「男女蔵さんは、ご自身の絵を、似ているとお思いですか」

男女蔵は、うーん、と唸る。

「似ていると言えば似てますし、似てないと言えば似てないですねえ。手前の顔ほど見慣れないものはありませんから、はっきりどうこうは言えませんが」

なるほど、と合いの手を入れた喜右衛門は、また別の絵を男女蔵の前に置いた。

向かって右を向いて左手を右の袂に入れた、薄墨色の着物姿の男を描く雲母摺の大首絵だった。逆八の字の眉、小さいどんぐり眼に大きく形のよい鼻、への字に結んだ口、ほっそりとした面長の顔は、目の前の男女蔵ともよく似ている。写楽の『二代目市川門之助の伊達与作』だ。寛政六年五月興行のもので、斎藤十郎兵衛が自作でないと主張する絵の一つである。

「この絵について、お父上様に似ていますでしょうか」

しばらくその絵を凝視した男女蔵は、顔を上げ、口を開いた。

「似てますよ。でも」

「でも、なんでしょう」

「大したことじゃないんですが」

「思ったまま仰ってくだされば」

歯にものが挟まったような口振りで、男女蔵は続けた。

「親父の顔にしては……若すぎる気がするんですよ。親父はこの芝居の板を踏んだ直後、五十二で死にました。蝦蔵さんの二つ年下です。この座組では年嵩《としかさ》な方なんですよ。晩年の親父は、白粉でもごまかせないくらい深い皺がありました。でも、この絵の顔には、皺が一つもない」

喜右衛門は皺だらけだった蝦蔵の顔を思い浮かべた。

「親父の演じた伊達与作は、腰元と不義密通し、小さな子供を抱える役どころです。年の頃でいえば、二十数歳から四十歳ってところでしょう。そうしたこともあって、絵師の側で皺をすべて消したのかもしれませんがね」

斎藤十郎兵衛が自作でないと主張する絵の一つ『市川蝦蔵の竹村定之進《たけむらさだのしん》』は、市川蝦蔵の顎から首回りに浮かぶ皺を粘着質なまでに紙上に留めている。片や中年役、片や老年役の違いはある。しかし、男女蔵の言葉を信じるなら、『伊達与作』は理想、『竹村定之進』は写実に則っていることになる。この違いについて喜右衛門は考えた。だが、これという答えは出ない。

概ね、訊くべきことは訊いた。

喜右衛門の内心を察したのか、話を聞きたい役者はいますか、と男女蔵は申し出た。

すかさず喜右衛門が数名の役者の名前を挙げると、男女蔵は顎に手を当て眉根を寄せたものの、

「幾人かはなんとかなるか」

後日遣いをやりますので、と言い残すと席を立ち、表へと向かった。そして、店先になおも残る娘たちを引き連れ、仙鶴堂から去っていった。野分《のわき》のようなひとときだった。


数日後、仙鶴堂にある老人が訪ね来た。三枡の代紋が染め抜かれた法被《はっぴ》を着るその男は、市川男女蔵の遣いだった。明日なら役者たちに話を聞くことができる、明日の午後、直接堺町《さかいちょう》の都座《みやこざ》に来てほしい、そんな男女蔵の言葉を伝え、遣いは帰った。

仙鶴堂には歌麿がいた。新作を描かせるために、喜右衛門が奥の間に閉じ込めていたのだった。ひいひい悲鳴を上げつつ次から次に絵を描き上げる歌麿は、男女蔵の遣いがやってきたのを知る

と、幾度となく手を叩いて快哉を叫んだ。

「よっしゃ、これで締め切りから召し放ちだ」

「いえ先生、逆ですよ逆。今日までにすべて仕上げて頂かないと、明日、芝居町にお連れしませんからね」

「殺生なこたぁ言いっこなしだよ」

泣き言を言いながらも、歌麿の手は止まらない。筆先は迷いなく紙の上を飛び回り、女の大首絵を描き出す。

絵師は、毎日一枚か二枚じりじりと仕上げる型、数日の間に何十枚も仕上げる型に大別できる。歌麿は後者の型だった。一年のうち十一ヶ月と十日は遊び呆け、十日で絵の構想を練り十日で絵を描く、『一年を二十日で暮らすよい男』もかくやの暮らしをしている。

仕上がったものが商い品として優秀で、締め切りさえ守られていれば、制作過程を問わないのが版元の嗜《たしな》みだ。版元は、絵師渡世を楽しげに謳歌する歌麿を胃薬片手に眺めている。

今回、仙鶴堂は十枚絵を頼んだが、早くも七枚目を描き終えたところだった。

丁度よい時分だった。喜右衛門は切りのいいところで休憩を告げると丁稚を呼び、茶菓子を用意するよう命じた。

丁稚は盆を抱え戻った。粒あんの乗った団子と、濃い一番茶、喜右衛門の茶の乗った盆を廊下で受け取った喜右衛門は、団子皿と一番茶を歌麿の座布団の前に置き、自分の湯飲みを手に取った。

「おお、今日の菓子は団子かい」

歌麿は仕上がった絵を部屋に渡された洗濯紐に下げ、絵道具を部屋の隅に退けた。その後、手を擦り合わせ、団子の串を手に取ると、何も食べず茶を啜る喜右衛門を眺め、首を傾げた。

「鶴喜さんは食わねえのか」

「ええ、昼飯を食い過ぎたもんで」

喜右衛門も甘いものに目がない。が、折からの不景気を受け、経費節減のために店の嗜好品を減らすことになった。店主が決まりを破っては下の者に示しがつかない。歌麿が団子を平らげる前で薄い番茶を啜り、止めどなく湧く唾を胃の腑に押し流す。

喜右衛門は洗濯紐に吊るされた歌麿の絵を眺めた。いい絵なのは間違いがない。素人女の顔立ちを大胆に描き出している。だが、『画本虫撰《えほんむしえらみ》』『当時三美人』を目の当たりにした時のようなぎらつきを目の前の絵から感じ取れずにいた。

歌麿が団子を一本食べ終えた。

内心のざらつきに蓋をして、喜右衛門は口を開く。

「正味な処を聞かせて欲しいんですが」

「何だい、改まって」

「歌麿先生は、写楽をどう思ってらっしゃるんです」

歌麿の顔から、笑みが消えた。

「別に何も」

喜右衛門はあえて踏み込んだ。

「ちと、あたしの見立てを聞いてもらっても？　いや、見立て、というよりは、避けては通れない疑問といったほうが正しいやも知れませぬが」

痛いほどの沈黙が、部屋中に満ちた。歌麿は乱暴に湯飲みを取り、音を立てて茶を啜った。そして茶がこぼれんばかりに勢いよく湯飲みを畳に置いた。

「勝手にしろ」

では、と喜右衛門は切り出した。

「本物の写楽は、歌麿先生なんじゃありませぬか」

歌麿は顎をしゃくった。促しと取り、喜右衛門は続ける。

「寛政四年頃まで、蔦屋さんの処の稼ぎ頭は歌麿先生でした。しかしあるときから耕書堂から絵が版行されなくなって、その代わりのように写楽が売り出された。歌麿先生が本物の写楽だったなら辻褄が合いますよ。それに、歌麿先生は少し前、役者絵を描いたって言ってましたよね。しかしその後、どうしたわけかお止めになっている。写楽の件で何かあって、役者絵を描くのが嫌になったのではありませぬか」

根拠はある。夏時分に大田《おおた》南畝《なんぽ》の家で見た歌麿の美人画三枚続き、『江ノ島岩屋の釣遊び』だ。寛政三年頃に刊行されたこの絵には、よく歌麿が用いる崩し字の「哥麿筆」ではなく、ほとんど楷書に近い字の「哥麿画」の落款が付されていた。調べてみると、天明八年から寛政三年頃にかけ、歌麿は「哥麿画」の落款を用いている。落款の「画」は、写楽の落款「東洲齋冩樂画」にも見られる字体だ。

曲亭馬琴たちは『自分たちが写楽ならそれを隠す理由がない』と言った。馬琴たち若手はそうだろう。が、歌麿は違う。理由こそ分からないが、歌麿は役者絵を嫌い、遠ざけている様子が窺える。役者絵に手を染めることになった歌麿が、それを羞《は》じて写楽の偽名を用いたのだとすれば辻褄が合う。

歌麿は協力する振りをしながら、本物の写楽探し——自分の秘密の暴露——を妨害しようと画策したのではないか。そんな疑惑が喜右衛門の中にあった。

喜右衛門は己の考えをすべて口にし、歌麿を見据えた。

しかし、歌麿は、喜右衛門と目を合わせるなり、声を上げて笑い出した。膝を叩き、ひいひいと声を引きつらせる。

「自信満々でそれかよ。噺家《はなしか》になったほうがいいぜ。江戸中の評判になること請け合いだ」

「違うんですか」

「よく考えろ、俺と写楽は全然画風が違うじゃねえか」

喜右衛門の口から、あ、と声が漏れた。

鳥山石燕《とりやませきえん》に絵を習い、鳥居《とりい》派に私淑し、北尾派の筆法を取り入れて一つの型をなした歌麿の画風に、勝川春章の影はない。納得したが、それでも喜右衛門は食い下がった。

「でも、歌麿先生なら、春章の真似くらい造作もないことでしょう」

「まあそうだな。でもお前、版元なら分かるだろ。真似する理由がねえ。俺みたいな人気絵師が捨て名を使って春画を描く時だって、いつものまんまの筆法なんだぜ。ちなみに俺は版元に頼み込まれて役者絵を描いたことがあるが、俺の筆法まんまだぞ」

ぐうの音も出なかった。

絵師が筆名を使い分けるのは、そう珍しいことではない。その中には、筆法まで切り替える手先の器用な者もあるだろう。だが、そうしてまで役者絵を描く理由が、歌麿にはない。歌麿の贔屓筋が歌麿の役者絵を求めた？　ならば、歌麿の画風での役者絵を所望するに決まっている。

喜右衛門は一番の疑念を口にした。

「じゃあ、どうして写楽を気に掛けるんです」

歌麿は口を結び、眉間に皺を溜めた。暫く口を噤んでいたが、やがて、つまらなげに息をつき、言った。

「さあね」

その口吻《こうふん》には、相手を突き放すような冷たさが滲んでいた。

部屋の中に重苦しい気配が満ちる中、歌麿は茶を一気に呷り、茶碗を畳に置いた。乱暴な手つきだった。

「これで話は終いだ」

歌麿は絵道具を並べ直し、絵に向き合った。即座に顔を引き締め、絵師の顔に戻る歌麿に、これ以上の問いをぶつけることはできなかった。

「芝居町の割に、人出が少ないね」

「控櫓《ひかえやぐら》の芝居が不入りみたいですから」

辺りを見渡す歌麿に、喜右衛門は軽く応じた。

ここは中村座《なかむらざ》の膝元、堺町だ。大小様々な芝居小屋や芝居茶屋、飯屋が軒を連ねている。他の町よりは人通りが多いが、大入の芝居がある時と比べると、人混みも見劣りがする。

目抜き通りを少し歩いたところに、江戸三座の一つ、中村座があった。もっとも、数年前に金繰りが悪くなって閉まったきり、櫓は立っていない。小屋の前は人が行き交うばかりで、足を止める者はない。

喜右衛門たちが無人の中村座を横目に目抜き通りをさらに行くと、中村座の控櫓、都座が姿を現す。九月の芝居が打ち切られたばかりで表に名題こそ掛かっているものの、幟《のぼり》は立っていない。

人の姿もまばらな都座の入り口前には、細面の大男が一人立っていた。肩に水玉模様の手ぬぐいをかけ、白地に紺の三枡紋が散らされた浴衣に身を包んでいる。市川男女蔵だった。喜右衛門たちに気づくと、ひょいと手を挙げる。そんなありふれた仕草にも、気品と色気が滲んでいる。

「ああ、鶴喜さんに歌麿さん」

「これは男女蔵さん、出迎えなどなさらずとも構いませぬのに」

「今日は根を詰めなくても構わない日なんです。よい気晴らしですよ」

白い歯を見せて笑った男女蔵は、大きな体をくるりと翻《ひるがえ》した。

「では、今日の本題に入りましょう。ご案内します」

男女蔵に続く形で木戸銭番のいない番台の脇から中に入ると、すぐに客席が眼前に現れた。二階席の上にある天井窓から光が差し込み、場内は薄ぼんやりと明るい。無人の客席の奥、天井窓の真四角の光が落ちる辺りに舞台がある。丁度そこでは浴衣姿の男たちが身振り手振りを交えて声を張り上げていた。芝居を浚《さら》っているらしい。破風屋根の下で若い役者が見得を切ると、共に板に立つ役者が、そうじゃねえ、こうだ、と身振りを交えて叱責を加える。こうですかい、とまた若い役者が見得を切り、違う、こうだ、と横の役者が身振りを返す。

「まるで職人のやりとりだな」

板の上の役者を眺めつつ歌麿が呟くと、男女蔵は目を細めた。

「あたしは子供の頃から板の上にいますから職人仕事がどんなもんかは存じませんが、上手な者が下手な者を導いて成り立つのがお芝居です。一人だけ上手くてもいけませんし、一人だけ下手でもいけない。皆がいい演技をしないと、芝居は腐ります」

役者たちの演技を横目に、男女蔵たちは隅の階段から板に上がり、袖から楽屋裏へ入った。一階の楽屋裏は静かで薄暗く、人の気配がほとんどない。

「今日は、鳴り物をやる役者がおりませんで、割と静かなんですよ。でも、もう少し奥に行くと賑やかになりますよ」

暗い廊下を暫く行くと、明るい縁側に行き当たった。縁側の向こうには白砂の敷かれた大きな庭があり、縁側に座る乙名《おとな》の檄《げき》を受け、トンボを切る半裸の若者たちや、二人一組になって足並みを揃える練習をする男たちの姿があった。額に汗を光らせ芸を磨く若者を見守るように、庭の左隅には小さな社が鎮座している。

「ここにいるのは稲荷町《いなりまち》、下っ端の役者たちです。二人一組でやっているのは馬の稽古ですね」

「なんで、稲荷町なんて名前なんです」

「中村座にある下っ端たちの楽屋が、勧請《かんじょう》された稲荷社の近くにあるからだという話ですよ。他のことを言う人もいますから、よくわからないというのが正直なところですけど」

一斉にトンボを切る若手役者たちから目を離し、喜右衛門は急な階段を上った。稲荷町の声が遠くに聞こえる階段の先には、無地の障子戸が続く一本の大廊下が伸びていた。

ほかに、物音はしない。

「二階は女形の控え室が置かれています。今、女形はお芝居の浚いで板の上です」

喜右衛門たちは静かな廊下の突き当たりにあった勾配のきつい階段を上り、三階へと向かった。

階段を上り切ると、三十畳はある板敷きの大部屋が広がっていた。中堅どころの中通《ちゅうどお》りや、名題一歩手前の相中《あいちゅう》の控え室だ。名題役者の控え室はその奥にあるという。装飾や調度品のないがらんとした大部屋の中では、浴衣姿の役者たちが、輪を作って掛け合いを通しで行ない、台詞を合わせ、所作の練習を繰り返しつつ過ごしていた。

大部屋の中を縫うように進む男女蔵は、ある男の前で足を止めた。その男は、眉間に皺を寄せ部屋の隅であぐらを組み、目の前の板壁を睨みつつ、ぶつぶつと台詞を口にしている。

「虎蔵《とらぞう》さん」

男女蔵が声をかけると、その男、谷村《たにむら》虎蔵は振り返った。

「おお、男女蔵の御曹司はんやおまへんか」

虎蔵は河内訛《こうちなま》りを放った。どぎつい響きの言葉だが、朗らかな声のおかげで柔らかな印象を持った。

居ずまいを正し男女蔵に向き直った虎蔵は、くしゃりと顔を歪めた。肌には皺一つない。かなり若いようだ。大きく丸い目、小鼻の大きな鼻、厚ぼったい唇、でっぷりとした顔の輪郭はいかにも悪役然とした作りだが、気の抜けた表情には素の人の良さが見え隠れする。

虎蔵は頭を振り、男女蔵の後ろに控える喜右衛門たちを一瞥した。

「これが例のお人でっか」

「虎蔵さんと話したいとかで」

「御曹司はんのお願いを袖にはできまへんわな」

虎蔵は喜右衛門たちに向き直り、名乗った。

「わては谷村虎蔵言います。こんな顔やさかい、悪役を中心にやらせてもろてます」

喜右衛門と歌麿は名乗り返した。すると虎蔵は、どっひゃあ、と大仰に声を上げ、両手を顔の横で広げた。

「版元さんに絵師先生かいな。もしかして、わての絵を描いてくらはるんでっか」

「いいえ、申し訳ないのですが、今日は、昔の話を伺いに来たんです」

虎蔵はいじけたような仕草を取ったものの、すぐに白い歯を見せた。いちいち身ぶりが大きい。

「男女蔵はんから聞いてます。何でも、写楽のことを聞いて回ってるとかいう話でんな」

喜右衛門は搦《から》め手から入った。

「虎蔵さん、上方の方なんですか」

「せや。江戸歌舞伎に鞍替えしてな。上方《むこう》は何事につけ上を立てなあかんさかい、なかなか出世が出来ん。嫌気が差して、心機一転、こっちに移ったんや」

「いつ頃のことですが」

「確か、二十やそこらやったはずや」

「今、おいくつなんですか」

「わてでっか？　二十八や」丸々とした指を折って、虎蔵は答えた。「そやから、江戸に来たのは寛政に入ってからってことになるな」

若い。かなりの有望株だろう。喜右衛門がそう言うと、虎蔵は滅相もない、と厚ぼったい手を振った。

「わては外様《とざま》や。一芝居一芝居、ええ芝居をせんとすぐに首くくる羽目になる」

傍で見ていた男女蔵が笑みを湛《たた》えたまま嘴《くちばし》を挟んだ。

「御曹司とてそれは同じことですよ」

「さいでんなあ、えろうすんまへん」

虎蔵はおどけて首をすくめ、男女蔵の尖った声を躱した。しかし喜右衛門は、ほんの一瞬だけ、虎蔵の顔に反感の色が浮かんだのを見逃さなかった。

喜右衛門は本題に入った。

「寛政六年五月興行の写楽の絵について調べ回っているところでして」

「『恋女房染分手綱』の芝居でんな。わては鷲塚八平次《わしづかはっぺいじ》役やった」

「八平次役のお鉢が回ってきたとき、どう思われましたか」

「役者に取っちゃ、台詞付きの役はこれ以上ない誉れや。あんときは、天にも昇る心地やったで。まあ、面倒なことにもなったんやけど」

面倒、と喜右衛門が鸚鵡返しにすると、虎蔵は太い腕を横に広げた。

「わてはこの通りの大部屋役者や。それなのに写楽はんに絵を描いてもろたやろ。同輩から妬まれるわ、名題役者から睨まれるわで踏んだり蹴ったりやった」

当時の虎蔵は五十一位と、尻から数えた方が早い位付である。虎蔵の役者絵〝抜擢〟は、人気役者が並ぶ役者絵にあっては異例だった。

「もっとも、蝦蔵はんのおかげで、事なきを得たんやけどな。〝虎蔵が選ばれたのは向こうの都合であって虎蔵のせいじゃない、文句があるなら手前の芸を磨け〟と一喝してくらはった。おかげで楽になりましたわ。とはいえ、ちいっと思うところはあったで。あの人に庇《かば》われてもなあ、ってな」

ここだけの話やけど、と前置きし、虎蔵は声を潜める。

「蝦蔵さん、人としては尊敬できますけど、役者としてはあかん。蝦蔵さんの演技は上方芝居の人間からすると、臭いんや」

「臭いとは、どうした意味合いで」

言い過ぎを自覚したのか、虎蔵はばつ悪げに口元を曲げた。だが、意を決した様子で一つ頷き、続けた。

「身振りが大きくて演技も大味なんや。人間のほんまの姿を写し取ろうなんて気はさらさらのうて、客を驚かせてナンボなんやろ。最近は江戸歌舞伎も随分垢抜けてきましたけど、蝦蔵さんは今も野暮ったい演技のままやな」

脇に座る男女蔵が、虎蔵に冷たい一瞥を向けている。喜右衛門は慌てて話を変えた。

「虎蔵さんは、自身が描かれた絵について、どうお思いで」

喜右衛門は持参した絵『谷村虎蔵の鷲塚八平次』を虎蔵の前に置いた。上手を向いて目を釣り上げ、刀の柄頭《つかがしら》を右手で握り睨みを利かせる悪役の姿が描かれている。斎藤十郎兵衛が自作でないと主張する絵の一つである。

自身が描かれた絵を見下ろしつつ、虎蔵は小首を傾げた。

「しっくり来《き》いへんな」

言葉の意味について喜右衛門が問うと、虎蔵は図の一点を指した。

「まず気になるんは、裃《かみしも》やな。ほら、この絵、裃の左肩が取れてはるやろ」

図上の八平次は、左の裃を肩脱ぎにしている。

虎蔵は素手で唐竹切りの仕草を繰り返した。

「裃とか袖を肩脱ぎにするんは、得物振るのに邪魔になるからや。そやから、大抵は利き手の右肩を脱ぐもんや。左肩を脱ぐいうんは弓を射るんでもない限りあんまりしない所作やし、そもそもわて、板の上で肩脱ぎしておらんで。あと気になるんは顔やな」

「顔？」

「全然似てへん」

小鼻の大きな鼻や口角の下がった口元、大きな顎といった共通点はある。だが、輪郭がまるで違う。実際の虎蔵の頬には張りがあるのに、写楽の描く八平次の頬は垂れ下がり、くすんでいる。中年男にするような描き振りだった。

「ときに、虎蔵さんは写楽に逢いましたか」

「逢《お》うてへん。一度も楽屋に来てないって話や。でも、版元の蔦屋はんはよう戯場にお越しやったな」

「話によれば『恋女房染分手綱』の配役にも口を出していたとか」

「わても、蔦屋はんの押しで役を貰ろたんや」

稽古に入る前の顔合わせの際、役者が居並ぶ中で、『このお人がぴったりだ』と蔦屋は虎蔵を抜擢したのだという。

「最初から最後まで難儀な芝居やった。版元の蔦屋が芝居の内容にも口を出すもんやから、若手の役者が業を煮やして、口裏合わせて本番を荒らしたろって話になってな」

「穏やかじゃありませんね。誰がそんなことを」

「中村仲蔵はん——当時は大谷鬼次はん——や。そのおかげで、上手も下手もぐっちゃぐちゃの即興芝居になってしもた。さすがの蝦蔵はんも、これには怒らはりましたわ。そういやあ、おかしなことと言えばもう一つ。何人かは写楽の肉筆画をもらったらしいんやけど、わては刷り物でしか貰えなかったんや。なんでやろ」

虎蔵への質問が終わった。礼を言い、喜右衛門は大部屋を後にした。

「お役に立てそうですか」

男女蔵の問いかけに、喜右衛門は、ええ、と軽く答えた。そいつぁよかった、と薄く笑った男女蔵は、「女形も休憩に入るようです」と言い、喜右衛門たちを二階へ誘った。

先ほどまで静かだった二階部屋には活気が戻っていた。一階の板の上にいた女形たちが数人、廊下を闊歩《かっぽ》し、三階に上がっていく。笑みを浮かべる者、顔の固い者、色々あった。

男女蔵は、ある控え間の前で足を止め、

「入りますよ」

するすると障子を開いた。

楽屋は、西に障子窓があって存外に明るく、左右の壁際に鏡台が三つずつ置かれている。そんな八畳一間の中では、浴衣に身を包んだ二人が芝居の浚いをしていた。身をくねらせて所作の練習に努める女形、小佐川常世《おさがわつねよ》と、その前であぐらを組み、腰を丸めて頬杖を突き、違うッつってんだろ、と声を張り上げる女形四代目、岩井半四郎《いわいはんしろう》の二人だった。

半四郎は怒鳴り声を上げる。

「そいつは男の見得だよ。女の見得には儚《はかな》さがなきゃいけねえ。おめえさんの立ち方にゃ男の匂いが残ってる」

男女蔵たちの来訪に気づいたのか、半四郎は愛嬌のある丸顔を常世から外した。

「男《お》の字かい。今日、お客人が来るって言ってたっけ。そちらさんがそうかい」

「ええ。版元の鶴喜さんと絵師の喜多川歌麿先生です」

半四郎はにっこりと笑った。

「男の字、ご苦労だったね、下がんな」

犬猫を追い払うように、半四郎は手をひらひら振る。いやそれは、と食い下がる男女蔵に厳しい目を向け、駄目押しの甲高い声を放つ。

「おめえさん、練習もしねえで油を売るたあ、いいご身分だね。御曹司には芸で皆を引っ張る責があること、忘れちゃいまいね」

半四郎の物言いに、へい、と低い声で応じた男女蔵は、おずおずと部屋を後にした。目を細めてその様を見送った半四郎は、これみよがしに息をついた。

「あれには覇気がなくて困っちまう。門之助さんが草葉の陰で泣いてるよ」

半四郎は手を叩いた。すると、常世は見得の練習を切り上げ、半四郎の横に並び座り、

「当代の岩井半四郎と」

「同じく当代の小佐川常世です」

二人は名乗り、同時に三つ指をついた。

四代目岩井半四郎は江戸の立女形の顔役で、位付も三位、女形の最高位にある。御年五十、顔じゅうにしみや縮緬皺《ちりめんじわ》が浮き、目尻に深い皺が刻まれてはいるが、その座り姿には妙な色気があった。その横に座る二代目小佐川常世は四十四、華やかな顔立ちを少し曇らせ、膝の前で細指をしきりにいじり回している。いじましい辛抱役の演技を得意とする立女形で位付は九位、地芸が堅く玄人人気の高い役者だ。

二人の前に腰を下ろした喜右衛門は自分たちの身分を明かし、お忙しいところありがとうございます、と頭を下げた。

「女形は芝居の外でも女を演じると聞きましたが、半四郎様はそうではないのですね」

あぐら姿の半四郎を眺めつつ、喜右衛門は言った。すると、半四郎は自分の姿を見下ろし、割れた裾から覗く、細く節の立った膝を景気よく叩いた。

「初代芳澤《よしざわ》あやめは〝女形は二六時中女の所作を修業すべし〟と言ってるが、あたしに言わせりゃ、そりゃ芸のない奴の言いようサ。あたしらはどこまでいったって男だ。なら、男の目で女を

見つめ続けて、所作を盗むしかない。それが演じるってことだろうよ。歌麿先生には、この辺りのこと、頷いて頂けるんじゃないかい」

喜右衛門の後ろに座る歌麿は、よくわからねえが、と前置きをしつつ、おずおずと続けた。

「俺は、〝男から見てそそるかどうか〟を大事にしてる。口下手だから上手く言えねえが、女の一等女らしいところを引きずり出して、そこを描き出してやろうってつもりでいる」

半四郎は手を叩き、声を上げて笑う。

「さすがは当代一の先生だね。先生の爪の垢をこいつに呑ませたいもんだ」

半四郎に勢いよく背中を叩かれた常世はしなを作り、儚げな視線を下にやった。雰囲気や立ち居振る舞いはまさに女のそれだった。

半四郎は、見ていておくんなさい、と言い置くと、正座に改め、胸を張り、僅かに体を反らした。たったそれだけの変化だった。が、半四郎の軀《からだ》に生娘の魂が憑依《ひょうい》した。ところが、手妻師が種明かしをするかのようににかりと笑ってその姿勢を解くと、目の前にいたはずの生娘は煙のように消え去った。早業の変化だった。

「本物の役者は、こうやって役を付け外しするんでサ。近頃の若ぇのは、手前の貧相な人柄のまんま役を演じようとしやがるから、芸がせせこましくなる」

半四郎は、で、と前置きして、無造作に本題に切り込んだ。

「なんでも、写楽について聞きたいとかいう話だね」

「はい。二年前の五月興行、『恋女房染分手綱』の頃の話についてお伺いしたく」

常世は両手を広げ、胸の前で合わせた。

「あら懐かしや。あたしは男女蔵さんのやった奴一平の姉役とか、仲居役を演ったんですよ」

鈴を転がすような声は、まさに女のそれだった。

半四郎は野太い声で答えた。

「あたしは、重の井を張ったよ」

重の井は主役、与作の恋人であり、三吉との子別れの場などの見せ場も多い大役だ。

「重の井役、大変だったのではないですか」

半四郎は、いんや、と事もなげに言った。

「楽だったよ。昔、一度演ってるからね」

「昔というと」

「ありゃ、うちの嬶《かかあ》が病みついた年の芝居だね」

それじゃ版元さんに分かりませんよ、と常世がケラケラ笑い、半四郎に袖を軽く打ち据えた。

半四郎は目を細め、こめかみを掻きつつ続けた。

「公方様が代替わりなすった年だから、十年くらい前のお芝居だ。二年前のとは違って、豪華なお芝居だったよ。三代目市川高麗蔵さんが与作、五代目團十郎さんが竹村定之進と江戸兵衛の一人二役、市川門之助さんが奴の一平と鷺坂左内《さぎさかさない》を演ってね」

鷺坂左内は、主役、伊達与作の烏帽子《えぼし》親であり、何くれなく与作の面倒を見る大人役である。

「十年前のお芝居は面白い趣向だったんですね。脇役二人を門之助さんが一人で演じられたんですか」

「門之助さんは芝居巧者《こうしゃ》だったからね。ちょいと気弱な左内と、粗忽《そこつ》で武張った一平を見事に演じ分けておられた。巧者といやあ、五代目團十郎さんも凄かった。重くなくっちゃ務まらない竹村定之進をバッチリ演じるよそで、実悪《じつあく》そのまんまの江戸兵衛も見事に演っておられた」

歌麿が嘴《くちばし》を挟んだ。

「五代目團十郎ってえと、ざこえびの蝦蔵さんのこったろ？　あの人、そんなにすげえのか。荒《あら》事《ごと》一辺倒で、芸がねえって評もあるが」

「蝦蔵さんの悪口は頂けないよ、絵の先生」

ぴしゃりと言い放って歌麿を黙らせ、半四郎は言葉を重ねる。

「蝦蔵さんは不世出の役者だよ。若い頃のあの人の渾名、知ってるかい。人呼んで『百面相の團十郎』だ。昔は実悪から公家悪《くげあく》、立役に女形なんでもござれな人だったし、細やかで幽玄な和事《わごと》芝居のあり方だってようよう承知しておられたんだよ。でもあのお人は市川團十郎だった。あの人の芸をおおらかと評する向きがあるが、ありゃ〝おおらかな團十郎〟っていう百面相の一つを演じ続けてるだけさ。家の定めに従ってね」

享保の頃までの江戸歌舞伎は勇壮で形式張った荒事を旨としたが、天明時分に上方の和事芝居が流れ入り、客も細やかな演技を喜ぶようになった。昨今、人柄や逸話といった楽屋裏の話でのみ蝦蔵が評価され「戯場の君子」などと呼ばれるのも、結局のところは團十郎の荒事芝居が江戸っ子に受けなくなっているからだと半四郎は言う。

「伝統は創意工夫の足を引っ張る。それでも先達の残した足跡を辿って演じなくちゃならないのが役者の悲しさってもんサ」

話があさっての方角に流されている。喜右衛門はあるべき方向に話の舳先《へさき》を戻した。

「二年前の興行の話に戻っていただきたく」

半四郎は、すまないね、と手刀を切り、腕を組んだ。

「あれはお世辞にもいいお芝居とは言えなかったね。若い衆が跳ねっ返りで即興芝居にしちまった。蝦蔵さんもいたし、門之助さんとかあたし、ここの常世も居たけど、全体に役者が小粒でいけない。お芝居は役者の看板がものをいうってのに」

横に座る常世は、頰に手を当てつつ続けた。

「衣装とか大道具も小粒でしたもんねえ。召物のちゃちさは大向こうには見抜かれるし、大道具の地味さに至っては素人すら欺せませんから」

「まったくだよ。役者がヘボ、着物もぺらぺら、大道具はケチじゃ、いい芝居になるはずもないわいなあ」

「三座が休んでからこっち、芝居はいけませんねえ」

「控櫓を悪く言うつもりはないけど、やっぱり本櫓《ほんやぐら》の方が、座組は上手いもんさ」

半四郎と常世は愚痴の応酬に花を咲かせた。かしましい二人の会話に喜右衛門が割って入る。

「お二人は、写楽の絵をどうご覧になりましたか。ご不満でしたか、満足なさいましたか」

写楽は二人の絵を描いている。そのうち、半四郎の絵は本物の写楽、常世の絵は斎藤の筆だった。

先に答えたのは、面長の頰に手をやったままの常世だった。

「あたしは、ちと不満ですわいな。あんまりにも、あたしそのまんまな感じがするんですよ。こう、骨が浮いている感じがして。もっと綺麗に描いてもらわないと困ります」

喜右衛門は常世に目礼した後、次に半四郎に顔を向けた。半四郎は大きな皺の走る顔を撫で回しながら言った。

「そうさなあ。あたしはいいと思うよ。概ねそのまんまに描いてくれたよ」

喜右衛門は二人に別の質問をぶつけた。

「お二人は、写楽の原画を貰いましたでしょうか」

常世は貰ったと言い、半四郎は原画ではなく刷り物を貰ったと言った。

「写楽に会ったことはございますか」

常世はあると言い、半四郎はないと言った。

半四郎の鋭い視線を躱すように下を向き、常世は口を開く。

「確か、一度だけ、蔦屋さんが楽屋に連れてきておられましたっけ。お武家髷を結っているのに大小を差していない、ひどく姿勢のいい方でした。年の頃は三十半ばほどでしたか」

逸る気持ちを抑えつつも、何かお話ししましたか、と軽い口調で問うと、常世は天井に目を泳がせ、頬に指を沿わせた。

「あたしに〝役者稼業の気苦労はようわかり申す〟と声を掛けてきたのには驚きました。お侍さんが怪体《けたい》なことを仰るなと不思議に思ったのでよく覚えています」

斎藤十郎兵衛だろう。斎藤は武家髷を結い袴を穿いているが、大小二本を差すことはない。武士でありながら武士でない、藩お抱えの猿楽師だからだ。喜右衛門は、斎藤のすらりとした座り姿を思い出す。役者である常世をして姿勢がいいと言わしめるのにも納得がいった。

常世の横で、半四郎は、なんだいそりゃ、と吐き捨てた。

「常世には絵師を目通りさせておきながら、あたしに一言の挨拶もないたあ、蔦屋、ずいぶんなやり口じゃないかえ。腹立たしい男だね」

二人への聞き込みが終わった。礼を言い、部屋から下がった。

男女蔵の用意した役者は二人で終いだった。他にも大谷広次などの役者にも話を聞きたいと伝えたものの、当人の諒《りょう》を取ることができなかった。写楽への反感はなおも大きいという。

二人は芝居小屋を後にした。

人の波に乗って道を行き、芝居町の気配が途切れた辺りで、歌麿は唸る。

「本物の写楽は、斎藤某よりも絵心があるな」

どういうことです、と水を向けると、歌麿は腕を組みつつ続けた。

「ほれ、岩井半四郎さんと小佐川常世さんの話だよ。半四郎さんは〝概ねそのまんまに描いてくれた〟、常世さんは〝もっと綺麗に描いてもらわないと〟って言ってたろ」

「どちらも似姿を描いてるんじゃないですか」

「違うよ。さっきの半四郎さんの顔を思い出してみろ。ありのままを描いてたら、写楽の絵は皺だらけだ」

喜右衛門は、あ、と声を上げた。半四郎の縮緬皺だらけの顔が脳裏を掠める。

「じゃあ、どうして半四郎さんは〝そのまんま〟なんて」

「名優岩井半四郎といえども、ありのままにてめえを見てねえってことさ。頭ん中にしかいねえ、理想《のぞみ》の岩井半四郎を思い描いちまってるんだ。そういう意味じゃ、常世さんもそうだよ。似姿とした、常世さんの絵は完璧だ。でも、常世さんからすりゃ不本意だろうよ。絵ってのは、〝かくあってほしい〟ものを描くもんだ。常世さんの絵を描いた絵師――斎藤十郎兵衛はだから駄目なんだが、半四郎さんを描いた絵師は、その辺の塩梅《あんばい》をよくよく弁《わきま》えてる」

同じ絵師の言葉だけに、歌麿の言葉にはすべてを呑む説得力があった。

役者から話を聞いたことで、新たな謎が浮かび上がった。なぜか左を肩脱ぎにした虎蔵の絵、本物の写楽の絵に存在するそっくり具合のばらつき……しかし、これらをどう考えたらよいものか、明確な答えが出ない。

喜右衛門の足は、自然、止まった。

少し先を歩く歌麿は、足を止めた喜右衛門に気づいたのか振り返り、「どうした？」と声を発した。

「なんでもありません」

喜右衛門はまた歩き出し、自分の手を見下ろした。小刻みに震えている。もう片方の手でその震えを押さえようとしたものの、うまくいかない。

ふと見つめられているような気配を感じ、辺りを見渡した。表通りは人の往来が激しく、その視線は瞬く間に人混みに紛れた。


秋の日差しに目が眩《くら》み、喜右衛門は手で目に庇《ひさし》を作った。約束の刻限は近い。喜右衛門は手ぬぐいで頬を拭きつつ、道を急いだ。

小石川の近辺は武家の町かと思いきや、寺社地、武家地、町人地が複雑に入り組み、少し道を歩くだけで板塀、なまこ塀、練り塀、生け垣と、様々な塀が入れ替わり立ち替わり現れる、雑多な雰囲気のある町だ。

御公儀の薬草園や養生所、水戸徳川家の大名屋敷や春日町《かすがちょう》にある小島藩の藩邸を横目にしばらく進んだ武家地の一角に、目的の屋敷があった。生け垣で四方を囲まれた小さな武家屋敷だった。枝折戸《しおりど》にも似た粗末な戸を開き、屋敷地に入ると、落ち葉の降り積もる苔庭が喜右衛門を迎えた。お世辞にも広くはないものの、品の良い侘びに貫かれた庭だった。

喜右衛門は飛び石を踏んで屋敷の前に立った。

奥の間の縁側に、庭を眺め座る老人の姿がある。内田《うちだ》米棠《べいとう》だった。喜右衛門が声を掛けると、おお、と間抜けた声を上げた。

「鶴喜。待っておったぞよ」

「申し訳ございませぬ」

「謝ることはない。年を取るとやることがないでな。小さな約束を後生大事に、指折り数えてしまうものなのだ」

内田米棠は『俳巡礼』などの著作を持つ俳諧師だ。俳諧の界隈では〝典雅な実作をものする〟と歯にものが挟まったような定評がある。その一方、流派を問わず俳諧師、狂歌師と付き合いを持ち、句会とあらば顔を出し、様々な俳人の句を自分の句帖に書き残す筆まめな一面でも知られている。

真っ白な武家髷を後ろに撫でつけつつ笑った米棠は、のそりと立ち上がった。その後に続く形で、喜右衛門は客間に入った。

六畳一間の部屋の真ん中には炉が切られ、床の間には大きく丸が描かれた掛け軸が提げてあった。居間と茶室を兼ねた一室らしい。

喜右衛門は花入れに目をやった。彼岸花が一輪、挿してある。茶室に飾るような花ではない。小首をかしげる喜右衛門の前で、米棠は微笑した。

「死を間近に置くのも楽しい。鶴喜がその境地に至るにはまだ早いかもしれぬがのう」

喜右衛門の差し向かいに座った米棠は、一冊の帳面を差し出した。

「ほれ、これが約束の品ぞ」

「検《あらた》めさせていただきとうございます」

喜右衛門は帳面——句帖を受け取り、ぱらぱらと眺めた。

この日、喜右衛門は、句帖を借り受けるために米棠の元を訪ねた。それだけに、丁をめくる手つきも自然とゆっくりになった。

この時、喜右衛門は何の身構えもしていなかった。だが、得てしてそういうときにこそ、大きな発見が転がっている。喜右衛門は丁をめくった瞬間、あっ、と声を挙げた。ある二文字が目につき、離れなくなった。

「何か、あったかな」

小首を傾げる米棠の前に喜右衛門は句帖を置いた。

「お伺いしたいのですが、この名前の方は一体」

「む？　これがどうしたね。――ああ、写楽さんか」

そこには間違いなく〝寫樂〟とあった。句会に参加したようで、自作のものと思われる句が記されていた。

「諸般の事情で、絵師の東洲斎写楽を追っておりまして。この写楽は一体」

「この人も東洲斎写楽を名乗っていたし、絵も描いていた。だが、鶴喜が言うのは、少し前に蔦屋で役者絵を出していた人のことだろう？　絵はよう似ておるが、多分別人よ」

「なぜ、そう言い切れるのですか」

「写楽さんは十年ほど前に筆を折っておるからの」

斎藤十郎兵衛より前に東洲斎写楽を名乗る人物である。無関係とは思えなかった。喜右衛門は逸《はや》りつつも訊く。

「どんな方だったか、覚えてらっしゃいますか」

米棠は句帖を見下ろし、飾り気のない紺の表紙を手で撫でた。古い記憶を辿る風だった。しばらくして思い当たるものがあったのか、ああ、と唸る。

「これは十年以上前にやった、月見の句会のものだ。わしが写楽さんに逢うたのは、数回くらいかの。武家髷を結った、年の頃四十くらいの人だったな。小石川近辺に住んでいたらしい。友人についてきていたから、詳しい素性は知らぬ」

「念のためお伺いしますが、その方は、腰に大小は」

米棠は不思議そうに眉をひそめた。

「武家なのだから差しておったに決まっておろう」

米棠の証言は、斎藤十郎兵衛の人物像から悉《ことごと》く外れている。十数年前、斎藤十郎兵衛は二十代の半ばのはずだ。それに猿楽師の斎藤が二本差しで出歩くなどありえない。

「写楽さんは、なぜ絵をお止めに」

「特段親しくはなかったし、年に一回程度、句会で顔を合わせるくらいだったゆえ、詳しい事情は聞いておらん」

「その方について、何か思い出せることはありませんか」

「そうさなあ。詳しい人となりは知らぬが、きっと、学問がおありだ」

「なぜ、そう思われるのですか」

「号を書き入れる際、必ず楷書を使っておったゆえだ」

多くの庶民、武家は崩し字を用いる。対して漢字を一字一字正確に記す楷書は、儒学者や漢詩人、坊主など、学のある人間が改まった時に用いる手蹟《て》である。写楽の錦絵に付された落款も楷書だった。

他にありませぬか、と喜右衛門が聞くと、少し唸った後、米棠は続けた。

「絵が面白かったのう。決して上手いわけではないのだが、人のたたずまいを写すのに長《た》けていた。そんなわけだから特に役者絵が人気でなあ。皆、団扇《うちわ》に役者絵を描いてもらって、写楽団扇などと言い合っていたっけ。けれど、扇絵は描いてくれなかった」

「それは、おかしな方ですね」

扇は長く使われ、公の場で使用される。それに対し、団扇は一夏の使い捨てで、家で使うものである。こういった違いから、扇絵の方が団扇絵より格上とされる。団扇絵を喜んで描き、扇絵を固辞する絵師など聞いたことがない。

米棠は顎を撫でつつ続けた。

「何でも、心の師の勝川春章が扇絵を得意にしておったから、絶対に扇には描かないのだと言っておった。そうした態度が剽《ひょう》げに映ったのだろうのう。皆、写楽を可愛がったし、写楽団扇をこぞって求めたのだ。少し前に身罷《みまか》られた柳沢米翁《やなぎさわべいおう》殿も大変お好みであられたよ」

話に出た柳沢米翁は五代将軍綱吉の懐刀として知られる柳沢吉保の孫で、大和郡山《こおりやま》の藩主だった人物である。俳諧の世界でも重きをなし、隠居してからは駒込の六義園《りくぎえん》に文人墨客を招いて句会を開く大名俳人だった。

「数年ほど前、米翁殿に所望されて写楽団扇をお贈りしたことがあったのだが、探し回った際、〝写楽殿が何かの事情で筆を折った〟という噂を聞いた記憶がある」

「正確に、いつ頃の話か分かりますでしょうか」

「ちと、待っておくれ」

奥の間へと消えた米棠は、帳面を数冊抱え、喜右衛門の前に戻った。その帳面は日記らしく、色褪せた紺色の表紙には素っ気なく日付が書いてある。目をすがめて冊子の一つを手に取り、その帳面を素早く繰った米棠は、あるところで手を止めた。

「ああ、あった。米翁殿に写楽団扇をお渡ししたのが寛政三年の七月十七日ぞ。日記によれば、わしは一月くらい前から写楽団扇を貰えないか、色んな人に話を聞いて回っておるのう」

「その人々をご紹介いただくことは出来ますか」

「やぶさかではないが……」米棠は懐かしげに息をついた。「ほとんど全員、鬼籍に入っておる。米翁殿の句会では、わしが一等若かったくらいだったからのう」

その線から、写楽団扇の写楽を調べることは出来そうになかった。

肩を落とす喜右衛門の前で、米棠は事もなげに言った。

「よければ、実物を見せようか」

「真《まこと》でございますか」

「ああ。わしも米翁殿とのことがあってから、集めたのだ」

のろのろと立ち上がった米棠は、また奥の間へと消え、少しして部屋に戻った。その手には、古びた団扇が幾枚か握られていた。

米棠はそれらを畳の上に広げた。

喜右衛門は声を失った。

団扇の絵は、耕書堂から刊行された東洲斎写楽の役者絵と瓜二つの大首絵だった。それだけではない。喜右衛門の目は、団扇の右隅に吸い寄せられる。そこに付された「東洲斎寫樂画」の落款は、耕書堂から刊行された錦絵に付されたものと同一のものだった。

喜右衛門は虚心坦懐に絵を眺めた。

役者絵の肉筆画だ。絵の横に役者の名前があるが、この癖字は先に見た日記と同じ筆跡だった。

米棠のものだろう。五代目團十郎、中村仲蔵、市川門之助、大谷広次、四代目岩井半四郎……と、十年ほど前に活躍していた役者の名が並ぶ。最初に気になったのが、大谷広次の絵だった。悪役を演じているらしく、青い隈取りのなされた武家姿だった。豊かでたるんだ頬、小さな目、どっしりとした首回りといった広次の特徴を余すところなく写している。この絵を眺めた喜右衛門は、なぜか、どこかでこの絵を見たことがあるような気がしてならなかった。だが、どこで見たものか、とんと思い出せない。

次に目を引いたのは、中村仲蔵——初代だろう——の絵だった。仲蔵の当たり役、『仮名手本忠臣蔵』の斧定九郎《おのさだくろう》を描いたその絵は、天明期に全盛を迎えた勝川春章の画風を色濃く引き継ぎながら、逸脱も感じ取れる。寛政六年に版行された写楽の絵に極めて近い。

喜右衛門の中で、何かがことりと音を立て、落ちた。

ずっと思い悩んでいた判じ物の答えを理解した時のように、目の前の霧が晴れる。そして、写楽の絵に惹かれる理由を、唐突に悟った。

飛躍だ。

写楽は、春章の画風の追随者だが、春章を踏み台にし、自分の画境を拓いている。鳥居派の画風に私淑しながら自らの画境を大成させた喜多川歌麿と同じ飛躍が、写楽にはあった。上手い絵はいくらでもある。だが、新たな画境を拓く絵師は、なかなかいない。

惹かれるはずだった。飛躍——それは、喜右衛門にはないものだった。

父親の影を辿り、店の身代を保つ。そんな生き方に、飛躍などあろうはずもない。地道な仕事の繰り返し、帳簿との睨み合い、そして、胃薬の手放せない、物憂げな日々がのんべんだらりと続くばかりだった。

団扇をまじまじと眺めて息をつく喜右衛門に、米棠は事もなげに言った。

「そんなに驚いて貰えたんなら、差し上げよう」

喜右衛門は顔を上げた。

「よろしいので？」

「仲間内の流行だからと買い求めたが、自慢できる仲間はもうおらぬ。徒《いたずら》に腐らせておくばかりなら、値《あたい》の分かる者の手元にあった方が、絵も輝こう」

喜右衛門は写楽団扇数枚を貰い、米棠の屋敷を辞去した。

日本橋通《とおり》油町《あぶらちょう》の仙鶴堂へと戻った喜右衛門は、自分の部屋へ下がり、写楽団扇を畳の上に並べた。そして、ある団扇を手に取った。五代目團十郎の大首絵が描かれたものだった。図上の團十郎は『暫《しばらく》』の衣装に身を包んでいた。鋭い眼光、大きな鷲鼻、えらの張った顎、大きな口を駆使して大見得を切り、向かい合う喜右衛門を睨み付けている。喜右衛門は、一九《いっく》が戯作に描いた写楽風の『暫』を思い起こした。一九は、写楽が描いた『暫』をどこかで見た気がすると言っていたが、この団扇が出所だったのだろう。米棠が言うには、写楽は人に求められるまま絵を描いていたという。團十郎の『暫』は人気演目、多くの者が求めたはずだ。その中の一枚が蔦屋に渡っていたとすれば。

喜右衛門は考えた。

寛政元年から三年にかけ、松平定信は戯作や浮世絵に手を染める武士に弾圧を加えた。本物の写楽はこれを恐れて自ら筆を折り、ほとぼりの冷めた寛政六年、蔦屋と出会い、斎藤十郎兵衛を隠れ蓑に絵を版行したのではないか。

喜右衛門は呟いた。

「あなた様は何処におられるのですか、東洲斎写楽様」

上手に目を向け大見得を切る紙上の五代目團十郎は、喜右衛門の問いに答えることはなく、なおも虚空に睨みを利かせていた。

仕事を終えた喜右衛門は、通油町近くにある風呂屋の暖簾をくぐった。風呂屋の軒先には弓と的の——湯入りと弓射りを掛けた——看板がぶら下がっていた。

銭を払い、服を脱いで洗い場に入った。風呂屋は入り口こそ男女別だが、洗い場や風呂は一緒だ。しかし、洗い場の丁度真ん中に木製の衝立が並び置かれ、男女の間を隔てている。

寛政の改革の一環で混浴が禁止されてから立ったものだ。松平定信が老中を辞めても尚、この衝立は残っている。かつては不逞《ふてい》の輩のせいで湯屋ではのんびり出来なかったが、禁令のおかげで、どの時間に足を運んでも安心して湯船に浸かることが出来るようになった。その代わり、生活《くらし》にいちいち口を挟まれる息苦しさを感じずにはいられない。

人の姿のない洗い場で糠袋《ぬかぶくろ》を手に体を洗い、水を打つと、風呂場に向かった。柘榴口《ざくろぐち》をくぐり、奥にある湯船に入って、身を沈めた。中にも人の姿はない。最初こそ熱いだが、我慢して肩まで体を沈めると、肌に痺れが走り、体の表面から奥に向かい、じんわりと温まる。顔に噴き上がる汗を持参した手ぬぐいで拭き、真っ暗な風呂場を見回した。風呂場は大して広くないが、湯船の中にも白木の衝立が立ててある。

体が温まった。湯船の縁に座った喜右衛門は、写楽について思う。

東洲斎写楽の絵は、似絵《にせえ》を極めたがために役者や客の一部からも嫌われ、その反面で愛されもする斎藤十郎兵衛の絵と、似絵でありつつ愛嬌や理想を描き込み、多くの者を魅了する本物の写楽の絵の二系統がある。

　内田米棠の証言もあった。米棠の話に出た東洲斎写楽は本物の写楽とみてよい。画風がほぼ同じながら、当人の人物像は斎藤十郎兵衛から外れている。

　喜右衛門は顔を手ぬぐいで拭き、湯船の中に身を沈めた。

　そんな時分、柘榴口をくぐる影があった。

　蔦屋重三郎だった。

　湯船に足を差し入れた蔦屋は喜右衛門の姿に気づき、相好を崩した。

「鶴喜さんじゃないですか、奇遇ですね」

「蔦屋さんこそ」

　同じ町内で暮らす以上、風呂屋で蔦屋とかち合うのは必然とすら言えた。むしろ、これまで顔を合わせなかったのが不思議なくらいだった。

　蔦屋は、こりゃ熱いですねえ、とぼやきつつ湯の中を歩き回ると、人一人分の距離を置き、喜右衛門の横に座った。

「ここのところ、商いはどうですか」

「それなりにはやってますよ。おかげさまで」

「でしょうね。鶴喜さんのところの本棚は、客に向き合って商売していますから」

「――その挙句、書物問屋みたいな有様ですがね」

　蔦屋は乾いた笑い声を上げた。その声は、風呂場に響く。

「うちもそうです。世の中全体が、娯楽ではなく実学を求めているんでしょう。世の流れには逆らわないことです」

喜右衛門の声は、知らず尖った。

「あなたからそんな言葉を聞く日が来るとは思いませんでしたよ」

「そうですか。そりゃ申し訳ないことです」

今にも鼻歌でも歌いそうなほど、蔦屋の声は明るい。湯気の溜まる格天井《ごうてんじょう》を見上げ、喜右衛門の鋭い視線を躱した。

「でもね、鶴喜さん、あたしは思うんですよ。正面から殴りつけるだけが戦いだろうか、とね」

両手で湯を掬《すく》い、顔に押しつけた蔦屋は、顔を擦《こす》りつつ続けた。

「版元として見りゃ、蔦屋はそれなりの身代です。でもね、どうしたって、真っ正面からやり合っても勝てない相手はいるんです。だからこそ、別の戦いを拵《こしら》えなくちゃならない。それが、かつて真っ向やりあって負けたあたしの教訓です」

風呂場に、重苦しい沈黙が垂れ込めた。

蔦屋は唐突にへらへら笑い、湯気を散らすように沈黙を振り払った。

「いやはや、暗くなっちゃいましたねえ。いやー、いけませんね。年を取ると、ついつい口やかましくなる。なんでこんなに楽しいんですかね、説教ってのは」

説教と蔦屋は言うが、喜右衛門にはそうは聞こえなかった。殊更に明るい蔦屋の声に、痛々しいものを感じ取ったからだった。

喜右衛門は立ち上がった。いい加減湯あたりしそうだった。

ちょいとお待ちを、と蔦屋が喜右衛門を呼び止めた。

「あと、一つだけお話を。よろしいですかね」

喜右衛門が足を止めたのを答えと取ったのか、蔦屋は口を開いた。

「写楽のことです」

喜右衛門は踵《きびす》を返した。風呂場の暗がりの中で、蔦屋は暢気《のんき》に鼻歌を歌いつつ湯に浸かっている。だが、鼻歌を切り上げると、嫌に低い声を発した。

「以前、写楽から手を引けと申し上げました。にも拘わらず、いろんな処にちょっかいを出しているみたいですね」

喜右衛門の心の臓が高鳴る。湯にあたったせいばかりではない。

蔦屋は続けた。

「同業者の忠告を無視するもんじゃありませんよ。それで鶴喜さんの店が潰れても自業自得ですが、深くこの件に分け入ると藪蛇になりかねません。――御公儀が動く虞《おそれ》があります。あたしの手も後ろに回りかねません」

「つくづく剣呑《けんのん》な話になってきましたね。御公儀が動く？　絵師を嗅ぎ回るだけで？」

「小さなことでも動くんですよ、御公儀は。あたしは思い知ってます。痛い目を見ましたから」

寛政三年の身上半減のことを言っている。喜右衛門は二の句を飲み込んだ。

蔦屋は湯船を見渡した後、天井を見上げる。

「定信公が老中首座からお退きになった。これで世の中は万々歳、そうお考えの向きもありますが、あたしは今ひとつそうした考えには乗れませんね。定信公のお仲間が舵取りをなさる今の方が、よほどやりづらい世の中になっています。なんでだと思います？」

喜右衛門の無言をよそに、蔦屋は続ける。

「一等前を走る人間は自分の手綱を緩めることが出来るんです。でも、誰かに追随する人間は、やることが極端になる。なぜなら、手綱を自分ではなく、他の人に委ねているからです」

蔦屋は言った。版元は、客の望むものを売る商売だと。

「そういう意味では、版元稼業もおっかない。客の望むものを売る。そうしたあり方は、まさしく手綱を他人に任せるがごとき行ないです。まあもちろん、客と一緒に心中――当世は相対死《あいたいじ》にって言わなくちゃならないんでしたっけ――するのも乙ですが、鶴喜さんは、そこまで酔狂じゃないでしょう」

肚の底を透かし見られた心地がした。顔が火照るのは、湯の熱さのせいではない。

喜右衛門には分かっている。老舗を預かる主。その立場が喜右衛門の肩にのしかかり、危ない橋を避けるのが習いになっていた。酔狂になどなれるはずもない。

蔦屋は手を叩いた。拍手の音が風呂場の中で反響する。

「引き際ってやつですよ。今だったら引き返せますが、ある一線を越えたら、戻るに戻れなくなります。だから」

「手を引け、と」

「そこまでは申しません。同業者にそんなことを言える柄でもありませんし、我が耕書堂は、危ない橋を渡った挙げ句、ご同業に迷惑を掛けました。文句を言えた義理もありません。でも」

「――忠告、痛み入ります」

話を途中で遮った喜右衛門は湯から上がり、柘榴口をくぐった。洗い場で体を流す。長く湯に浸かったせいか、いつまで経っても汗が引かない。

結局その後、十回ほど水を浴びた後、喜右衛門は洗い場から出た。

「俺は、この色を出してえんだよな」

自身の描いた美人画の半衿を睨み、白茶よりもさらに淡い色合いの茶――翁茶《おきなちや》の色見本を示す歌麿に、お辰が異を唱えた。

「この色はお止めになったほうが」

歌麿は、なんでだい、と怒気混じりに言った。しかしお辰は怖じる様子もなく、淡々と答える。

「翁茶は、職人の手間賃が高くつくので、絵の値が上がります」

この手の淡い色合いを出そうとすると手間が重なり、掛かりが増える。

事実だ。しかし喜右衛門は、そこまで絵師に説明する必要はないと思っている。少なくとも書き手、描き手の前ではいいものを作るのを目指すのが版元の正道だ。もちろん、仕事である以上、正道から外れることはいくらでもあるが、それは後ろめたいことであるべきだ、という意識が喜右衛門にはある。

しかし、お辰の説明を受け、歌麿は即座に矛を収めた。

「分かった。しゃあねえわな」

この日は、錦絵の最終段階である色入れに関する打ち合わせだった。色見本の束を繰りつつ、版元と絵師が、腹蔵のない意見をぶつけ合う日である。版元の店内で行われるのが常だが、この作業中は喜右衛門も生きた心地がしない。

手ぬぐいで額に溜まる汗を拭きつつ、喜右衛門は元絵の女の着物を差した。

「歌麿先生、ここは江戸紫とご指定ですが、止めませぬか」

歌麿の描く女たちは、江戸紫の着物を着て、江戸の町を闊歩している。

「なんだよ。掛かりの話か」

「いえ。絵は華やかになりますし、江戸っ子は喜びましょう。でも、紫は色が抜けやすいものです。絵は、できる限り長い間、残る作りにした方がいい。手前はそう思うております」

錦絵に用いる紫は、露草から抽出する染料である。安価な反面、日の光に弱くすぐに色が抜ける。喜右衛門は褪色に強い顔料を推した。が、歌麿は首を横に振った。

「絵描きにとって大事なのは、あるかねえか分からねえ先の評じゃねえ。今売れるかどうかだけだ。売れねえ絵は、鼻紙行きだろうよ」

歌麿には二つの顔がある。依頼があっても筆を持とうとせず版元をやきもきさせ、飯代や遊興費をせびりつつ世を渡る絵の極道者としての顔と、全体の掛かりに注意を払い、求めに応じて商い品を作る商売人の顔だ。この二つの顔を時と場合に応じて使い分けるのが、歌麿の奥深さであり、不気味さでもある。

脇を突くお辰に無視を決め込み、喜右衛門は歌麿の商売人の部分を否《いな》んだ。

「それはそうですが、歌麿先生は絵描きです。あまり、そうしたことは言わないでくださいな」

当代一の絵師くらいは、世事に構わず後世に残る絵に手を伸ばして欲しかった。

が、歌麿は首を横に振った。

「絵の理想《のぞみ》をてめえの刷り物でごり押しして失敗すりゃ、絵師が首を切られる羽目になる。そんなの嫌だね」

紙上の女を指し、歌うような口ぶりで歌麿は続ける。

「鶴喜さんをあげつらうつもりはねえが、版元は無責任だよ。仕事をする前は甘いことばっかり言う。〝先生の絵ならいくらでも売れますから、どんなに掛かりがあっても問題ない〟、〝ちょいと隙間を狙った趣向ですが先生なら必ずや馬鹿売れしますよ〟ってな。だが、蓋を開けりゃ大コケ。俺の前からいなくなった版元なんざ掃いて捨てるほどいる」

飄々《ひょうひょう》とした口振りだったが、その声の端々に激情が籠もっているのを、喜右衛門は聞き逃さなかった。

喜右衛門にも、版元としての言い分があった。

版元も人の子だ。いい恰好をしたいこともあるし、職人の実力を信じ切って算盤勘定がおろそかになり、客の望みを無視した物が出来上がることもある。そうした失敗は、版元からすれば数ある仕事の一つだ。しかし、作家や絵師にとっては、数ヶ月、場合によれば年をまたいで取り組んだ大仕事である。まるで重みが違う。だからこそ、版元は作家や絵師を丁重に扱う。

版元稼業は地獄の道行き――死んだ父の言葉が頭を掠めた。

色入れが終わりに差し掛かった。女の唇の紅色を安い顔料でつけると決めたところで、歌麿は顔を上げた。

「さあ、これで一丁上がりかね」

「ご苦労様でした、先生」

喜右衛門はお辰共々、深々と頭を下げた。心からの労《ねぎら》いだった。

「鶴喜さんもおかみさんもありがとうな。おかげでいい絵になりそうだ。こいつはいつの版行になる？」

「そうですねい」

喜右衛門は頭の中で諸々の算段をした。誰に彫りを任せ、誰に摺りを頼むか。紙はいつ頃届きそうか。歌麿の新作となれば、やはり大々的に売り出したい。出来ることなら引き札を撒きたいところだし、目玉にもしたい。とするならば。

喜右衛門は明るい声で切り出した。

「来年の正月に出しましょう」

「幾度となく正月売りにしてもらっているが、うれしさはひとしおだ」

「ぱあっと売るつもりです。楽しみにしていてください」

「おう。分かった」

最後の一枚を洗濯紐に吊るした歌麿は、部屋の一点に目を向け、固まった。

床の間の右横にある違い棚だった。その上には、内田米棠から貰った写楽団扇が立てかけてある。

歌麿は、その中から、團十郎の『暫』を描いた一枚を手に取った。そして、振り返りもせずに沈んだ声を発した。

「こいつ、写楽の絵だろ」

ええ、とおずおず答えると、歌麿は続けた。

「――認めたかねえが、いい絵だな」

歌麿の声に、棘はない。喜右衛門の側から、歌麿の顔は見えなかった。

「彫り、摺りがいけねえんだな、写楽は。肉筆画のほうが遥かにものがいい」

恐る恐る、喜右衛門は歌麿の背に声を掛けた。

「お伺いしても」

「いいぜ」

「この肉筆画、どうご覧になります」

「そうさな。下手だがそそる。これ、いつ頃の絵なんだ」

喜右衛門は内田米棠との会話を思い起こしつつ、答えた。

「寛政三年より前なのは確実です。この団扇の元の持ち主は、寛政三年よりも前に手に入れていたようですから」

歌麿は、は？　と声を上げた。その声には、怒気が籠もっている。

「そんなわけはねえ」

「いえ、本当ですよ」

投げ捨てるように写楽団扇を違い棚に置くと、歌麿は喜右衛門の胸ぐらを摑み、ねじり上げた。お辰が悲鳴を上げてもなお、歌麿は手を止めない。

「じゃあどうして、俺が『当時三美人』で始めたはずの大首絵を写楽がやってるんだよ」

写楽団扇の役者絵はどれも、顔から腰辺りを大写しにした大首絵だった。

「どうして、と言われても」

歌麿に体を揺さぶられつつ、喜右衛門は首を横に振った。内田米棠が嘘をついている？　考えづらかった。あの日、写楽の話になったのは偶然だった。あのときの米棠が話を誘導した風はなかった上、嘘をつく必要性もない。米棠の言葉は真実と見るべきだ。

「大首絵はな、俺と耕書堂とで作ったんだよ。浮世絵に女の名前を出しちゃいけねえ、そんな触れが出たのに抗ってな。なんで、それより前に、写楽の野郎がやってるんだ」

喜右衛門は両の手を強く握った。耕書堂。歌麿の口から飛び出したその言葉には、郷愁じみた匂いが染みついていた。他人が立ち入る隙はない。喜右衛門すらも締め出されている。

どんなによくしても、結局最後は蔦屋なのか。そんな女々しい言葉が喜右衛門の喉まで出かかった。

お辰が二人の間に割って入った。「いい加減にしてください」。鋭い声が部屋に響き渡る。その声に頭が冷えたのか、すまねえ、と言い、歌麿は喜右衛門の衿から手を放し、不機嫌そうに口を結んだ。

尻餅をつく形になった喜右衛門は、咳き込みつつ呼吸を整え、のろのろと立ち上がった。

「もしかして、蔦屋さんとの仲違いも、写楽の件が関わっているんじゃないですか」

歌麿は下を向いた。先ほどまでの怒気はどこにもなかった。

ちっ、と歌麿は舌を打った。

「まあ、関わってるといやあ、関わってるか」

「話して、くださいますか」

促すと、歌麿は後ろ頭をかきつつ、口を開いた。

「俺が写楽に拘《こだわ》るのは、重三郎が写楽を潰したいきさつを知りたくなったからだよ。また、兄弟子と同じことをやってるのかって思ってよ」

「兄弟子？」

「おめえは、戯作者の恋川春町を知ってるか」

「もちろん」

恋川春町は安永時分から活躍した文人で、狂歌では酒上不埒《さけのうえのふらち》の号を名乗り自らの派を率い、絵についても盟友の戯作者、朋誠堂喜三二の戯作のために筆を振るっている。それだけでも一流と言えるこの男は、戯作でこそ真価を発揮した。喜三二と一緒になって寛政の改革を茶化す戯作をいくつもものし、大いに世間を沸かせた。だが、松平定信公に目をつけられ、寛政元年、謎の死を遂げた人だ。

「あの人ァ、俺の兄弟子だったんだ。随分可愛がってもらったよ。でも、死んじまった。自裁だったんだ。毒を飲まれてな。武士の春町先生が、だぞ。腹を切らずに毒を呷ったんだ」

武士として死ぬのを潔しとせず、戯作者として死のうとしたのだろうか。武士ではない喜右衛門には、毒を呷った春町の心内は分からない。だが、一人の男を死の道行きに誘った戯作の業の深さを思った。

「兄弟子は、重三郎に唆《そそのか》されて殺されたようなもんだ」

「だから、蔦屋さんを恨んだ」

「兄弟子が死んだ後も耕書堂と付き合ったさ。あの頃は往来のある版元は数えるほどしかなかったからな。でも、京伝が手鎖を喰らった一件で、我慢がならなくなった。兄弟子と同じしくじりをまたやりやがった。そのことが許せなくてよ」

蔦屋の行動に、絵師や戯作者を使い捨てにしても構わない、そんな本音を見て取ったのだろう。歌麿の怒りももっともだった。

喜右衛門は訊いた。

「じゃあ、『当時三美人』の大首絵は」

「京伝の件があった年、あいつと決裂する直前に描き上げた仕事だったんだ」

舌を打ち、歌麿は続ける。

「で、寛政四年の売り出しで大当たりを取って、新しい版元に祭り上げられて今に至るってわけだ。――俺だって、てめえが面倒くさい奴だってことくらい分かってる。でもよう、どうしようもねえんだ。蔦屋とは、兄弟みてえなもんだ。だからこそ、あいつのことが許せねえんだ。そして、あいつと組んで潰れちまった、東洲斎写楽のことが知りてえ」

違う。喜右衛門はようやく理解した。歌麿は写楽を知りたいと口にする。だが、実際には、蔦屋の心内を知りたいのだ。

歌麿と蔦屋はあまりに近い。その近さは、歌麿を勇飛させる原動力となった一方で、互いの心の内を見えなくしてしまう性質のものだったのだろう。

だから、二人は決裂したのだ。喜右衛門はそう見た。

当代一の絵師が、当代一の版元と仲違いしている。後追いの版元からすれば好機だった。甘言を囁き取り入ることで、喜右衛門はこれまで、様々な作者や絵師を自らの店に囲い込んだ。一方で、そうした仕事のやり方に倦《う》む自分もいた。仕事は綺麗事だけでは務まらない。だが、阿漕《あこぎ》なやり方が当たり前、汚い手管を使えてようやく一人前、そんな世の商人の開き直りに連なることができるほど、稼業に染まり切ってはいなかった。

喜右衛門は、震える声で切り出した。自分の思いを、そのまま。

「――仙鶴堂は、正直な商いをやろうと思ってます」

「なんだよ、藪から棒に」

歌麿は白い歯を覗かせ、眩しげに笑った。

賭けに勝ったらしい。喜右衛門は衿を正す。しかし、この時、喜右衛門は気づいていなかった。二人の間に立ち、蚊帳の外に置かれていたお辰が、死んだ魚のような目をして喜右衛門を眺めていたことに。

お辰の変化に気づかないまま喜右衛門が息をついた丁度その時、縁側から響く大きな足音が喜右衛門の耳に届いた。徐々に近づく足音が部屋の前で止まるや否や、障子が無遠慮に開け放たれる。

番頭だった。

喜右衛門は変事を察した。番頭の振る舞いは粗忽《そこつ》が過ぎたし、顔から血の気が引いている。どうしたんです、と喜右衛門は訊いた。すると、番頭は歌麿を憚りつつ、喜右衛門に耳打ちした。

「本当ですか」

顔を見返すと、番頭は深刻げに頷く。

喜右衛門はこの部屋で待つよう歌麿に言い置くと、お辰、番頭を引き連れて店先に出た。

表は騒然としていた。どんなに忙しくとも普段は客が十人ほどいればいい方だが、店の前には黒山の人だかりができている。野次馬たちは遠巻きに立ち、口元を抑えつつ、一様に上がり框と土間の際に目を落としていた。

店先へと回った瞬間、血の臭いに気づき、喜右衛門は口を押さえる。

上がり框の前には、赤犬の首が転がっていた。うつろな目を天井に向け、開かれた口から舌をだらりと垂らしている。

お辰は最初、何かあったのかとばかりに目をしばたたかせていた。が、皆の視線に吸い寄せられるように土間に目を落とした瞬間、あっと叫び、その場で尻餅をついた。喜右衛門は慌てて駆け寄り、肩を貸す。お辰は、今にも泣き出しそうな顔で店を見返した。

「どうして、こんなことに」

お辰は全身を震わせ、両手で顔を覆った。

喜右衛門はお辰の細い肩を抱いて、背をさすった。

「大丈夫だ。任せておけ」

喜右衛門は店の者に命じてお辰を下がらせると、叫んだ。

「早く片付けなさい」

丁稚に犬の首の始末と、辺りの掃除を命じた。蜘蛛の子を散らすように四方八方へと向かう丁稚たちを横目に、喜右衛門は番頭にことのいきさつを問い質《ただ》した。

番頭が言うには――突然、茶の着物の裾をからげた奴風《やっこ》の男が手の荷物を広げ、犬の首を店先に投げ込んで走り去ったのだという。

「奴ですって」

奴は武士の下で働く奉公人で、気性の荒さを競う稼業である。とはいえ、人余りの昨今、無体を働けば、雇い止めになるのは火を見るより明らかで、乱暴者はなりを潜めた。男伊達を示すというには、あまりにも無謀な行ないと言わざるを得ない。

そもそも仙鶴堂は武家に恨みを買う商いをしていないし、接点もない。思いあぐねるうちに、喜右衛門の脳裏に、蔦屋の言葉が蘇った。

『御公儀が動く虞があります』

背に戦慄が走る。

一人、土間を眺めた。丁度、丁稚たちが麻袋や砂、塩を持ってきたところだった。丁稚はそそくさと犬の首を始末して土間に砂を撒き、辺りを掃き清める。何度繰り返しても、なかなか地面の黒ずみは消えない。

奥から歌麿が現れた。

「何だよ、こりゃあ」

歌麿に、起こったことを話した。話を聞き終えると、歌麿は血相を変えた。

「こいつは、脅しだろ。お上の。耕書堂が奉行所に引っ張られる直前、同じようなことがあったって聞いたぜ」

寝た子を起こすな——蔦屋の警告が喜右衛門の頭を掠めた。

寛政三年、罰を受けたときには、蔦屋の耕書堂は新作を出せない状況に陥り、多くの絵師がその年の仕事を失った。他の版元もお上に目をつけられるのを恐れ、手をこまねくばかりだった。

今、喜右衛門の身に何かが起これば、あのときの再現となる。

歌麿は青い顔を喜右衛門に向けた。

「今すぐ写楽の調べから手を引け。絶対にだ」

言うことを聞かないと絵を引き上げる、そう言い放つと、歌麿は店の奥に消えた。

喜右衛門は、喧噪の残る店先で、いつまでもぽつねんと佇んでいた。

# ある記憶　弐

三味線の音が聞こえる。隣の部屋からだろうか。明るい音色が蔦屋の耳朶《じだ》に触れる。

「蔦屋よォ」

吉原の引手茶屋の席で、写楽は突然口を開いた。

正月に刊行する予定の戯作の仮刷りを膝前に並べ、本の仕様を説明する処だった。しかし、突如発された写楽の声音に苛立ちを感じ取り、慌てて頭を下げた。

「何かご不明の点がおありでしたか。すみません、話を急ぎすぎましたね」

いや、そうじゃない、と述べた写楽は、拗《す》ねたような顔を見せた。

「ちと、見てほしいものがあるんだが」

初めて絵を見せてもらった時も同じ表情を浮かべていたっけ――出し抜けに昔のことを思い出した蔦屋は、薄く笑い、いいですよ、と請け負った。すると写楽は絹着物の懐から一枚の紙を取り出す。

「こんなものを描いてね」

蔦屋は差し出された紙を覗き込んだ。

役者絵だった。胸から上の姿が描かれている。上手を睨み付けた浪人風の男が、着物と襦袢の間から両手を突き出し、凄んでいる。

「先のお芝居『恋女房染分手綱』の江戸兵衛ですか。凄い評判でしたね」

「ああ。直に見たが、とんでもない力演だった。なあ蔦屋、この絵、どう見る」

蔦屋は絵を睨みつつ、正直に言った。

「新しい。これに尽きますね」

写楽はつまらなげに息をついた。

「このままじゃ出せない、か」

蔦屋は意を得たりとばかりに白い歯を見せた。

「さすがは先生。あたしの意を汲んでくださる。仰る通り、この絵を世に問うなら、この新しさをお客さんに呑ませる工夫が必要です。そもそも、耕書堂《うち》は役者絵が不得手です。そこらをどうやって乗り越えるかも考えなければ。――もしお急ぎなら、他の版元に持って行って頂いても結構ですし、何なら役者絵が得意な泉市《せんいち》さん辺りに話を通すことも出来ますよ」

写楽はかぶりを振った。

「この絵、出すならあんたのところだ。どうした因果か付き合いが長くなったが、その中で分かってきたのは、版元がいい加減な連中だってことだ」

が、と写楽は言った。

「あんたは、いや、あんただけは信頼ができる。この絵を出すなら、あんたのところを措《お》いて他にない」

写楽の曇りない眼は、あまりに眩し過ぎた。蔦屋は深く頭を下げ、視線を躱した。

# 寛政八年　冬

浅草廣徳寺《こうとくじ》の境内に空っ風が吹き渡り、土埃が辺りに舞った。いつの間にか、風が冷たい。時の流れの速さを思いつつ、鶴屋喜右衛門《つるやきえもん》は首巻きを押さえ、ぶるりと身を震わせる。

土埃が止むと、境内の有様が浮かび上がった。講堂には鯨幕が張ってあり、開け放たれた出入り口の蔀戸《しとみど》から境内の中程まで、焼香の列が数列にも伸びている。喜右衛門はその最後尾につき、居並ぶ面々に目を向けた。皆、地味な恰好だが、華やぎは隠せない。座元の河原崎権之助《かわらざきごんのすけ》、市川蝦蔵《いちかわえびぞう》と六代目市川團十郎《だんじゅうろう》父子、市川男女蔵《おめぞう》や四代目岩井半四郎《いわいはんしろう》、大店《おおだな》の主人や狂歌、俳諧師、版元といった錚々《そうそう》たる面々が、列のそこかしこに見えた。有名人や劇界の人々だけではなく、声を上げて泣く若い女——贔屓《ひいき》だろう——も数多く並んでいた。子供のむずかる声が上がる。若い仏の葬式はいつだって物悲しい。

列が進み、講堂の敷居をまたぐと、焼香台に向かった。

もうもうと煙の上がる焼香台の向こう、薄暗い堂の中には読経の声が響く。金袈裟に身を包む坊主が二列に並び、手を合わせて経を上げている。坊主たちの奥に敷かれた紫の布の上には、ひどく小さな棺桶が置かれている。その棺桶を見下ろすように、黒漆の仏様は金色の仏壇の蓮華座に座していた。慈悲の笑みを浮かべているようにも、どこか遠くを眺めているようにも見える。

喜右衛門は抹香をつまみ上げて灰に落とし、手を合わせた。ふわりと甘い香りが辺りに満ちる。

幾度となく目をしばたたかせつつ、在りし日の中村仲蔵《なかむらなかぞう》の姿を脳裏に思い描いた。

二代目中村仲蔵が死んだ。脚気が悪化したのだという。以前、『暫《しばらく》』のウケをやるのだと嬉しげに口にしていた姿が眼の裏に浮かぶ。だが、その大役を果たすことはなかった。享年三十六、これからの役者だった。

焼香はつつがなく終わった。

参列者の流れに従い、喜右衛門は踵《きびす》を返し、表へ出た。外は北風が吹き荒《すさ》んでいる。衿をかき合わせ、表門目指して歩き、手水場に差し掛かった。

喜右衛門は知り合いの声に呼び止められた。振り返ると、市川男女蔵が人波をかき分けて姿を現した。紺の着物に同じ色の羽織を合わせた、役者にしてはおとなしい恰好に身を包んでいる。

喜右衛門は足を揃え、恭《うやうや》しく頭を下げた。

「この度はありがとうございました。おかげで最期のご挨拶も叶いました」

仲蔵の死や葬式の日時を喜右衛門に知らせたのは、男女蔵だった。

男女蔵は、幾度となくかぶりを振り、虚ろな目を足下に落とした。

「あの人は派手好きでしたから、一人でも客が多い方が喜ぶと思いましてね。こちらこそ、お越しくださりありがとうございました」

男女蔵の折り目正しい会釈を眺めつつ、喜右衛門は言った。

「惜しい方を亡くしたものですね」

「初代仲蔵の再来と謳われた方です。初代の当たり役だった斧定九郎《おのさだくろう》をいつかやるんだと本人も意気込んでました。あの人の気炎には時々胸焼けを起こしたものですが、いなくなると寂しいもんです」

男女蔵は力なく笑い、青空に目を泳がせた。

「役者に覇気は要らない。国崩しのような大悪党から立役、滑稽な小悪党まで演じ分けなくてはいけない。静かな湖の水面のように、ありのまま役を映すのが役者の仕事とあたしは心得ています。でも、結局後々まで語り継がれるのは、鏡みたいな役者じゃなく、火の玉みたいな役者なんですよ」

諦観じみた物言いをした男女蔵は、そういえば、と切り出し、話を変えた。

「写楽《しゃらく》の調べは、その後、どうなったんですか」

「やめましたよ。ちと、虎の尾を踏みそうになっていたようでございまして」

偽りを口にした。男女蔵は一つ息をつき、

「それじゃまた。今、顔見世興行中ですから、ぜひ芝居町にお越しください」

無表情に頭を下げると、講堂へと戻っていった。

北風が喜右衛門の首元を掠めた。焼香を終えた人々の列が、口数少なに表門に延びている。

人波に流されつつ表門をくぐると、しわがれた声がかかった。

「鶴喜《つるき》さんじゃないかえ」

背後には和泉屋《いずみや》市兵衛《いちべえ》が立っていた。

年の頃は五十ほど、目尻に深い皺がある。渋茶の着物に身を包み、銀鼠の帯を締め、黒の首巻きを巻く和泉屋は、朗らかな笑みを浮かべつつ、白いものの混じる横鬢を手で軽く撫でた。

「おや、泉市《せんいち》さんじゃありませぬか。どうしてここに」

和泉屋は眉を上げ、口を尖らせた。

「何を言うんだか。うちの表看板は役者絵だよ。仲蔵さんには随分昔からお世話になっていたんだ。抹香の一つも上げに来るさ」

和泉屋市兵衛は芝《しば》に店を構える名物地本問屋《じほんどんや》である。戯作において他の版元を圧倒した蔦屋《つたや》すら、役者絵では和泉屋市兵衛に敵《かな》わなかった。それもこれも、当代の目利きの才に依《よ》るところが大きい。天明の半ば頃から美人画、役者絵を牛耳る鳥居《とりい》派の伸び悩みを見て取り、地道に新進絵師の掘り起こしに当たった成果が、〝役者絵の和泉屋〟の今を形作った。

喜右衛門は和泉屋の横に立つ青年の姿に気づいた。黒と茶の紬継着物《つむぎつぎきもの》を身に纏《まと》い町人髷《まげ》を結う、二十そこそこの男だった。甘い顔立ちをしていて、その表情は浮世離れした柔和さがある。勤め人ではなかろうと推し量った喜右衛門は、若者の右手に目を留めた。

「お連れさんは、絵師の方ですねい」

和泉屋は口をへの字に曲げた。

「めざといね」

「仕事柄ですよ」

絵師の手は、皮が分厚くなっておかしな処に胼胝《たこ》ができ、筆に合わせて歪《いびつ》な形に変わる。目の前の若者の右手も、弛《たゆ》まず絵筆を執る絵師の手をしていた。

和泉屋は後ろ頭を掻いた。

「あんまり紹介したくないんだがね。うちの稼ぎ頭だから」

「和泉屋さんの稼ぎ頭ということは、つまり」

「ご明察。歌川豊国《うたがわとよくに》だよ」

和泉屋の一瞥を受け、若者、歌川豊国は、はにかみつつ会釈をした。

歌川豊国は、実物より綺麗に役者を描く老練さと素直な筆運びで、寛政の頭頃、役者絵の旗手に躍り出た人気若手絵師である。

和泉屋の店先で豊国の絵を目の当たりにした日のことを、喜右衛門は鮮明に覚えている。これほどの絵描きが野《や》にあったのかと心中で嘆じ、しばらく店先で呆然とした。必ずや出世すると見定め、声を掛けようと方々に手を尽くしたものの、何度調べ回っても住まいがはっきりせず、歯嚙みしていたところだった。

「まさか、ここでお目にかかれるとは思いませんでした」

喜右衛門が顔をほころばせる前で、和泉屋は、弱った、と言わんばかりに顎をしきりに撫でた。

「本当は、同業者に逢わせたくなかったんだがなあ。まあ、鶴喜ならいいか。蔦屋みたいなのよりはましだ」

喜右衛門は苦笑しつつ豊国の前に立ち、手揉みした。

「豊国先生、初めまして。あたしは日本橋通《とおり》油町《あぶらちょう》の版元仙鶴堂《せんかくどう》の主、鶴屋喜右衛門と言います。地本も物の本も扱ってます。是非とも、お見知りおきください」

豊国は、納得げに声を上げた。

「仙鶴堂さんといえば、通油町の版元連の世話人格だっていう」

「そりゃ先代の話ですが、長くやらせてもらっております。色々とお役に立てると思いますよ」

喜右衛門の手揉みを眺めつつ、豊国は小首を傾げた。

「でも、どうして鶴喜さんがこちらに?」

「二代目中村仲蔵さんと、生前、ちょっとした付き合いがありましてね」

豊国は双眸《そうぼう》に好奇心の炎をともした。喜右衛門にずいと体を寄せると、早口でまくし立てる。

「二代目とお付き合いが？　幾度となく絵を描かせてもらいましたし、お目に掛かったこともありますが、舞い上がってほとんどお話しできませんでした。どんなお方だったのですか」

豊国の黒と茶の継着物に気づき、その時合点した。『恋女房染分手綱《そめわけたづな》』での江戸兵衛《えどべえ》の衣装だ。役者贔屓らしい。喜右衛門は正直に話した。

「一度お目に掛かったことがある程度の関わりですよ。お亡くなりになる半年くらい前のことでしたかね。その頃から病みついていてらっしゃいましたけど、『暫』のウケをやるってんで随分な意気込みようでした」

豊国は肩を震わせ、嘆じた。目が潤んでいる。

「二代目の公家悪《くげあく》、ぜひ観たかった。鶴喜さん、今度是非、二代目の話をお聞かせ下さい」

「是非是非。そういえば、二代目仲蔵さんの絵を随分描いたと言ってましたが」

ええ、と豊国は頷いた。

「あたしは五年ほど前に世に出たんですが、その頃から三代目大谷鬼次《おおたにおにじ》――二代目仲蔵を何度も描いてます。いくつも版行してますよ。ねえ、和泉屋さん」

水を向けられた形になった和泉屋は、確信に満ちた頷きを返した。

「ああ。写楽が出た頃、同じものを出しちまったこともあった。よりによって、向こうは新しい趣向だったもんで、あのときは面食らったよ」

喜右衛門は思わず声を上げた。

「『恋女房染分手綱』の江戸兵衛を版行なさったのですか」

「詳しいね。雲母摺《きらずり》の大首絵で話題を持って行かれちまって、あのときはえらい目に遭ったよ」

途中まですらすらと思い出話を語った和泉屋が、ふと口を噤《つぐ》んだ。口を一文字に結んだ和泉屋の目の先では、豊国が顔を曇らせていた。気まずい沈黙が辺りに流れる中、豊国が、眉根《まゆね》を寄せたまま、拗《す》ねた声を発した。

「写楽ですか。一時は噂になった人ですが、あたしは一切認めてませんよ。あの人ァ、芝居を愛しちゃいないんです」

喜右衛門は、一段声を低くした。

「そいつは、どういう意味合いで」

「言葉のまんまです。あの人の絵には、いい加減なものがある」

すかさず、豊国の家への来訪を約した。お互いの在所を交換すると、豊国は和泉屋に手を引かれるようにしてこの場を後にした。

喜右衛門は自分の胸に手を当てた。心の臓の高鳴りを掌《てのひら》に感じた。

犬の首の一件を受け、表向き、写楽の調べを打ち切った。唐衣橘洲《からころもきっしゅう》にもその旨を説明し、了解を取った。

しかし、水面下では調べを進めていた。写楽の画風を自作に採り入れた歌舞妓堂艶鏡《かぶきどうえんきょう》、役者兼絵師の中村此蔵《これぞう》、勝川春章《かつかわしゅんしょう》門下や秋田南画の絵師、最近とみに勢いのある光琳派の絵師など、正月の売り出しを名目に様々な絵師に逢い、話を聞いた。寛政六年五月以降に何らかの理由——死亡や怪我、旅に出たなど——で絵筆が取れなくなった虞《おそれ》も考え、そうした絵師の周囲にも話を聞きに行った。しかし、本物の写楽と認め得る者には巡り会えていない。

調べに当たり、念には念を入れ、昵懇《じっこん》の与力に鼻薬を嗅がせ、変事の際には先に知らせてほしいと依頼した。版元の取り締まりに動くのは町奉行所だ。与力の首に鈴を括りつけておけば、御公儀の動きも芋づる式に知れる。

ふと、喜右衛門は仲蔵の言葉を思い出した。「写楽の正体とやらが分かったら、俺にも教えてくれよ。俺の江戸兵衛をあんな風に描いた野郎には、夢枕に立ってでもお礼参りしなくっちゃな」。記憶の中の仲蔵は、力なく笑っていた。あれは諦めだったのだと気づき、胸が塞ぐ。

「あたしは、すっかり写楽に魅入られているらしいや」

そう独りごちた喜右衛門は、袷《あわせ》着物の衿元を握り、帰途についた。江戸の町は、冬の気配に包まれている。


喜右衛門は最後の一行を読み終えた。その拍子に、溜息が漏れる。

傑作は眠るときに見る夢に似ている。どちらも読む者、見る者に現《うつつ》を忘れさせ、ここではないどこかへと誘《いざな》う。目の前の戯作の原稿がまさにそれだった。作中の登場人物たちが文字の間から飛び出し、喜右衛門の眼前を縦横無尽に駆け回っている。

煙草葉の甘い香りに誘われて、喜右衛門は顔を上げた。梁《はり》に渡された洗濯紐からぶらさがる煙草葉、煙草道具の鎮座する背の低い棚、煙草切の大包丁やまな板が整然と並ぶ様子が目に映り、現に引き戻される。

「さすがです。先生」

喜右衛門の言葉に、煙草道具に埋もれ座る山東京伝《さんとうきょうでん》は口角を上げて応じた。そりゃそうだ、と言いたげな笑い方だった。

「少しばかり、頑張った」

その顔には、壮年の余裕と張りがあった。

秋に頼んだ子供向け教養戯作が形になった。『和漢三才図会《わかんさんさいずえ》』を下敷きに子供向けの本を著す――そんな無茶な注文に、京伝は才筆でもって応えた。『和漢三才図会』の項目から天文・地理・時候・人倫・支躰《したい》・気形《きぎょう》・蜘蛛・艸木・衣食・器財・言語の部を抜き出し、自然の有り様をあるときには人に、あるときには動物の動きに喩《たと》えて滑稽味を出している。題もいい。『三歳図会稚講釈《さんさいずえおさなこうしゃく》』。『和漢三才図会』をもじりつつ、子供向けの読み物であることを端的に示したものだ。今はまだ本図はなく、京伝による下絵が付くのみだが、店先にやってきた子供の喜ぶ顔がありありと目に浮かぶ。

喜右衛門は深々と頭を下げた。

「ご謙遜を。力作をありがとうございます。これで心置きなく正月の餅が買えます」

「お前さんは昔から言うことが大仰だ。版元たるもの、どしりと腰を据えんとな」

低い声で京伝は言った。

大戯作者からのお叱りである。喜右衛門は頭を垂れ、拝聴の態を取った。

京伝は鼻を鳴らすと、話を本題に戻した。

「今回、絵はどうする。俺が描くか」

いえ、と喜右衛門は短く言った。

「先生のお師匠さんの北尾重政《きたおしげまさ》先生辺りにお声をかけようかと」

「身の縮む思いだ」

肩をすくめた京伝に稚気《ちき》を感じ、喜右衛門は薄く笑った。実は既に北尾重政には仕事を出し、絵に着手してもらっている。そうでなくば、彫り、摺りに間に合わない。

京伝は北尾重政に絵を学び、北尾政演《まさのぶ》の名で絵も描いている。駆け出し時分は一人で話を拵《こしら》え絵を描く便利な戯作者として頭角を現したというが、今や京伝は戯作者の筆頭人、絵筆を執る機会は減った。

喜右衛門は恭《うやうや》しい手つきで原稿の束を風呂敷に包むと、今後の段取りについて説明した。

「頂いた御作『三歳図会稚講釈』は、予定通り来年一月の刊行、うちの目玉にさせてください。尻《けつ》を決めて逆さまに案じますに、十一月の末には本摺りに出して、正月の刊行に間に合わせたいところです」

かなり厳しい日程である。版元との関わりが長い京伝は嘴《くちばし》を挟まず、軽く頷くに留めた。

この日は原稿を拝受するだけで、懸案はない。京伝の店に客は来なかった。すぐにでも彫りに出したいところだったが、あえて喜右衛門は世間話を切り出した。京伝は口の重い男だが、他人の話を聞くのを好む。顔をほころばせつつ、喜右衛門の噂話に無言で相槌を打つ。

こんなところにも人気戯作者の秘密があると喜右衛門が納得する中、話の切れ間に、京伝は口を開いた。

「そういえば、写楽の件はどうなった」

これまで調べ上げたことについて全て話した。一つ一つ、噛んで飲み込む風に頷き続けた京伝は、話が終わると顎に手をやり、思案顔をした。

「見つからない、か」

「京伝先生の仰るとおり、めぼしい絵師を浚《さら》ったんですが、さながら幻のようで」

京伝は腕を組んだ。

「戯作者としての勘だが――これだけ探しても見つからないということは、よほど思いも寄らぬお人が写楽なのだろうな」

事実上、お手上げに等しい発言だった。

喜右衛門は鼻息荒く言った。

「この際、とことん追いかけるつもりですよ」

ふいに京伝は吹き出した。

喜右衛門が目を向けると、すまん、と謝り、京伝は頬を緩めた。

「喜坊《きぃぼう》がこんなに一所懸命なのは初めてだと思ってな。お前さん、店の主になってから、諦め癖がついた気がしていて、心配していたんだが」

「そうだったんですか」

京伝は脇に置かれた銀煙管《ぎせる》を手に取り、指でくるくると回した。

「お前さん、なぜ自分がここまで写楽に拘っているのか、考えたことはあるか」

表情が硬くなる。その顔は大戯作者、山東京伝のそれだった。

京伝は銀煙管に煙草を詰め、煙草盆の炭で火を灯した。紫煙が口元から漏れて辺りに漂い、かき消える。数回吸って煙を吐き出すと、灰吹に燃え残りを落とし、煙管を指で回した。

「既に数ヶ月は写楽の正体を追ってるんだろう？　橘洲さんの願いとはいえ、些か常軌を逸している。なんで、そこまで写楽の正体が気になる。その拘《こだわ》りの源は何だ」

京伝の澄んだ目が喜右衛門を捉えた。嘘をついても見破られる。

喜右衛門は覚悟を決めた。息をつき、自分の肚の内をぽつぽつと吐き出す。

「京伝先生は、うちの親父、覚えてますでしょう」

「もちろん。先代には世話になった。豪快な人だったな」

「祝いの際には吉原仲之町《なかのちょう》通りの引手茶屋を借り切っての大騒ぎ。本を売る際には大道芸人を雇って店先は縁日の有様。盆暮れ正月の挨拶の際には最上級の鰹節。派手好きな人でした」

夢に見る父の背は、いつだって大きい。喜右衛門は、仙鶴堂の蔵に収まる版木を思い起こしながら続ける。

「頭では分かってるんです。時代がよかった。うちの父は、本屋に活気のあった、宝暦、明和、安永、天明を生きた人です。あたしは直接見ちゃいませんが、今も流通する本を見れば一目瞭然です。あの頃の本はものがいい。勢いもある」

京伝は口を開く素振りを見せない。促しと取り、喜右衛門は続けた。

「父の背を見て、父の作った戯作や浮世絵に囲まれて育ったあたしは、勘違いしていました。あたしも、父みたいに仕事ができるんだと。世の粋人を掘り出して自分の手で売り出し、本が売れれば吉原で宴を張り、その席で新しい本の相談をする、颯爽とした版元になれるのだと」

だが、喜右衛門は、そんな版元にはなれなかった。

「父が死んで店を継いだ頃にはもう、松平定信公の旗振りで質素倹約の仕法が始まっていました。あたしは目の前で戯作の花が咲き誇る様を目の当たりにしながら、自身でその花を丹精できなかった」

吉原での豪遊など夢のまた夢、書き手に次回作を頼むのすら、売り上げを睨み、薄氷の上を歩くような覚悟を決めなければならなかった。今、喜右衛門は、書物《しょもつ》問屋と見紛う地味な店先で、少しも興味を持つことのできない物の本を作り、売り捌いている。

憧れた百花繚乱の庭が、気づけば荒れ野になっていた。

狐につままれた気分の中、喜右衛門は日々、働いている。

気の毒なものを見るような哀れみが京伝の顔に滲む。

「もう少し早く生まれていれば違ったろうに」

「生まれ年を早められればしません。それでも諦められないのです」

京伝は目を見開いた。

「見えてきた。それで、写楽か」

喜右衛門は、力なく、ええ、と言った。

「写楽は、最近の地本問屋の、痛快事ですから」

松平定信公が老中から去ったとはいえその遺風が色濃く残る寛政六年、突如として世に出された役者絵が、江戸を極彩色に染め上げた。灰色の空に嫌気が差し、ずっと下を向いて歩いていた喜右衛門にとって、写楽の成功は、我がことのように嬉しかった。

「写楽の絵を見たとき、悔しかった。あんなにも鮮やかに当たりを出されたんですもの。でも、それ以上に嬉しかった。あたしが夢見た、天明の狂瀾《きょうらん》が戻ってきたと胸のすく思いがしました。写楽を調べ回ることで、かつてのそんな気持ちを思い出したんです」

喜右衛門は、心底にわだかまる靄《もや》が明確な形を持って現れたことに、戸惑った。なぜ、吐き出せたのだろうと。だが、すぐにその理由に思い至った。兄と慕う男が目の前にいたからだった。

「で、本物の写楽を探し出して、お前はどうするつもりだ」

言われて、喜右衛門は息を呑んだ。自明のこと過ぎて、言葉にしていなかったことに気づいたのだった。版元が絵描きを探すからには、狙いは最初からただ一つのはずだった。

「一緒に仕事がしたいです」

恋い焦がれた絵師、東洲斎《とうしゅうさい》写楽の力を借りて、世に大穴を開ける。やりたいことができない今の有様、世の中、時代を吹っ飛ばす。そんな心づもりであったことに、喜右衛門はようやく思いが至った。

喜右衛門の言葉を受け、京伝は目を伏せた。深い思案の中にあるのか、顔が険しい。銀煙管を指で回しつつ下を向いていたが、やがて考えがまとまったのか、喜右衛門に向き直った。

「喜坊、そいつは駄目だよ」

「なぜです」

いきなり否まれるとは思ってもみなかった。自然、喜右衛門の声は尖る。

京伝は口を開いた。まるで、子供を諭すような顔で。

「だって――」

その声は、突如開かれた戸にかき消された。木綿の茶羽織に茶の着物を合わせた、粋とはほど遠い中年の町人だった。店の中に足を踏み入れると、小棚に飾られた煙管を見下ろし、横の煙草入れと見比べ始める。煙草小物屋の客らしい。

喜右衛門は邪魔になると察し、客あしらいにかかる京伝に頭を下げると、店からそっと抜け出した。何か言いたげに京伝は一瞥したものの、喜右衛門はその視線に気づかないふりをして、表に出た。


歌麿《うたまろ》は、極彩色の美人画を前に腕を組んでいる。喜右衛門は唾を呑んだ。この日の仙鶴堂はいやに静かで、心の臓の音が殊更に耳に届く。

この日は、錦絵の摺色の検《あらた》めに当たっていた。丁寧に色を指定しても、実際に摺りに出すと、何かの拍子で意図した色が出ないことがある。版元としても気を抜けない打ち合わせだし、どんな鷹揚な絵師もぴりぴりした態度で臨む日である。

口に粘つきを覚えつつ、喜右衛門は切り出した。

「この通り、摺師と相談して色々な組み合わせを出しました。いかがなもんでしょうか」

「そうだな……」

歌麿の目は鋭い。万事につけだらしのない歌麿だが、絵のこととなると人が変わったようになる。喜右衛門は土壇場にいる心地で審判を待つ。

やがて歌麿は、一枚の絵を喜右衛門に突き出した。

「こいつが一等いいな」

歌麿が選んだのは、最も安手に仕上がる組み合わせの摺りだった。

「派手な色合いになった。紫の出方も悪くない。こいつが一番手堅くまとまっているんじゃねえかな」

最も掛かりの少ない摺りを選んだのが一目瞭然だった。釘を刺そうと顔を向けたものの、喜右衛門が次の句を放つ前に、そういや、と歌麿は機先を制した。

「今回、彫りは誰に頼んだんだい」

「藤一宗《とういっそう》さんです」

歌麿は仮摺りの絵を眺め、目を輝かせる。

「藤のお師匠《つしょ》さんかい。あの人の彫りはさすがだなあ。細かいところを丁寧に彫り出してくれる。特に、髪の生え際なんかは、凄えの一言だ」

歌麿の絵の彫りは、いつも藤一宗に任せている。並の彫師では歌麿の繊細な筆に腕が追いつかないためだ。実際、以前、他の彫師に仕事を出してうまく行かず、歌麿にも叱られ、結局藤一宗に仕事を出し直したこともある。

藤一宗の繊細な仕事を眺めつつ、歌麿は惚れ惚れとした口調で言った。

「――腕一本で立つ人の仕事を見るのは気分がいい。俺もそういうもんになってみてえな」

歌麿は、そうだ、と言い、一枚の絵を喜右衛門に差し出した。

彩色肉筆画だった。向かって左に立つ虫売りから虫を買い求める若い女が描かれている。白の半衿から覗く女の首に目が行く。

これは？　絵を受け取りつつ聞くと、歌麿は言った。

「随分待たせたから、一枚、描き足したんだ。どうだい」

喜右衛門の心に霜が降りた。目の前の絵が、感心できる出来ではなかったからだ。技はある。買い手の勘所も押さえている。だが、それだけだった。――ここのところ、歌麿の絵を前にしても、心ときめくことがなくなった。見る者の心を鷲づかみにし、引きずり回すような熱が歌麿の絵から失われて久しい。

今をときめく美人画の第一人者の絵だ。この一枚を得るために、どの版元も足繁く本人の元に通い、接待を仕掛け、歓心を得ようと努める。差し詰め、歌麿の絵は金の卵、歌麿自身はその卵を産む鶏だ。卵が売れればそれでよいではないか――そう自らに言い聞かせる。

喜右衛門は内心から湧き上がる感想に蓋をして、大仰に声を上げた。

「おお、ありがとうございます。まさか追加を頂けるとは。早速、一宗さんに仕事をお願いしましょう」

「任せたぜ」

鷹揚に答えた歌麿だったが、顔には墨汁一滴余りの曇りがあった。不満や不服を煮こごらせたような顔だった。だがすぐに、その表情は陽気な笑みに上書きされる。

「絵師ってのは、遊び心と版元への労《いたわ》りがないといけねえ。うちの師匠もそうだった」

「歌麿先生のお師匠ですか」

興味があって、話を先に促した。すると歌麿は、懐かしげに薄く笑いつつ、口を開いた。

「後にも先にも俺の師匠はただ一人、鳥山石燕《とりやませきえん》先生だ」

「お噂はかねがね。お師匠さんとしての石燕先生はどんな具合だったんですか」

「すげえ人だったよ。やってくる版元に茶菓子を出す絵師なんて、石燕先生の他にはねえよ」

鳥山石燕は、滑稽味に溢れた妖怪の姿を描き出した画集『画図百鬼夜行』で当たりを取り、妖怪版本画の第一人者として世に立った絵師だった。喜右衛門は見習い時代、父の代わりに石燕の工房に邪魔したことがある。いつもにこにことしていて、「こいつは頂き物なんだが、年を取ると沢山は食えなくなるんだ、鶴喜のぼん、持ってってくんな」と毎度のように甘い物をおみやげに持たせてくれた、かくしゃくとした老爺だった。

歌麿は目を細めつつ続ける。

「それでいて、弟子には厳しい人だったんだぜ。絵は下谷《したや》御徒町狩野《かのう》家の総師、狩野玉燕《ぎょくえん》先生に、俳諧は東流斎燕志《とうりゅうさいえんし》先生について学んだ教養人。弟子にもその教養を求めるんだからひでえもんだった。芸にも厳しくてね。〝てめえの仕事に満足したら筆を折るときだ〟、〝絵師も俳諧も死ぬまで修業だ〟って、兄弟子連中と一緒にどやされたもんさ」

驚きを隠せない。喜右衛門の知る石燕は、好々爺を絵に描いた、尽きかけの蠟燭のようなたたずまいをした人だった。

「漢文も読める博覧強記の人だから、門下から絵師とか戯作者、狂歌師が沢山出てな。皆、石燕先生譲りの頑固者だったから、門下も皆出世したんだろうな。以前、俺が『哥麿画』の落款を使ってたせいで写楽扱いされたことがあったけど、あの落款は、お師匠さんに作って貰ったものなんだ。楷書なんざ見慣れねえからずっと仕舞っておいたんだが、お師匠さんが死んでから数年、供養代わりに引っ張り出して使ったんだ」

職人の切磋琢磨は、商人の喜右衛門には近くて遠い河岸の出来事である。だからこそというべきだろうか、歌麿の晴れがましげな表情を眺めるうちに、心の奥底がざわつく感触に襲われた。

喜右衛門は頭を下げた。

「歌麿先生、申し訳ありません。先に謝っておきます」

「なんでえ、藪から棒に」

「実は……写楽の調べ、やり直そうと思ってるんです」

「なんだと？」

歌麿は険の含んだ声を上げ、眠たげな目をした。

喜右衛門は肩を震わせる。長い付き合いだからこそ、わかる。歌麿のこの目は、本気で怒った証《あかし》だ。

「ってことは何か？　写楽について調べるなってあれほど言ったのに、てめえ、裏切ってやがったのかよ。俺の絵は要らねえってか」

静かな口調だった。だが、かえってそのために、歌麿の激情が浮き彫りになる。

喜右衛門は首を横に振った。

「そんなわけはありません。そのつもりだったら、試し摺りなんてしません」

「じゃあ、どうしてだ」

当代一流の絵師の怒りが、版元、喜右衛門の心胆を揺さぶる。だが、歌麿に職人としての張りがあるように、喜右衛門にも、商人の矜持《きょうじ》があった。

喜右衛門は、あくまで商人として、歌麿に対した。勢い、言葉尻は柔らかくなる。

「写楽が、どうしても気になるんですよ」

喜右衛門は、何か言わんとする歌麿に被せるように続けた。

「分かってます。あたしが我を通せばどうなるか。場合によっちゃあ、店を畳まざるを得なくなるばかりか、戯作者や絵師の先生方にもご迷惑をおかけすることになるかも」

歌麿は何も言わなかった。それを促しと取った喜右衛門は続けた。

「手前の商売は、面白いもの、学びになるもの、綺麗なもの、すごいものを拾い集めて銭を貰う仕事なんです。たとえそれが、ある人にとって目障りなものだとしても」

喜右衛門の口調は凪いでいた。しかし、言葉が重なっていくうちに、これまで、言葉にできずにいたもの、形すら思い描くことのできなかったものが、明確な形を持って立ち現れる。喜右衛門は誰かに喋らされているような心持ちで、続けた。

「世の中に向き合う仕事でもあるのは百も承知です。でもね、あたしたち版元が、面白いもの、学びになるもの、綺麗なもの、すごいものを作ることから目を背けちゃいけない。最近、そう考えるようになりました」

歌麿は口を結び、あぐらを組む足に頬杖を突いた。そして、つまらなそうに息をつくと、ってことは、と鋭い声を発した。

「それが、版元の矜持《きょうじ》だってのか」

「へえ。写楽が気になるのも、歌麿先生に仕事をお願いしているのも、根っこは同じです。紋切り型の物言いですが、あたしは、先生方のお描きになっているものに惚れているんですよ」

「おめえは、蔦屋と同じ穴の狢《むじな》ってことか。恋川春町《こいかわはるまち》の兄ィの件も、山東京伝さんの手鎖《てぐさり》も、その矜持に免じて許してくれってか」

「そんなことァ言ってませんよ。あたしは――」

喜右衛門は、言い放った。

「面白いものを企んで作るのが、版元の本義だって言いたいだけですよ。そのせいで罪を背負った方がいらしたなら必死で謝らなくちゃなりませんし、償わねばなりません。でも、手前ら版元は、面白いもんで世の中の横っ面を叩かなくちゃならないんですよ。今、この瞬間《とき》だって」

歌麿は立ち上がった。そして、縁側に続く障子に手を掛けた。喜右衛門は何も声を掛けなかった。が、障子を開いた歌麿は、くるりと振り返り、苦々しげに言った。

「勝手にしろ。今回の絵は仙鶴堂に預ける。今後のこたあ、これからのおめえ次第だ」

声こそ不機嫌だったが、やるな、とは言わなかった。

ありがとうございます、と喜右衛門が頭を下げると、歌麿は舌を打ち、足を踏み鳴らしつつ部屋を去っていった。

喜右衛門はその場にへたり込んだ。天井を見上げ、大きな息をつく。

首の皮一枚で繋がったとはいえ、安閑としてはいられない。今後のことは喜右衛門次第と歌麿も言っていた。喜右衛門が不甲斐ないことをすれば仙鶴堂から離れる、そんな謂《いい》であることは容易に察しがついた。

喜右衛門は立ち上がった。台所に向かい、甕《かめ》の水を柄杓《ひしゃく》で汲んで喉を潤す。歌麿から預かった絵を簞笥に収め、荷物をまとめて店先に出ると、番頭に外出する旨を告げた。どちらに、と尋ねる番頭に、喜右衛門は応えた。

「豊国先生の家だよ」

歌川豊国の家は、芝近辺にある。

喜右衛門は芝の目抜き通りを行き、和泉屋市兵衛の店先を掠《かす》めたのち、脇道に入った。芝神明《しんめい》の門前町である芝には、大小様々な版元が軒を連ねている。しかし、どの店も茶を挽いていた。ある絵双紙屋の店先には、十年ほど前に初摺りされた役者絵が並べてあった。古い役者絵の版木を買い取り、最近の役者のものと偽って売る、志の低い商いだ。

喜右衛門は神明町に向かった。神明町の町の雰囲気は、日本橋よりは深川に似ている。ある裏長屋を覗き込むと、ところどころ板塀が破られ、至る所にごみが落ち、痩せ犬が端で丸くなって鼾《いびき》をかいている。すれ違う者たちの顔立ちも険しい。

近くにあった自身番で話を聞き、喜右衛門は歌川豊国の家の前に立った。ある裏長屋の木戸をくぐってすぐの処にあるそこは、長屋の中でも割と大きな区割りに属する処だった。喜右衛門が汚れ一つない戸を叩くと、しばらくして豊国が顔を出した。この日の豊国は、生のままの木綿着物を身に纏い、たすきがけをしていた。絵を描くための作業着なのか、顔料の飛沫が胸や腹、袖に飛び、複雑な色合いの染みが浮いている。

「ようこそいらっしゃいました」

朗らかに頭を下げた豊国は、部屋に喜右衛門を招じ入れた。

長屋の中は驚くほど綺麗だった。

絵師の家は汚いのが相場である。知り合いの家や引手茶屋を転々として絵を描く歌麿は例外としても、四畳一間の長屋に住み、万年床のすぐ横に絵道具を広げ暮らすのが大抵の絵師のありようである。部屋の中は絵道具で溢れ、自然、上がり框《かまち》が飯を食ったり客を座らせる場となる。しかし、豊国の部屋は、きちんと布団が畳まれ、床板がつややかに光り、暮らしの道具があるべき処に収まっている。風通しも良く、空気も清々しい。

土間の甕近くにある棚から湯飲みを二つ取り出した豊国は、部屋を見回す喜右衛門を前に苦笑した。

「そんなに絵師の家が珍しいですか」

「いえ、綺麗だなと思ったものですから」

「よく言われます。うちの師匠が綺麗好きでしたもので」

「師匠というと」

「豊春《とよはる》先生です」

歌川豊春とは付き合いがあった。元はさる藩の御用絵師という噂もあった上品な絵師で、いつ画房を訪ねても髪の毛一つ落ちておらず、召し物も綺麗だった。

豊国は甕から柄杓で水を汲んで湯飲みに注ぎつつ、ペロリと舌を出した。

「実はこの長屋、もう一間《ひとま》ありましてね。そっちのほうは結構汚れているんですよ。ここは客間兼寝床なんです。ささ、お上がりください」

喜右衛門は豊国に促され、履き物を脱いで板間に上がり込み、適当な場所に座った。すると、豊国も板間に上がり、喜右衛門に湯飲みを勧めて対座した。茶人のような、きちんとした正座だった。

足をお崩しください、と声を掛けると、豊国は真面目くさった顔で言った。

「いえ、これも昔の習いで。うちの死んだ親父はしがない人形師だったんですが、〝いつもいつでも折り目正しく暮らせ〟とどやされたもんです」

職人の張りだった。豊国の父もひとかどの職人だったに違いない。そう喜右衛門は確信する。

豊国は開口一番、朗らかに言った。

「ここにおいでってことは、鶴喜さんもあたしに絵を描かせたいんでしょう？　先に謝っておきます。今は無理です。あたしを世に出して下すった和泉屋さんに義理立てしないとならぬので」

喜右衛門は薄く笑い、頭を下げた。

「勿論承知しております。手前も割り込むつもりはありませぬ」

「ありがとうございます」

豊国は、屈託ない笑みを返す。年齢相応の、青い笑顔だった。

欺し欺されの版元稼業において、ごくごく希に、親子とも友垣とも生き別れの双子とも喩《たと》えがたい強固な縁を結ぶ版元と職人がいる。和泉屋と豊国もその一類なのだろうと見て取った喜右衛門は、愛想笑いで内心を隠した。喜右衛門には、そうした相手がいない。

「いつか豊国先生にはお仕事の話をしようと思ってますし、表向きはそういう名目でこちらにお邪魔しているんですが、実は、今日は別件でここに参りました次第で」

「どういうことですか」

「二代目中村仲蔵さんの葬式の際、写楽がどうとか仰っておられましたでしょう。確か、『写楽の絵にはいい加減なものがある』とか」

それまで微笑すら湛えていた豊国の目に、鋭い光が灯った。喜右衛門はその正体を察した。怒りだ。もっとも、自分に向いたものではないのは明らかだった。それが証拠に、豊国は折り目正しい態度を取り続けている。それだけに、喜右衛門は気楽だった。

豊国は、太平楽な喜右衛門を眺め、ぷっと吹き出した。

「なんだ、その話をしに来たんですか。酔狂ですねえ。――鶴喜さん、写楽の『三代目大谷鬼次の江戸兵衛』は今お持ちですか」

「ええ、もちろん」

「なら、あたしが用意する必要はありませんね」

立ち上がった豊国が、丁寧な手つきで戸を開き、奥の間に消えるや、戸の向こうからけたたましい音が響く。しばらくして唐突にその音が止んだ直後、表の部屋に戻った豊国は、一枚の絵を喜右衛門の前に置いた。

「こいつが、あたしの描いた『三代目大谷鬼次の江戸兵衛』です」

大判の紙上に、在りし日の三代目大谷鬼次――二代目中村仲蔵の全身像が閉じ込められていた。奴髪に結い、肩口が黄色、胸から下が黒の着物を纏い、裾をからげた男が大見得を切っている。下手に顔を向け、袖まくりした肘を腰につけて横に伸ばしつつ大きく手を広げ、手足で大の字を描く。

「二代目仲蔵さん――三代目大谷鬼次さんの江戸兵衛は、実際にあたしが実物を見て描いたんです。板に近い席でね。だからこそ言い切れます。写楽は適当に鬼次さんを描いている」

「どういうことですか」

「鶴喜さん、奴さんの描いた『江戸兵衛』をお出し下さい」

言われるがまま、喜右衛門は写楽の『江戸兵衛』を豊国の絵と並べた。二つの絵を比べると、大きな差違があった。

豊国の描いた『江戸兵衛』は下手に顔を向けている。しかし、写楽版の『江戸兵衛』は上手に見得を切っている。

細かな違いはいくらでも見つかった。

　例えば、髪型が違う。豊国版は横鬢を膨らました奴髪だが、写楽版は横鬢を撫でつけた浪人髷だ。見得の切り方も違う。豊国版はまくった袖から手を出し、肘から先を大きく横に張り出しているが、写楽版では着物と襦袢の間から手を前に突き出している。

「髪型はともかく、所作は仕方ないのでは？　写楽は別の見得を絵に描いたんじゃないでしょうかね」

「あたしは二代目仲蔵の贔屓です。だからこそ断言できますが、二代目はあの時、写楽の描いた見得や所作を取ってません」

　袖をまくるのと、着物と襦袢の間から手を出すのでは随分所作が異なる。妙だった。

　生前の二代目仲蔵が病床で『恋女房染分手綱』の見得を切った際、豊国版と同じ所作を取ったのを、喜右衛門はふいに思い出した。

　豊国は早口で続けた。

「おかしいのはそれだけじゃないんですよ」

　豊国は豊国版『江戸兵衛』の肩口を指した。

「二年前の『恋女房染分手綱』では、二代目仲蔵さんは茶と黒の継着物を着ています。肩の辺りや腹の辺りが茶色、他が黒でした」

「写楽版でもそうじゃないですか」

「ええ、配色はね。茶の生地をよく見てください」

　促されて比べると、二枚の絵には明確な違いがあった。

「写楽は茶の生地を縞として描いてますが、実際には格子柄だったんですよ」

　豊国版の仲蔵は茶格子柄と黒の着物姿だった。

「他にもあります。二代目仲蔵さんの顔です。二代目は頰が豊かな方でした。でも、写楽の絵は、えらが張って、骨相が見えています」

細かな違いは判然としなかった。だが、当人と似ているかどうかという一点において、喜右衛門は豊国の絵に軍配を上げた。

豊国は写楽版の『江戸兵衛』に憎々しげな目を向けた。

「写楽の絵には間違いが多い。それも、どうしたわけか、『恋女房染分手綱』の絵にばかり間違いが集まっています」

心の臓の騒《ざわ》めきに急かされるように、喜右衛門は身を乗り出した。

「豊国さん、実は今、写楽の描いた『恋女房染分手綱』の役者絵を全部持ってきているんですが、豊国さんから見て、これはいけない、ってのを、分けてみて頂けませぬでしょうか。絵の巧い下手ではなく、服装を間違えているとか、所作が違う、というのを」

「ええ、お安い御用で」

喜右衛門は写楽の絵の束を豊国に差し出した。豊国は即座に幾枚かの絵を分け出した。

選ばれたのは、六作だった。

三代目大谷鬼次の江戸兵衛
市川男女蔵の奴一平《やっこいっぺい》
二代目市川門之《もんの》助《すけ》の伊達与《だてよ》作《さく》
市川蝦蔵の竹村定之《たけむらさだの》進《しん》
四代目岩井半四郎の重《しげ》の井《い》

谷村虎蔵《たにむらとらぞう》の鷲塚八平次《わしづかはっぺいじ》

喜右衛門の肌がざっと粟立った。入れ知恵はしていない。にも拘わらず、斎藤十郎兵衛《さいとうじゅうろうべえ》が自作でないと主張するものとぴたりと一致した。

豊国は懐《ふところ》から小さな帳面を取り出した。芝居の備忘録だという。端のすり切れた帳面をめくりつつ口を開いた。

「この六枚は、衣装が違ったり、髪型が違ったり、本番になかった所作があったり、そもそも顔が似てなかったりします。谷村虎蔵の絵は何もかもが駄目です。それに、蝦蔵も駄目ですね」

「何が駄目なんですか」

「やや、軽い気がします。あのお芝居で蝦蔵は荒事《あらごと》の重さを纏いつつ演じておられましたが、写楽の絵には、妙な剽《ひょう》げがあります」

「なるほど。では――豊国さんは、写楽をどう思っておいでですか」

豊国は困ったような笑みを浮かべた。

「どう、ですか。難しい質問ですね。悪し様に言ってしまいましたが、役者絵での大首絵は、面白い工夫だったと思います。あたしも後に役者大首絵を描くことになりましたしね。でも、いかんせん、写楽にはそれを続ける地力がなかった。写楽の絵は、寛政六年七月興行分くらいまでは質を保っていましたが、それ以降はだめです。少なくとも、絵から力が失われています」

「なぜ、そんなことになったのだと思われますか」

そうですねえ、と間延びした声を上げた後、豊国は言った。

「描かされてしまったんでしょう」

豊国は、顔を暗くし、自分の右手に目をやった。死に別れた人の面影を見るかのような、深刻な顔だった。

「あたしたちは、てめえの意志《おもい》で絵を描くもんです。でも、忙しくなると、版元にせっつかれるようになって、絵を描きたい気持ちが置き去りになります。それでも手に染み込ませた技を駆使すれば描けますが、そのまんま続けると、やがて、絵そのものに倦《う》んで、酒や博打、女に逃げ込んで、挙げ句には絵筆を折ってしまう。師匠の下についていた頃、兄弟子、弟弟子がそうやって絵師稼業から去っていくのを嫌というほど見てきました。きっと写楽も、そうやって絵から離れたんでしょう」

写楽の描いた絵に目を落としつつ、豊国は続ける。その表情は、喪《うしな》われたものを惜しむかのような、甘い郷愁の中にあった。

「写楽は、一年ほどの間に百枚もの絵を描いたみたいですね。あたしに言わせれば、描き過ぎです。一枚の絵を描くためには、長い時間と、山のような見聞が必要なんです。写楽はそれに気づく前に潰れてしまった。下手な絵師にかける言葉なんてありゃしませんが、それだけは残念です」

「どうすれば良かったのでしょうか」

「そうですねえ。絵師に寄り添う誰かがいれば、良かったんでしょう」

「誰か、ですか」

「へえ。例えば、あたしにとっての泉市の親父さんのような。おべっかを使わず、絵師と共に高みを目指してくれるような人さえいれば、あの下手くそも、また違った画境に至ったことでしょう。ま、今となってはそんな人、そうはいませんけどね」

「――ありがとうございます」

喜右衛門は、豊国の長屋を後にした。


ここから近かった、そう独りごち、喜右衛門は豊国の長屋から八丁堀方面へ向かい、地蔵橋にある斎藤十郎兵衛の屋敷を訪《おとな》った。斎藤に期待などしていない。だが、仕事を頼んだ手前、顔を見に行こうと思い立ったのだった。

用人に案内され画室に入った。

部屋の真ん中、絵道具に囲まれるようにして、斎藤十郎兵衛は座っていた。絵筆は散乱し、筆先は顔料が乾いて潰れている。その脇にはくしゃくしゃに丸められた紙が積み上がり、山になっていた。

「来たか。忘れられたものと思っていたぞ」

仕事を出したまま、しばらく放り置いていた。言い訳はいくらでもできる。だが、心のどこかで期待を持てなくなっていた自分がいただけに、斎藤の言葉に胸が詰まった。

斎藤の声には生気がない。老人のようにしわがれている。平伏した後、大丈夫ですか、と喜右衛門が声を掛けると、斎藤は首を横に振った。その仕草はまるで、枯れかけた花のように力がない。

ははは、と斎藤は笑い、

「やはり、某《それがし》では、本物の写楽の絵は写せぬ」

弱々しい声ながら、吹っ切れたような物言いをした。

「写楽はあなた様のお名前でもあるはずでございましょう」

斎藤は自分の顔を両手で覆う。

「違う。東洲斎写楽の名は、蔦屋から預かった名ぞ。某には荷が勝ちすぎる。技倆《わざ》についてはわからない。でも、あんなにも念の籠った絵は描けぬ」

両手を顔から離した斎藤は、喜右衛門に目を向けた。その顔は、今にもこの場に頽《くずお》れそうな程に憔悴《しょうすい》し切っていた。

「某は猿楽の芸の肥やしにと歌舞伎を観るようになった。それこそ毎日のようにな。そんなある日、某は蔦屋に出会い、こう囁かれた。〝お侍様、江戸を騒がせてみませんか〟と」

斎藤は声を詰まらせ、続けた。

「東洲斎写楽という絵師が既に『恋女房染分手綱』の役者絵を描いている。その絵を参考に、他のお芝居の絵を描いてくれないか、とな」

斎藤は、天井に目を泳がせる。

「蔦屋から預かった本物の写楽の絵を幾度となく写して、特徴を摑んだ。そうやって写楽の筆法を手に染み込ませた後、寛政六年五月興行の役者たちを描いた。自慢ではないが、某は筆が速いのだ。最初は幾人かの絵師に声を掛けるつもりだったようだが、某の手を見て、蔦屋は某一人に任せたようだ。だが、いつの間にか、思うような絵にならなくなったのだ。いくら描いても筆が歪む。どれだけ描いても線が滲む。何百枚も描いても、役者の表情が死ぬ。そうして、いつの間にか元々描いていた絵すら描けなくなった」

思えば、と斎藤は言った。

「あの頃の某は、本物の写楽に憧《あこが》れて、一心不乱に筆を走らせた」

斎藤は遠い目をした。憧れとも怒りとも悲しみともつかない複雑な感情がないまぜとなって輝く。まるで雲母摺のようだ――喜右衛門はそんなことを思った。

「初めて『江戸兵衛』を見せられたときのことが忘れられぬ。こんなすごい絵を描く者がおるのかと驚き、手が疼《うず》いたものだ。蔦屋はこの画風を写せと言った。あの頃の某は、写楽の絵に魅せられ、無我夢中で画風を写し、写楽の描きそうな絵を描いた」

斎藤は深々と息をついた。

「結局のところ、某は小器用なだけだった。真似して描けと言われれば、それなりに描けた。何十枚も描けと言われれば、期日中に果たせた。が、『江戸兵衛』のような唯一無二のものは描けなかった」

喜右衛門は首を横に振り、斎藤の言葉を否む。

「それは違います」

「気休めは要らぬ」

鼻を詰まらせつつ、喜右衛門は首を振った。

「憧れることができるのも、また才でございましょう。手前は弁慶には憧れませぬし、太閤秀吉公にも憧れませぬ。ゆえに、手前は逆立ちしても、弁慶にも太閤秀吉公にも近づけませぬ。なりとうもございませぬから。憧れは、才でございます」

斎藤は、本物の写楽に憧れて写楽の絵を描いた。喜右衛門は、天明時分の地本問屋に憧れて仕事をこなしている。斎藤のあり方を否むことは、自分の行ないを否むことと同じ――喜右衛門にはそう思えてならなかった。

喜右衛門は気づく。本物の東洲斎写楽の仕事にばかり目を奪われて、斎藤が何を思って写楽の名を背負い、絵を描いたのか、知ろうともしなかった。斎藤を、本物の写楽のおまけ程度にしか考えていなかったのだと。

目の前の絵描きに向き合わねばならない。喜右衛門は、そう心に決めた。斎藤と同じ、憧れという名の病に身を焼かれる、己のためにも。

瞑目し、己の不明を羞《は》じた喜右衛門は、しばらくの後、明るく言った。

「斎藤様、ちと、芝居小屋に行きませんか」

斎藤は目を何度もしばたたかせた。

「絵はよいのか」

「ええ。手が止まるなら、いっそ別のことをした方がまだましというもの。手前がおごります。大した席は取れませんが、弁当くらいはおつけいたします」

「何も返せぬぞ」

喜右衛門は朗らかに笑った。

「構いませぬよ、それでも」

斎藤の目から、一筋の涙が流れた。小川の堰が切れたような涙だった。

喜右衛門は、写楽ではなく、斎藤十郎兵衛その人を見据えた。その時ようやく、斎藤の右の小鼻近くに黒子《ほくろ》があるのを知った。つくづく自分は斎藤様のことを見ていなかったのだ、そう心中で嘆じる。

罪悪感を呑み込みつつ、喜右衛門は切り出した。

「斎藤様、もう一度、絵を描かれませぬか。写楽ではなく、斎藤十郎兵衛様として」

斎藤は手ぬぐいを目に当てた。

「某が？　写楽の名を用いずに？　いいのか」

「ええ。まだ手前は、斎藤様がいかなるお方なのか、よう分かっておりませぬ。生の斎藤様を見てみとうございます」

『江戸兵衛』の肉筆画は喉から手が出るほど欲しい。写楽への思いもある。だがそれでも、今の喜右衛門は、斎藤に新たな絵を描いてほしかった。

斎藤は手ぬぐいを目に当てたまま、噴き出した。

「おかしな版元だ」

「版元は、元よりおかしな稼業でございます。てめえで絵は描かない、文章も書かない。何でも職人任せで、世の役に立たないものを出す、酔狂な仕事でございますから。そんな道楽者が、写楽ではない、斎藤様の絵を見たくなったのでございます」

喜右衛門は立ち上がった。すると、目の辺りに当てていた手ぬぐいをしまい、斎藤も続く。

「ならば、ご相伴にあずかるとしよう。丁度、顔見世興行の時期だものな」

「ええ。行きましょう」

喜右衛門たちは、八丁堀から日本橋通りを北へ向かい、芝居小屋のある堺町《さかいちょう》に足を踏み入れた。町は人で一杯だった。お上が質素倹約を謳っても、そっぽを向く人々はいくらでもいる。芝居町はそうした人々のるつぼだった。團十郎の贔屓なのか、柿渋色の着物を洒脱に着こなす男女とすれ違い、桃色の着物を着た娘たちの脇をすり抜け進むと、控櫓《ひかえやぐら》の都座《みやこざ》が姿を現した。都座には、大看板がずらりと掲げられている。

看板を見上げつつ、斎藤はおお、と嘆息する。

「都座の顔見世は、新作を掛けるのか。『清和二代大寄源氏《おおよせげんじ》』ということは、源平ものだな」

「定番には定番の面白さがありますが、新作は新作でわくわくしますすね」

「まことまこと。源平ものということは、『暫』を挟むだろうな」

都座の前には大きな人だかりが出来ていた。

喜右衛門は木戸銭を払い、斎藤と共に客席へ入った。花道や板から遠い席だ。斎藤は特に文句も言わず、席に上がり込み、腰を下ろした。

丁度芝居は『暫』の最中だった。

引退を決めた市川蝦蔵が、板の上で公家悪のウケと丁々発止のやり取りを繰り広げている。蝦蔵の演技は厚い。弱きを助け強きを挫く赤い隈取りの強力《ごうりき》武者を重々しい身振り手振りで演じ、和事《わごと》芝居にはない荒事ならではの緊張感で戯場《ぎじょう》全体を包む。

蝦蔵が大見得を切った。

大向こうが、

「よっ、成田屋《なりたや》」

屋号の呼びかけで花を添える。

鋭い目、大きな鷲鼻にへの字の口、えらの張った凜々しい顔立ちの蝦蔵に睨まれる度、客席から黄色い悲鳴や溜息が漏れた。ここにいる誰もが市川蝦蔵一世一代の演技を惜しみ、喝采を送っている。

一方、相手方の演技は精彩を欠いた。『暫』のウケは公家悪の度量が求められる。だが、役者が公家悪の大きさを咀嚼しておらず、実悪《じつあく》風に演じる感があった。極上の黒直衣《のうし》も、子供がお仕着せを着ているようにしか見えない。

喜右衛門は、二代目中村仲蔵の面影を思い出し、鼻の奥につんとした痛みを感じた。

本来、この芝居のウケは仲蔵が務めるはずだった。蝦蔵の相手を任されたと語る二代目仲蔵の嬉しげな面影が喜右衛門のまぶたの裏に蘇り、熱いものを感じて目頭を揉む。

蝦蔵一世一代の演技を前に、斎藤は口を開いた。

「不思議なものだ」

なにがでございましょう、と喜右衛門が水を向けると、板に目を向けたまま斎藤は続けた。

「往年の名優が次々に板の上から去って、新たな名優が立ち現れる。お芝居はそうやって、連綿と続いていくのだな」

喜右衛門が曖昧に頷くと、斎藤はぽつりと言った。

「某は蝦蔵の息子の当代團十郎を贔屓にしておってな」

斎藤十郎兵衛は、写楽として当代――六代目市川團十郎を幾度となく画題に取り上げた。大名跡だから押さえておかねばならないという商い上の都合もあったろう。だが、その執拗な描かれぶりには、商いの論理を超えた作り手側の思い入れが感じられた。

だからこそ、喜右衛門は疑問を持つ。

「寛政六年の五月興行の分に、どうして当代團十郎の絵がないのでしょう？　それ以降の興行分では描いておられますのに」

ああ、と斎藤は声を上げ、答えた。

「あの時には、蔦屋から、当代團十郎は描くなと釘を刺されたのだ。大谷広次《ひろじ》もそうだったな、確か」

絵師が描かないと決めたならまだしも、版元がその二人を描くのを止めるのは、商い上不自然だ。

「それ以降は描いておられますが」

「指示があったのは、寛政六年の五月興行分だけなのだ。――今思い出した。某が大谷広次を描いているのは知っているだろう」

喜右衛門は頷いた。寛政六年七月、十一月興行分の連作で、斎藤はしきりに大谷広次を描いている。

「どうしても大谷広次を上手く描けず、蔦屋に泣きついたことがあった。その時、蔦屋は口外無用と前置きして、こう言ったのだ」

斎藤は続けた。

「本物の写楽が描いた『谷村虎蔵の鷲塚八平次』を写すといい、と。どういうことだろうな。谷村虎蔵は上方からやってきた役者で、大谷広次とは血の繋がりなどあるまいに」

喜右衛門は腕を組んだ。

蔦屋の意図が読めない。

気まぐれだろうか。だが、商いにそうしたものを差し挟む輩《やから》ならば、蔦屋は天下一の版元になどなっていない。この采配にも、蔦屋なりの勝算があると見るべきだった。

丁度芝居は、終わりに差し掛かった。ウケを退治し、蝦蔵が最後の大見得を切ると、一番の喝采が戯場に満ちた。

蝦蔵は万雷の喝采に見送られ、定式幕の向こうに消えた。


「ごめん下さい」

喜右衛門は覚悟を決め、彫師、藤一宗の工房の戸を叩いた。一宗の住まいは、通油町にほど近い、さる大店の裏長屋にある。

暫くすると、中から弟子が姿を現した。その弟子は喜右衛門の顔を見ると少しほっとした顔をしたが、すぐに顔を引き締め、

「今日は特に機嫌が悪いんでさあ。お覚悟下せえ」

と奥を窺い耳打ちした。

喜右衛門は固い顔で長屋に上がり込み、奥の間へと向かった。

戸を開けるなり、舞い上がる木屑に咳が零《こぼ》れ出た。中は六畳ほどの広さの板間で、部屋の壁には何枚も板が立てかけてあったが人の姿はない。板間の奥には小さいながら砂敷きの庭があり、茣蓙《ござ》が広げられていた。そこに、藤一宗の姿があった。馬鹿野郎、俺が欲しいのはこれだ、と手元を務める弟子をどやしつけ、道具箱の中から小刀を一つ手に取って見せ、白髪を振り乱しつつ版木を削っている。

声を掛けられる雰囲気でないのは喜右衛門も承知している。が、自分の仕事の本義は人と話し、物を作り、売ることだ、と腹の内で反芻《はんすう》し、殊更に明るい声を上げて工房に足を踏み入れ、声を掛けた。

「一宗さん」

一宗は振り返った。版元を前にしても、険しい表情を取り繕おうとしない。

「なんでえ、鶴喜のぼんぼんか。今日は何の用だ」

相当機嫌が悪い。喜右衛門は身構え、おずおずと言った。

「へえ、打ち合わせに」

「何言ってやがんだ馬鹿野郎」

一宗の一喝が障子戸を揺らした。一宗は版木の木屑を吐息で吹き飛ばし、がなり立てた。

「てめえら版元は気軽に打ち合わせだ何だと言うが、俺たちは手を動かしていくらの稼業だ。てめえらのお喋りに付き合う暇はねえ」

胃の腑が縮まった。

絵描きや戯作者よりも気難しいとの評があるのが彫師の藤一宗だ。狷介《けんかい》な性格を嫌い敬遠する版元も多い中、工房を傾けないばかりか当代一流の評を恣《ほしいまま》にするのが、彫師、藤一宗の凄みである。

天明八年、耕書堂《こうしょどう》は『画本虫撰《えほんむしえらみ》』を版行し、美人画絵師として売れる前の歌麿がその挿絵に当たった。狂歌と四季折々の植物や虫の絵の取り合わせが小粋と評判を取り、歌麿の絵自体も話題になった。この頃既に歌麿の筆は、並の彫師に任せられないほど冴え渡っていた。多くの彫師が歌麿の絵を前に尻込みする中、一宗は鼻歌交じりに飛蝗《ばった》や蜻蛉の姿を繊細に彫り出し、江戸中の版元を驚かせた。

歌麿の絵を版行する際には藤一宗に仕事を出すべし――『画本虫撰』以来、これが版元の合い言葉になった。

一宗は手を止めず、じとりと喜右衛門を見やった。

「で、何の打ち合わせだ。こちとら忙しいんだがな」

奥の間には、夥《おびただ》しい数の彫りかけの版木が並べ置かれている。その様――一宗の今抱える仕事――を眺めつつ、喜右衛門は切り出した。

「歌麿先生が新たに一枚絵をお描きになりまして。ぜひ一宗さんにお願いしたくお邪魔した次第で」

一宗は小刀を鞘に収めて脇に置くと、ぬらりと立ち上がり、板間へ駆け上がった。そして、腕を組んで喜右衛門の前にどかりと腰を下ろすと、そういうこたあ早く言え、と凄んだ。

「坊主の絵なら話は別だ。絵があるんだろ、さあ見してみな。やれ早くしな」

喜右衛門は一宗の前に座ると、風呂敷から絵を取り出した。囃すように手を叩く一宗は、弟子から手ぬぐいを受け取り手を拭いた後、絵を押し頂くように受け取り、じっくりと検めた。その間、無言だった。

一宗は、ふうむ、と唸り、膝を叩いた。

「こりゃ、俺にしか出来ねえな。任せとけ」

「ありがとうございます」

「だがよう」一宗はこめかみの辺りを指で掻いた。「ちと、心配だな」

何がです、と喜右衛門が聞くと、一宗は厳しい顔を向け、中指で歌麿の絵を弾いた。

「歌麿の坊主だよ。望月が欠け始めているぜ」

言わんとすることは、喜右衛門にも察しがついた。

歌麿の筆に、迷いがなくなった。

筆先の惑《まど》いは、未熟さと伸びしろを示すものだ。惑いがない――つまりそれは、歌麿が絵師の極点にあることを意味する。今はいい。江戸庶民は歌麿の絵に酔いしれ、どんな質のもの、内容でも喜んで買う。だが、いつか今の歌麿の絵が過去のものとなり、掌を返す日がやってくる。すると絵描きは客の豹変ぶりに狼狽し、俺の何が悪いんだと自問自答を重ね、自暴自棄になり、世を恨み、腐れ落ちる。果たして歌麿は、そうなった日にまた絵筆一本で出直し、安定から飛び出し、再び筆先を迷わすことができるのか。心中の危惧を一宗に言い当てられた心地がして、喜右衛門は息が詰まった。

一宗は喜右衛門の顔を見て察するものがあったのか、怒声を発した。

「おめえ、分かっているのに何も言えねえのか。それでも版元かよ。絵師はただ独り、目隠しして堀だらけの町を歩くような連中だ。てめえらが手を引いてやらねえでどうするんだよ」

喜右衛門の持っていた湯飲みが、一宗の怒鳴り声に共鳴して小刻みに震えた。

一宗は自分の膝を幾度となく叩いた。

「これだから今時の版元は駄目なんだ。俺がまだ駆け出しの頃は、版元はもっと絵師、彫師、摺師をどやしつけてたぞ。〝こんなんじゃ商い品にならねえ〟と版木を突き返されて、泣きべそかきながら彫り直した日もあった。あんときは鑿《のみ》を取りつつどう殺してやろうか算段したもんだが——そうやって俺たちは技を磨いてきたんだ。手揉みと阿《おも》ねりの中からは、いいもんは生まれねえぞ」

一宗の言わんとするところは、喜右衛門にも理解ができる。

上の世代の版元は、戯作者や絵師、彫師や摺師とがっぷり四つに組み、角を突き合わせた。誰しもが強いこだわりを持ち、怒気を孕《はら》ませ、相手を罵ってまでいいものを世に問うと気炎を吐く、悪鬼羅刹《らせつ》の類いだ。後の世代に属する喜右衛門には、そうした版元のあり方が正しいとは思われない。その裏には、数多《あまた》の職人の涙や無念があるはずだ。が、悪鬼羅刹の残した版木に息を吞むような煌めきがあることは、認めざるを得ない事実だった。

一宗は歌麿の絵を一瞥し、言った。

「おめえさんの内心は、歌麿だって承知だろう」

喜右衛門はこの絵を受け取った際、おべっかを使った。そのときに歌麿が見せた表情が忘れられない。あれは落胆の表情だったのだ——そう気づいても、もう遅い。

下を向く喜右衛門をよそに、一宗は寂しげに目を細める。

「歯ごたえのある版元はめっきり見なくなった。例外を言やあ蔦屋くらいなもんだが、あいつも最近はやる気がないしな」

「蔦屋さんがですか」

「昔のあいつは気合いが入ってたんだがね。写楽とかいう野郎の絵をやらしてもらった時も、あいつの熱に押し切られた」

喜右衛門は身を乗り出した。

「写楽の絵、一宗さんがおやりに?」

「おうよ。話題になった大首絵は全部俺の仕事だ」

煙草盆を引き寄せた一宗は、雁首の火皿に煙草を詰め、火入れで火を灯した。満足げに鼻から白い息を出し、喜右衛門にぶつけた。

「何か、その仕事で覚えていることはないですか」

「なんでえ、藪から棒に」

「興味がありまして。写楽の顔、見ましたか」

口から煙管を離し、一宗は答えた。

「うんにゃ。絵師とは会ってねえ。蔦屋と打ち合わせして作ったよ。次々に無理難題を押っつけられた仕事でなあ。弱らされたのなんの。しかも、素人臭え絵が混じってるもんだから参った。おめえも版元なら分かるだろ、素人臭え絵ってのが」

喜右衛門は恐る恐る答えた。

「線が彫りの都合に合わない絵でしょう」

「ご明察」

一宗は歯の間から白い煙を吐き出した。

錦絵は色ごと、部位ごとに版木を彫り、重ね摺りして作られる。その性質上、輪郭線をはっきり摺らないと全体の印象がぼやける。錦絵に慣れない新人絵師が輪郭線を省略した絵を描いて彫師に叱られるのは、一つの通過儀礼である。

だが、と一宗は言った。

「写楽は変な奴でよお。線が上手くねえのもあれば、完璧な奴もあった。あれだ。向かって右に向いた浪人髷の男が着物と襦袢の間から両手を前に出して凄んでいるやつとか、向かって左を眺める奴風の野郎が刀を抜こうとしているやつとかあったろ。あれは描き方が完璧だった」

一宗が言うのは、『三代目大谷鬼次の江戸兵衛』と、『市川男女蔵の奴一平』のことだろう。どちらも、本物の写楽が描いたと思しき作である。本物の写楽は、彫師の好む絵の描き方――錦絵の工程――を知っていたことになる。

「他に、気になったことがありますか」

「気になったこと、ねえ。――あ、写楽の野郎、定紋の描き方がなおざりだったんだよ。先に話が出た浪人髷の野郎の役者絵だがよお、本当は他の定紋が描かれてたんだ」

「どんな紋が描いてあったんですか」

「三枡《みます》だよ」

三枡は市川家の定紋《じょうもん》である。大谷一門の定紋、丸十とは似ても似つかない。

本物の写楽は、一門、役者個人を示す大事な印である定紋を間違えたことになる。

「定紋の合ってるものも多かったが、あとから貼り付けたものも結構あってなあ。写楽の錦絵、ほとんど紋所の形が崩れてねえだろ。俺たち彫師が図を起こして彫ったからなんだよ」

定紋の描き方が適当だ――一九《いっく》はまん丸に描かれた定紋を版本の影響と見たが、実際には、定紋の間違いを彫師が正した結果だった。

数々の証言が目の前で繋がっていく。目を剝く喜右衛門の前で、一宗はぷかぷかと煙草をふかした。唇から漏れた煙は虚空に溶け、消える。

「写楽の絵は、全体に拙かった。俺たち彫師が彫りづらい絵だったってのもあるが、絵の技倆《わざ》が足りなかった。最初は仕事を断ろうかと思ったくらいだ。でも、蔦屋に押し切られちまった。この絵は歪だがとんでもねえ逸品だ、ぜひあなたの手でこの絵を江戸に出してやってほしい、って言われて、うかうか受けちまったのさ。最初の大首絵は下手なりにいい絵だったのが救いだったがね」

一宗は灰吹に雁首を打ち付けて煙草の灰を捨てた。難儀そうに、どっこらしょ、と声を上げて立ち上がり、踵を返す。

「俺としたことが長話になっちまったぃ。歌麿の件は分かった、受けてやるよ。腕を落とそうが、あいつの絵を彫れるのは俺くらいだもんな」

「楽しみにしております」

へっ、と短く笑った一宗は庭先に降り立つと莫蓙《ござ》の上に座り直し、また彫りの作業へ戻った。黙々と小刀を振るい、版木の上に散らばった木屑を息で吹き飛ばし、喜右衛門を遠景へと追いやる。

一宗の背に頭を下げ、喜右衛門は工房を後にした。

相談したいことがあるときに限って、歌麿は仙鶴堂に現れなかった。業を煮やした喜右衛門は、思い当たる場所を訪ね回った。近頃歌麿と付き合いの深い版元、行きつけの煮売り屋、顔馴染みの絵師の家を訪ねても空振りで、最後の心当たりを訪ねた。

喜右衛門は、吉原の見返り柳の下に立ち、坂下の町を見下ろした。この辺りは着物の繕いや張り替えを行なう繕い屋、畳職人、三味線屋や履き物職人といった吉原で仕事をする職人の暮らす一角である。昼間は書き入れ時なのか、表通りはおろか、裏道にも人影はない。

静かな路地を行き、裏長屋に入ると、ある部屋の前で足を止めた。

丸に定の字が大書された障子戸を幾度か叩いた。すると、はいはい、今出ますよ、という眠たげな声と共に、お定《さだ》が姿を現した。

寝ていたらしい。寝間着姿で髪が乱れている。年の頃は二十五そこらといったところ。化粧気はまったくない。乱れた衿をかき合わせ、幾度か目を擦ると目が覚めたのか、お定は艶めかしく口角を上げた。

「なあんだ、鶴喜さんじゃないか」

「面目次第も。起こしてしまいましたね」

「いいんだよ。今起きようとしてたところだからさ」

両腕を上に伸ばしつつ、お定はあくびをした。寝間着の袖から白い二の腕が覗く。喜右衛門は目を逸らした。

お定は歌麿の女だ。元々は深川芸者だったというが、今はその腕を生かし、三味線の師匠となった。良家の娘が弟子についているものの、ここのところ、女師匠が男弟子を取るのを禁ずる触れが出て、夜の三味線の仕事もこなさないといけないと以前ぼやいていた。接待の際、たまに歌麿の後ろに付いてやってくるので、版元の間では顔の知られた女性《にょしょう》だ。

髪を後ろに撫でつけつつ、お定は顎で部屋を指した。

「入ってくかい、茶くらい出すよ」

喜右衛門は空を見上げた。日が傾き始めていた。

「いや、結構です」

お天道様を見上げ、そりゃそうだ、と口の端で笑うお定に、喜右衛門は歌麿の在所《ありか》を聞いた。するとお定は髪先を指でもてあそびつつ、ぽつりと言った。

「歌麿さん、さっき浅草の専光寺《せんこうじ》に行くって出てったよ」

「どうしてお寺さんなんかに」

「さあ。あの人、あんまり自分のことを話さないし」

ぽつりと言うお定に礼を言い、喜右衛門は専光寺を目指した。

浅草は吉原の目と鼻の先にある。吉原の見返り柳から猪牙舟《ちょきぶね》行き交う山谷堀《さんやぼり》を横目に日本堤を南に歩くとすぐだ。浅草の町の様子は随分吉原とは違う。歓楽街なのは一緒だが、ところどころに寺社が点々と立つ分、華やぎが薄く、抹香臭い。目的の専光寺は飲み屋や食べ物屋の居並ぶ門前町の一角にある。

寺の南門をくぐり、人の姿のない小さな本堂の裏手に回ると、墓域が姿を現した。秩序もなく、墓石や卒塔婆が立ち並んでいる。古い墓、新しい墓、色々あった。その一つ一つを縫うように進んだ先に、墓石の山で作られた無縁仏の供養塔があった。墓碑銘《ぼひめい》の剝げ落ちた墓石の山を一瞥した後、さらに奥に進むと、墓地の真ん中に佇む歌麿の姿を見つけた。

歌麿は、柄杓を手に、ある墓を見下ろしていた。高さ四尺程度の碑型のその墓の前面には、大層な信女号の戒名が刻まれている。

喜右衛門が声を掛けると、歌麿はのろのろと顔を上げ、振り返った。いつもの覇気に満ち溢れた歌麿ではなかった。年相応の、疲れた中年男の表情が顔に張り付いている。

「鶴喜さんか。どうしてここに」

「お定さんに聞いたんです」

「絵師の女をたらし込むたあ、おっかねえ版元もあったもんだ」

歌麿は力なく笑う。目の前の小さな墓に目を向けつつ、喜右衛門は聞いた。

「縁者の方ですか」

墓に目を落とした歌麿は、短く言った。

「おっ母だ」

ご母堂様でしたか、と喜右衛門が言うと、歌麿はへっと鼻を鳴らした。墓の後ろに立つ、梵字の消えかけた卒塔婆は、風に揺れた拍子にカラカラと乾いた音を立てる。

「ご母堂様、なんて偉いもんじゃねえさ。ガキ一人を持て余して、厄介払い同然に絵師んところに弟子に出して、そのくせそのガキが絵師として身を立てるなり銭をせびるようになって、葬式まで面倒を見させた、ろくでもねえ女だよ」

口ぶりの割に、墓を見下ろす歌麿の目は、野の花を見るように柔らかかった。

人にはなにがしかの核がある。その上に性格や振る舞いを重ね貼りし、一人の人が形を持つ。喜右衛門が仕事で関わる絵師や戯作者は、多くのもので鎧って自らを守る厄介な人々だが、時折、すべての虚飾が取れ去り、核が貌《かお》を覗かせる瞬間がある。

喜右衛門は歌麿の内奥から目を逸らした。他人が土足で踏み入っていい領域でないと察したのだった。

代わりに、本題を切り出した。

「歌麿先生、ちと、お伺いしたい話があるんです。写楽のことで」

「しつこいねえ」

「そうじゃなきゃ版元は務まりませんから」殊更に肩を揺らして喜右衛門は笑う。「当代一の絵師である歌麿先生のお知恵をお借りしたく」

喜右衛門は、三枚の絵を懐から取り出した。

写楽版『江戸兵衛』、豊国版『江戸兵衛』、写楽版『川島治部五郎《かわしまじぶごろう》』だ。いずれも三代目大谷鬼次（二代目中村仲蔵）を描いたとされるものだが、写楽版『川島治部五郎』は寛政六年七月興行のもので、斎藤十郎兵衛が自筆と認める細判全身像である。

近くにあった水の涸れた手水鉢の中にその三枚を並べ、喜右衛門は言った。

「この三枚を店で見比べていたんですが、変なことに気づいてしまい、矢も楯もたまらずにここまでやってきた次第で」

「能書きはいい。なんだってんだ」

「写楽版の『江戸兵衛』だけ、何かが違うんです」

眉根を寄せる歌麿をよそに、喜右衛門は続けた。

「三代目大谷鬼次――二代目中村仲蔵さんは、眼光鋭い目、大きな鷲鼻、真一文字に結んだ口を持った役者さんでした。三枚の絵は、そうした点においてはそっくりです。でも、写楽版の『江戸兵衛』だけ何か違います」

顎に手をやり、三枚の絵を見比べた歌麿は、ああ、と唸って口を開いた。その声には確信が裏打ちされている。

「顎が違う。豊国の『江戸兵衛』、七月興行の絵の鬼次とは違って、写楽版の『江戸兵衛』は、顎が少ししゃくれてる。それで印象が違うんだろう。あとは骨相の浮き方だな。七月興行の鬼次と豊国の鬼次はそんなに骨が浮いちゃいねえが、写楽の『江戸兵衛』は顔が痩せて骨相が見えてる」

二人の間に、沈黙が垂れ込めた。

歌麿がその沈黙を割った。

「まだ、お前さんは調べるんだな」

喜右衛門は、心中で逡巡した。溜めていた言葉が、腹の中で一杯になっている。これまではずっと呑み込み続けていた。自分の思いなど、口にしてはならないとすら思っていた。だが、喜右衛門は言った。

「この前、歌麿先生に言いましたね。〝仙鶴堂は、正直な商いをやる〟と」

「言ってたな。それがどうした」

「なんで、正直に心の内を申し上げようと思います。――歌麿先生は、写楽から手を引かれていないのですか。実は蔦屋さんの内心を知るのが怖いんじゃないですか」

歌麿は眉間に皺を溜めた。

版元からすれば、絶対に見たくない顔だった。だが、それでも喜右衛門は続ける。

「歌麿先生は、写楽の一件を通じて、蔦屋さんと向き合おうとしている。手前はそう見ています。そうですよね」

歌麿は仏頂面のまま、何も言わない。だが、それが答えだった。

「恋川春町先生や山東京伝先生の筆禍を経てもなお、絵師を使い潰すような仕事をしている。そんな蔦屋さんの本心を知りたいのでしょう」

「……違うよ」

「違いませんよ。そうとしか考えられません。だって、今、歌麿先生は、途轍《とてつ》もなくつまらなそうな顔をなさってます」

歌麿は己の頬を叩いた。

「歌麿先生はここ数年、捨て鉢に絵を描いておられるように感じています。先生が蔦屋さんから離れてからのことですよ」

「うるせえ。うるせえよ」

「いいえ、申し上げます。歌麿先生は手前にどっ白けた面をしていると仰ってくださいましたから。そう、手前はずっと、いじけていました。親父のように景気よく仕事できないことに倦んでいたんです。でも、気付いたんですよ。時代が悪いと嘆くままでは、何も変わらない。手前の手足を動かさないことには何も始まらないのだと」

ふん、と歌麿は鼻を鳴らした。だが、喜右衛門は、歌麿の内心に触れた実感を持った。もう歌麿先生は大丈夫だ、そんな確信を持った。

だからこそ、喜右衛門は続けた。

「――先に頂いた絵ですが、摺りに回った分も含め、このままでは売り物になりません。もう少し、粘っては頂けませぬでしょうか」

歌麿は鳩が豆鉄砲を食ったような顔をし、ぽつりと言った。

「言うじゃねえか」

言葉の割に、声は柔らかい。歌麿の声にほだされるように、喜右衛門は答えた。

「ずっと腹の内に溜めてたものです」

「そういうこたあ早く言え」

歌麿は不機嫌面のまま、後ろ頭を掻いた。そして、俺も写楽について調べ回るかね、おめえの仕事をこなした上でよ、と気恥ずかしげに言った。

「藤のお師匠さんによろしく言っておいてくれ」

藤一宗から絵を引き上げねばならないことに喜右衛門は気づいた。版元からすれば、余計な手間を彫師に強いた大失態である。だが、不思議と、喜右衛門は一宗の怒り顔を思い浮かべることができなかった。

喜右衛門は並べていた絵を仕舞い、歌麿に一礼するとその場を後にした。冬の風が辺りに吹き渡り、日だまりに溜まった微かな温もりを根こそぎ刈り取っていった。


斎藤十郎兵衛の屋敷を訪ねると、喜右衛門は板敷きの大部屋の前へ通された。これまで足を踏み入れたことはなかったが、気にはなっていた。普段は風通しや採光のためか襖は開け放たれていたが、この日はすべての襖が閉め切ってある。

襖に手を掛けた。

部屋の中で、斎藤が舞っていた。無表情だった。猿楽で言う処の素肌の仮面、直面《ひためん》だろう。紺の着物と鼠色の袴に身を包んで手に扇を持ち、氷上を滑るように足を運び、優雅に両の手を虚空で動かす。静かな舞だが、その奥に、猛りの炎がほの見えた。

やがて舞い終え、その場に蹲踞《そんきょ》した斎藤は、廊下に立つ喜右衛門に顔を向け、すまぬ、と声を上げる。

「待たせた。途中で止めるのは不調法ゆえ、きりのよいところまで舞わせてもらった」

喜右衛門を見やると、斎藤はすくりと立ち上がって直面を改め、汗ばんだ顔でゆったりと笑った。普段のやりとりでは見ることの出来ない、無垢な斎藤十郎兵衛の顔がそこにあった。

「何用だ」

棘のある口ぶりの斎藤に、喜右衛門は返した。

「たまたまこの辺りまで参りましたので、お顔を拝見に伺いましてございます」

「絵は出来ておらぬぞ」

喜右衛門は首を横に振り、笑った。

「ただ、お顔を拝見に参っただけでございますよ。お手空きなら、芝居にお誘いしようかと」

斎藤はしばらく答えあぐね、口を開いた。

「今日は、気分が乗らぬ。――釣りでもせぬか」

「道具の手持ちがありませぬ」

「そんなもの、売るほどある。安心せえ」

二人して竿を担ぎ、外に出た。

八丁堀地蔵橋は、本来は町奉行所の与力屋敷や同心組屋敷が並ぶ武家地だが、当今は屋敷地に長屋を設けて貸し出す者が跡を絶たず、町人地同然になっている。町人髷を結った人々と幾度となくすれ違い、堀切まで足を運ぶと、地名の由来にもなった木の小橋、地蔵橋が喜右衛門たちを迎えた。

「ここいらでやろうか」

地蔵橋から少し離れて八丁堀の際に立った斎藤は、飯粒を丸めて針につけ、堀の水面に向かって竿を振り出した。喜右衛門もそれに続いた。斎藤のものから少し離れたところに落ちた喜右衛門の浮きは、流れの淀んだ堀の真ん中で小さな波紋を作り、すぐにその場に留まった。

「斎藤様は、よく釣りを？」

喜右衛門が聞くと、斎藤は水面の浮きに目をやったまま、ああ、と弱々しく言った。

「久し振りだ。死んだ父上とやったのが最後だから、かれこれ十年ぶりか」

斎藤の竿の振り出しはぎこちない。竹の竿は手入れがされていないのか節に埃が溜まり、浮きの塗りも剝げかけている。

「ではどうして、釣りをしようと仰ったので」

斎藤は、竿先を幾度となく揺らし、水面に目を向けたまま言った。

「死んだ父上の言葉を思い出したから、だな」

話を促すと、斎藤は続けた。

「某の父も、猿楽師だった。家中ではそれなりの地位にあった。ひとえに猿楽師として優れていたがためにな。父の舞はまこと素晴らしかった」

故人を語る斎藤の言葉に湿り気はなかった。

「鶴喜は、舞をやるか」

喜右衛門が首を横に振ると、斎藤は片手で自分の袴の腰板を叩いた。

「舞の肝心要は腰だ。腰を見れば、実力が分かるとまで言う。父の腰だめは見事だった。だが、猿楽にすべてを捧げておられたわけではない。非番の日は日がな一日魚を釣っていた」

「魚釣りが、修業になると？」

「父は、心を練るために釣りに興じていたのだろう。猿楽は体で演じるものだが、同時に心で演じるものでもある。体の練れ以上に、心の練れが大事なのだ」

斎藤は遠い目をした。その視線の先には、流れのない堀の水面が広がっている。

「いや、それも違う。父には魚釣りが必要だった。ただ、それだけなのやもしれぬ」

斎藤の浮きが幾度となく動いた。斎藤は竿を上げた。が、針先に餌がない。苦笑いしつつ飯粒を針に掛け、また水面に仕掛けを投げた。真っ暗な水面に波紋が立ち、すぐに止む。

「芸事は、ただそれだけに打ち込んでいてはいかぬのだろう。もちろん、気の遠くなるような修練は必須だ。が、ある程度形になった後は、芸事以外の何かに寄り道をしないでは上に手を伸ばせぬ。そんな気がしている」

水面を眺めながら、喜右衛門は付き合いのある戯作者や絵師の姿を思い起こした。優れた戯作者、絵師は色々な顔を持つものだ。絵師を専業とする歌麿すら、昔は連《れん》に加わり狂歌をひねったという。ある技芸を磨くには、他の技芸や趣味でもって、自らの調子を整える必要があるのかもしれない。

斎藤は続けた。まるで、踏ん切りをつけるかのようだった。

「某にとっての絵は、父上にとっての魚釣りだったのかもしれぬ。某は絵を描くことで、己の猿楽を磨いていたのだ」

実は、と斎藤は言った。

「某は家業に倦んでいた。十年ほど前からずっとだ。いくら修練を積んでも、一向に技が上達しなかった。父が死に、家を盛り立てねばならなかったのにな。焦って曲を覚えようとしても駄目だった。かつての父のようにはいかなかった。——娘が病でな。猿楽師として出世して役料を取りたかったがうまくいかぬ。ゆえに、東洲斎写楽になれという蔦屋の促しに乗った。金目当てにな」

斎藤は水面に目を向ける。赤い浮きが、一点にぽつんと佇んでいる。

「写楽の名で絵を描くうち、みるみる筆が荒れた。本物の東洲斎写楽の筆からも、自らの絵からも外れていく。渦中にあった頃はなぜ絵が駄目になってゆくのか分からなんだが、今、腑に落ちた。結局は、東洲斎写楽を逃げ場にしていたからだ。さりとて、絵師として踏ん張っていられるほど、某は絵に身を捧げていなかった」

浮きが動いた。喜右衛門は竿を上げる。魚に餌を食われていた。練り餌をつけ直し、また堀の中に仕掛けを投じた。

浮きの波紋が消えたのを見計らい、喜右衛門は口を開いた。

「斎藤様はどうしたいきさつで、最初、絵筆を執られたのでございましょう」

「なぜ、そんなことを訊く」

「多くの絵師には、絵を描くきっかけがございます。絵師のところに預けられた、地本問屋の店先で錦絵を見た、父親の借りた戯作の絵を見た、そんな些細なきっかけを辿って、人は絵師になるものでございます。斎藤様に、そうした昔はおありですか」

「――猿楽に倦んでいた頃、同輩からある絵扇を貰った」

「絵扇、でございますか」

引っかかるものがあった。鸚鵡返しにすると、斎藤は頷く。

「ああ。歌舞伎役者の顔を大写しにしたものだ。確かあれは、初代の中村仲蔵ではなかったか。同輩は、歌舞伎を馬鹿にするつもりで持参したようだったが、某は、あの絵に心を射貫かれた」

「その扇は」

「今も普段使いにしている。見るか」

斎藤は帯に差された扇を引き抜き、片手で開いた。

何の変哲もない、竹骨の扇だった。市中で何百と売られたものだろう。端が黄ばみ、破れた箇所もある。入った年季がくたびれた観を与える、古びた扇だった。扇面には、斧定九郎を演じる初代中村仲蔵の姿が描かれていた。扇面の向かって右に立ち、左の虚空を睨み付けている。喜右衛門は落款に目をやった。想像通り、勝川春章の落款があった。

斎藤は虚空を睨む中村仲蔵に目を落とした。初恋の人を見るように、その顔には気恥ずかしさと苦みがない交ぜになっている。

「某はこの絵を見て、驚いた。こんなにも歌舞伎役者は華やかなのかと。絵とは、こうも人間の持つ力を浮き彫りにするものかと。それからだ。某が芝居小屋に足を運ぶようになり、この絵を写すようになったのは」

「この絵だけを、でございますか」

「ああ。この絵の何に惹かれるのかを知りたくなった。最初は眺めているだけだったが、そのうち、この絵師の達した境地に至ってみたいと思うようになって、絵道具を買い求めたのだ。この絵を手に入れてから十年あまり、某はこの絵をひたすら写した」

心中で喜右衛門は嘆じた。斎藤も、本物の写楽も、勝川春章が源流にあった――同じ絵師に私淑していたのだ。しかし、あり方はまったく違う。斎藤は無邪気に元絵を写し、本物の写楽は元絵の先にあるものを描こうとした。善し悪しはないが――この違いは途轍もなく大きい。事実、斎藤は春章の絵からはみ出すことをせず、本物の写楽は春章を踏み台に大きな飛躍を果たした。

喜右衛門は、絵描き、斎藤十郎兵衛の核を見た。

絵師は普通、ある画派を学んだ後、他の画派の要素や創意工夫を混ぜ合わせ、自分一人の画風を形作る。しかし、斎藤十郎兵衛は、ただ一人の絵師の絵を写し続けた。

斎藤のあり方は写仏に近い。心底でそう呟いた瞬間、慄然とした。斎藤十郎兵衛は、版元が手を出すべきお人ではなかったのだ、そう気づいたのだった。

版元と組んで絵を描く絵師は、己の絵と引き換えに金を貰う生業である。だからこそ、無理矢理にでも流行り物を喰い散らかして自らの血肉とし、軽佻浮薄と馬鹿にされようが、今、受け入れられるものを描く。己の興味に従い、同じ絵を十年もの間写し続けた斎藤十郎兵衛とは全くあり方が違う。

喜右衛門は、蔦屋の罪を思った。

喩えるなら、斎藤十郎兵衛は、兎だけが棲む島のような絵描きだった。しかし、蔦屋はその島に、「本物の写楽」という狼を放った。他の絵描きならいい。例えば歌麿は、兎の他に狐や狸、雉や鹿、熊を飼い、まだ見ぬ生き物を内に含むことのできる豊かさを有している。新たな生き物を加えたところで彩りが増えるだけだ。だが、斎藤の島には、兎しかいない。狼を放てばどうなるかなど、火を見るより明らかなはずだった。すぐに兎は絶え、腹を空かせた狼も飢える。

かくして、斎藤十郎兵衛の絵は死んだ。

瞑目した後、喜右衛門は切り出した。

「斎藤様。一枚、絵をお願いできませぬでしょうか」

「そなたの役に立てはせぬぞ」

「滅相もない。斎藤様の為に、お描きください。手前がお願いしたいのは、その扇絵の写しでございます。斎藤様の絵筆で、この扇絵の魔を抉《えぐ》り出してくださいませ」

「――いいのか」

斎藤は目を幾度となくしばたたかせた。その目に、深い困惑と恐れが滲んでいる。

喜右衛門は気づいた。斎藤十郎兵衛を追い詰めたもの。それは、多くの人に届けるがゆえに煌びやかで、それ故に描き手を食い殺す、楽しくも苦しい喜右衛門の生業、版元稼業の業だったのだ。やるべきは、本来、こちらに来るべきではなかった一人の絵描きをあるべき処に戻すことだ
――そんな思いを抱えたまま、喜右衛門は頷く。

「出来上がったら、手前の絵扇に仕立てますゆえ、いくらかかっても構いませぬ。けれどいつかは、必ず仕上げてくださいませ」

口元をわななかせつつ、斎藤は目頭を押さえた。

「怖い男だな、そなたは」

「いえいえ、ただのしがない版元ですよ」

斎藤の浮きが深く沈み、竿が大きくたわんだ。

引いてますよ、と喜右衛門が指すと、斎藤は竿を強く握り直した。かかった。竹竿が大きくしなり、糸がピンと音を立て、伸びる。水面に大きな波が立ち、無数に白い光の粒が踊った。竿を上げる。が、傷んでいたのか、音を立てて糸が切れた。二尺ほどの大きさをした魚影は水面近くを泳いでいたが、暫くすると水面に浮く糸を引き連れ、暗い底へ姿を隠した。

「駄目でしたか」

喜右衛門が水面を睨みつつ言うと、

「うまく行かんな。が、父上の思いが分かったような気がする」

途中から切れた糸を自分の手元にたぐり寄せ、斎藤は鼻を啜った。

仙鶴堂の店先では、大八車や職人が列をなしていた。

朝から紙屋の人足や摺師、絵道具を商う問屋を迎え、打ち合わせを繰り返した。甲の仕事はここまで進んで、乙の仕事はここまで、丙はほぼ終わり……といちいち検めながらでないと、間違いを犯しそうになる。喜右衛門は意識して心を静め、事に当たった。

年始の売り出しに向けた支度が、佳境に入っていた。

正月は地本問屋の書き入れ時である。そのため、夏の終わりに戯作者や絵師、学者に原稿を頼んで十月頃までに取り立てて彫師を押さえ、同時進行で摺師の選定や紙の調達といった実務に版元は駆けずり回る。十一月の下旬ともなると版木や紙、顔料染料といった材料が店先に積み上がり、店先は大賑わいになるのだ。店のことは店売り担当の手代に任せ、次々にやってくる物資の山を店の者総出で捌く。

だが、多忙の時節には、魔が潜むものだ。

「なんですって」

喜右衛門の口から、鋭い声が漏れた。

対座する手代は顔どころか唇まで真っ青にし、目を泳がせている。怒気を飲み込んだ喜右衛門は、嚙んで含めるように続けた。

「つまり、戯作用の紙が足りないと」

手代が床に擦り付けんばかりに頭を下げつつ言うには――数日前、例年通りに発注した紙が届かないのに気づいた。紙問屋に催促したが、事態が好転しない。仕方なく他の問屋にも声を掛けたが、江戸中の紙問屋は既に手一杯で、どこに相談に行っても門前払いを食らったという。

「どれだけ足りないんだ」

手代は俯き、黙りこくった。

直接事に当たる人間すら事態の全容を把握していない。経験上、危うい。喜右衛門は自らの呼吸を落ち着かせ、平坦に言った。そうでもしないと、声を荒げそうだった。

「まずは何枚足りないのかを調べるように。それが終わったら、二人で紙問屋に行こう」

手代は怯えた様子で頭を下げ、重い足取りで部屋を出ていった。

喜右衛門は壁に掛かる暦に目を向けた。既に十一月の下旬に差し掛かろうとしている。ぎりぎりの時機だった。錦絵に比べ、戯作は工程が少なく済む分、摺師に頼んで予定を組み替えれば猶予は作れようが、今の段階でのごたごたは痛い。

部屋に戻った手代は喜右衛門に不足の枚数を告げた。五百枚、結構な数だった。

喜右衛門は手代を連れ、紙問屋を回った。

しかし、はかばかしい返事は貰えなかった。

店主自身が足を運んだのが奏功し、どの紙問屋でも番頭以上の者が応対し、仙鶴堂の苦衷《くちゅう》にも理解を示した。だが、紙の融通に応じる処はなかった。今年は特に紙が足りないんでさ、と、どの紙問屋も口を揃えた。

鶴喜の名を出せば、紙の調達など容易なはずだった。何があったのか、と首をかしげても、見当もつかない。

夕方、喜右衛門は手代以上の者を集め、打ち合わせを持った。

紙の不足が五百枚ほど出たことを皆に説明、予定通りの版行が難しい旨を告げ、意見を求めた。

だが、場にいる手代たちは、喜右衛門と目を合わせようともせず、一様に下を向いた。番頭すら、苦虫を嚙み潰したような顔をして部屋の一点を睨む。

そんな中、横に座るお辰《たつ》が口を開いた。

「戯作の刊行月をずらすほかないのではありませぬか。うちにとっては売れ筋ではありません。傷は小さく済みます」

戯作担当の手代は色をなした。

「既に戯作者の先生や絵師の皆様には来年一月の版行をお約束しております」

お辰は平坦に続ける。

「版行の日取りは版元の決めること。こちらの都合で遅れても、文句を言われる筋合いはありません」

何か言いたげに目を泳がせ、手代は口をつぐむ。

見かねた喜右衛門が、手代の言わんとするところを代弁した。

「そうはいかない。版行月の約束は、体面にかかわる話だ」

稿料を交渉の種にできる絵師はまだいい。問題は戯作者である。戯作者には稿料が存在しない。趣味で作った物を版行《だ》してやっている、という建前が今もあるためだが、戯作者と版元の関係も変わりつつあり、稿料を出す動きすら出始めている。そんな今、版行を遅らすようなヘマを起こせば、戯作者たちはへそを曲げ、仙鶴堂から離れるだろう。今は金の舫《もや》いがない分、信義や恩、敬意といった形のないもので繫ぎ止めなければならないのだ。

喜右衛門は言った。

「書物、地本の区別なく、全体に摺数を減らして、帳尻を合わせればいいだろう」

お辰はぴしゃりと返した。

「売れ筋の摺数を減らしては、商いに差し障ります。売れない順から削るべきです」

お辰の言葉には道理があった。だが、肚の底で、もう一人の喜右衛門が否を叫んでいる。

喜右衛門は、絞り出すように言った。

「もう少し待ってくれ」

席を立ち、皆を残して部屋を去った。

その日の午後、喜右衛門は仙鶴堂の目と鼻の先にある蔦屋の耕書堂を訪ねた。

蔦屋耕書堂も新春売り出しの支度に大わらわで、店先では紙屋の大八車が列をなしていた。並ぶ人足の脇をすり抜け、店先にいた手代を捕まえて蔦屋重三郎《じゅうざぶろう》への取り次ぎを願った。

すぐに客間に通された。小さいながらも綺麗に調えられた庭を望む、上品な八畳間だった。喜右衛門がしばらく待つと、いつものように黒い着物に白の半衿姿の蔦屋が足取り軽く現れた。

「こんにちは。珍しいですねえ、鶴喜さんがうちの店にお越しとは」

蔦屋は透き通った声を放ち、うっすらと微笑んだ。

「お忙しい時分に申し訳のないことです」

喜右衛門が頭を下げると、蔦屋はひらひら手を振り、喜右衛門の前に折り目正しく腰を下ろした。

「いえいえ、暇を持て余していたところです。店主が忙しいのは段取りまで。今は下の者がてんてこ舞いの時機ですから」

耳が痛い。喜右衛門は幾度かの逡巡の後、深々と頭を下げた。

「蔦屋さん、虫のいい話ですが、助けては頂けませぬでしょうか」

喜右衛門は手短に自らの苦衷を説明した。その間、合いの手も入れずにずっと静かに耳を傾け続けた蔦屋は、なるほど、と短く述べ、労《いたわ》しげに続けた。

「そいつは災難でした。今年は楮《こうぞ》の出来が悪いみたいですもんね。今年の夏頃から、紙問屋が噂していたのを小耳に挟みました」

事情に通じた蔦屋に舌を巻く喜右衛門の前で、蔦屋は、ははあ、と唸る。

「紙を融通してほしいというお願いですが」

「無様な話だってのは分かってます。でも」

「いいですよ」

蔦屋は即答した。事もなげな態度だった。あっけに取られる喜右衛門をよそに続ける。

「耕書堂《うち》は、紙を貯めてましてね。虫食いこそしますが腐るもんじゃないですし、ちょいと摺りたいものが出ることもあります。安いときに購《あがな》えば、費《つい》えも減らせます。余裕を持って抱えているんですよ」

紙を抱えれば、その分の置き場が必要になる。以前、仙鶴堂もそのための蔵を店の近くに借りていたが、〝余計な〟掛かりと判断し、数年前に手放したいきさつもあった。蔦屋の商いの手堅さに喜右衛門は兜を脱ぐ。

喜右衛門は頭を垂れた。

「恩に着ます、蔦屋さん。このご恩はいつか必ず」

「何を仰いますやら、同業者じゃないですか。――と、言いたい処なんですがね。不景気なのはうちも仙鶴堂さんも同じこと。世知辛い話ですが、紙を融通するに当たって、引き換えで約定《やくじょう》を結ばせてください」

「当然のことです。――何でしょう」

蔦屋は眉一つ上げずに続けた。

「これ以上、写楽について調べないこと。これだけです。ね、簡単でしょう」

喜右衛門は頰を張られたような心地に襲われた。いくら楮が不足しているからといっても、紙が手に入らないなんてことはこれまでなかった。もしや、江戸の紙が払底している裏には、蔦屋の差し金があるのではないか。そんな疑念が脳裏を掠めた。

蔦屋は穏やかな笑みを浮かべつつ目の前にいる。その目には、いかなる感情も籠もっていない。

喜右衛門は、声を低くした。

「……なぜ、そこまで写楽に拘るんです」

蔦屋は白い歯を見せた。

「こちらの台詞です。なぜ、鶴喜さんはここまで写楽に」

蔦屋は詰み直前の将棋の盤面を見るような表情を浮かべている。喜右衛門は、その蔦屋の笑みに、牙を剝く獣の影を見た。

喜右衛門は一瞬言い淀みながらも答える。

「あたしが、版元だからです」

理由を縷々《るる》並べることはできた。しかし、蔦屋相手ならば、これで十分と思えた。

蔦屋は、なるほど、と投げやりに言った。

「そりゃ、退けませんよねえ。しかし、頂けません。風の噂で、歌麿があれこれ写楽について調べ回っているとも聞きました。鶴喜さんの差し金でしょう。――いや、あいつは誰かに使われるたまじゃないか。差し詰め、あなたに背中を押されたってところでしょうか」

喜右衛門は気づいた。蔦屋が時折見せる悲しげな目は、同病相憐れむものだったのだ。

「感心しません。同業者の忠告は聞くもんです。まあでも、あたしも若い頃は色々無茶をして、ご同業に迷惑を掛けたものです。ですから、まだ、仏の顔をしようと思います。鶴喜さんが写楽の件から手を引いてくれたら、紙を融通しましょう。手数料は頂きません。相場そのまま、掛け金なしでお貸ししましょう。いかがですか」

蔦屋の声や顔はあくまで穏やかだった。それだけに、底が見えない。

喜右衛門は腹を括った。

「せっかくのお話ですが、お断りします」

なるほど、と蔦屋は素っ気なく言った。

「あなたが版元だから、ですね」

「仰る通りです」

「枉《ま》げられませんね、それなら」

楽しげに微笑んだ蔦屋は、きりと顔を引き締め、指を一本立てた。

「鶴喜さん。もう一つだけ。そんなことは天地がひっくり返ってもあり得ませんが——本物の写楽とやらの絵を世に出したとしても、時は巻き戻りません」

胸に鈍痛が走り、息を詰めた。

「人々の心は移り変わります。いくらあなたが過去の絵師を掘り起こしても、天明時分の狂瀾は戻ってきません」

言われずとも分かっている。天明の狂瀾は、あの時代に咲いた大輪の花だ。東洲斎写楽の起こした旋風も、寛政六年の世相と共にある。

だが、それでも喜右衛門は、諦められずにいる。

「あの乱痴気な時代を目の当たりにしながら、あたしは版元として関われなかった。あの時代の再来を夢見るのは、そんなに悪いことですか」

蔦屋は苦い顔をし、嘆息した。

「多くの人を不幸にするやもしれません。そして、あたし個人の経験から申し上げるなら――ふらふら彷徨《さまよ》う、憧《あく》れ《が》に終わるでしょう」

結局、蔦屋から紙の融通は受けられなかった。

喜右衛門は江戸中の版元に頭を下げて回った。どこに行っても気の毒がられたものの、助力は断られた。唯一首を縦に振った和泉屋市兵衛からの融通も、百枚程度に留まった。結局、紙の不足は解消できなかった。


喜右衛門は針の筵《むしろ》の上にいた。

紙不足解決の糸口を求め、店の者皆で手分けして心当たりを訪ね回った。その成果をより合わせるために開いた打ち合わせの席上、番頭が出し抜けに述べた一言が、場に激震をもたらしたのだった。

「さる話を耕書堂の番頭さんから聞きました。何でも、旦那様が蔦屋さんからあった紙の融通のご申し出を断ったとか」

手代たちから突き上げられ、喜右衛門は腕を組みつつ答えた。

「こちらとあちらの思惑が噛み合わなかっただけのことだ。商いではよくあることだろう」

番頭は引き下がらなかった。白髪だらけの頭をしきりに掻き、淡々と続けた。

「手数料すら取らずに貸して下さるとのことだったそうではありませぬか。これ以上ない話だったはずでございます。よほどよんどころない事情がおありだったのですかな」

番頭は値踏みするような顔で喜右衛門の顔を見据えた。

刺すような視線を受けた喜右衛門は、あえて毅然と返す。

「承服できぬことを言うてきた。それで、突っぱねた」

「写楽を嗅ぎ回る、旦那様の道楽を止めることでございますか」

場がざわついた。手代は声高く隣の者と談じ、疑わしげな目を向ける。

喜右衛門は舌を打った。番頭の訳知りな言葉に蔦屋の影がちらつく。蔦屋は何が何でも写楽の正体探しをやめさせたいものと見える。

番頭がさらに何かを言わんと身を乗り出した。すると、横に座るお辰が動いた。体ごと喜右衛門に向き合い、会話に割って入ったのだった。

「お前様、真《まこと》のことですか」

ああ、と答えた。喉にいがらっぽさを覚え、咳払いをし続ける。

「版元の主として、東洲斎写楽は金になると思っている」

「今は、摺数を減らさねばならない瀬戸際なのですよ」

喜右衛門も紙の調達に走り回った。知り合いの紙問屋に無理を言い二百枚ほど新たに紙を確保し、店の者たちも駆け回ったが、あと、二百枚足りない。刻一刻と期限が近づきつつある。その日をまたぐと、逆立ちしても正月二日の初売りに間に合わなくなる。

番頭が口を挟む。

「数日内に決めてもらえれば、紙の融通もやぶさかではないと蔦屋さんは仰ってくれておりますぞ」

破格の条件だった。だが、喜右衛門はなおも承服できずにいる。

「同業に紙を貸すのに、ある作者との仕事を諦めろと圧をかける。これを無法と言わず何という」

「背に腹は代えられませぬ」

部屋に居並ぶ番頭や手代の顔を見回した。怒りを目に宿す者、不安を滲ませる者、呆れる者、色々あった。誰の思いも理解が出来た。版元に身を置く者として、皆の反応も正しい。それでも、喜右衛門は膝の上に置いた手を強く握り、口を開いた。

「待ってくれ。まだ、手はある」

番頭すらも黙りこくる中、お辰が沈黙を破った。

「お前様、それは、版元の主としての仰いようですか」

お辰の視線にやり込められ、喜右衛門は口を噤んだ。その間隙《かんげき》に、お辰は決然とした声を滑り込ませる。

「はっきり申し上げます。ここにいる者の中で、お前様だけが、夢を見ておられます。夢で腹は膨れませぬ」

喜右衛門は知らず、肩が震えた。心中で、何かが弾ける。息をつき、天井を見上げつつ、ぼやくように言った。

「なあ、お辰」

お辰の返事を待たずに、喜右衛門は続けた。

「夢を売る版元が、夢を見てはならぬのか」

商いに手を染めると、しょうがない、仕方がない、が口癖になる。景気が悪い。今、求められているのは、誰からも怒られないもの、手堅く売れるもの、安く作れるもの、手早く売れるものだ。そうしたものを繰り返し作り続けた挙げ句、地本問屋の本棚は、安手な物の本もどきで溢れ返っている。好きでもないものを淡々と作り売るばかりの日々に、大事な何かを削り取られていく。やすりをかけられたような胸のざらつきに、喜右衛門は耐えられなくなっていた。

眼鏡を上げつつ、お辰は言った。

「お前様の夢で、店を傾けるおつもりですか」

喜右衛門はかぶりを振り、立ち上がった。

「どちらに行かれるのです」

お辰の問いに答えた。

「上野だ。夕方までには戻る」

お前様。悲鳴にも似たお辰の声を黙殺しつつ、喜右衛門は部屋を後にした。

廊下を一人大股で進む中、後ろから聞こえる足音に気づいて振り返る。お辰だった。表情は固く、心底が見えない。

お辰は息を整え、口を開いた。

「この店は、先代様より預かった大事なお店です。商いを傾けては顔向けできませぬ」

喜右衛門は小さく頷いた。

「そうだな。だが、今の店の有様を、先代《ちち》は何と言うだろう。表看板の地本を諦めて物の本を売ろうとしている、書物問屋同然の仙鶴堂をな」

「仕方ないではありませぬか」

「仕方がない、か。もう、聞き飽きたよ」

お辰は首を横に振った。

「わたしには、お前様が分かりませぬ」

喜右衛門は捨て鉢な思いのまま、言った。勢い、口ぶりに地金が出る。

「そうだろうな。俺も、そなたのことが分からない」

腹の内にあるものをぶちまけた。否、ぶちまけてしまった。一度勢いのついたものは、もう、止まらない。

「そなたのおかげで店は今日も回っている。だが、今の店は、俺のなじんだ仙鶴堂ではなくなっている。俺の店のはずなのに、まったくそんな気がしない。今や、そなたの店も同然じゃないか」

呆然とその場に立ち尽くし、口を結ぶお辰の目から、ひとしずくの涙が落ちた。これまで喜右衛門は、お辰の泣き顔を目の当たりにしたことがなかった。たじろぎ、二の句を継げずにいると、お辰は声を低くして言った。

「わたしは邪魔者なのですね」

「――何を言う。そなたは」

喜右衛門の言葉を遮るように、お辰は続けた。

「お前様からすれば、わたしは所詮、京都鶴屋から寄越された邪魔者なのでしょう。憎いのでしょう。だから、わたしを校合《こうごう》の仕事に回した」

「何を言うておるのだ」

お辰を裏の仕事に回したのは、純粋な善意によるものだった。それだけに、混乱した。妻が何を言っているのか、分からない。

「お前様はご存知ありますまい。お亡くなりになる直前、御義母《はは》上様がわたしに、売り場を頼むと言い残されたのです」

初耳だった。喜右衛門の頭の中で様々な疑問が弾け、形にならないまま消えていく。

無言を促しと取ったのか、お辰は続ける。

「御義母上様がいかなるお気持ちだったのか、わたしには分かりませぬ。けれど、あの方はあの方なりに、わたしに目をかけて下さいました。上方言葉の抜けないわたしに江戸言葉を仕込んで下さったのも、御義母上様です」

お前様ではなく。言葉の行間に、そんな赤字の入る隙間があった。

母はお辰に辛く当たっていた。だがそれは、喜右衛門の目から見た二人の関係だった。少なくともお辰は、喜右衛門と違う姿を母に見ていた。

喜右衛門は愕然とした。お辰の思いも、お辰から見た母も、お辰から見た仙鶴堂も、何もかもが己の見ているものと食い違う。

喜右衛門は悟る。ずっと己は、お辰の本当の姿を見ようともしていなかったのだと。

お辰の恨みがましい視線が、喜右衛門の胸を射貫く。

蔦屋と歌麿の仲違いを知ったとき、喜右衛門は対岸の火事を決め込んでいた。だが、違った。自分のすぐ側で、全く同じことが起こっていた。いや、ずっと火種が燻《くすぶ》っていた、という方が正しい。

何か言わねばならない。なのに、いくら探しても、言葉が見つからない。歩み寄り方が分からない。これまで、目の前の女人と衝突したことがない。そうなるより前に、必ずどちらかが折れて収まった。諍《いさか》い一つないのは、互いに諦め合い、大事な何かから目を逸らし続けていたからだ――気づき、慄然とする。

この時初めて、互いに歩み寄ることが出来ずにいる蔦屋と歌麿の思いを、我がことと理解した。

お辰は喜右衛門を見据える。死んだ魚のような目で。

「お前様の目に、わたしは映っておりましょうか」

喜右衛門は答えず、お辰を残して踵を返した。

自分の部屋に戻り、身支度を手早く済ませると、店先に出た。午後だというのに客の姿はまばらだった。売り場を守る手代も店先であくびを嚙み殺し、はたきを意味なく本棚にかけていた。ばつ悪げに目頭を押さえた手代は、いってらっしゃいませ、と頭を下げた。

喜右衛門は履き物をつっかけ、表に出た。思うところあって振り返る。江戸でも随一の地本問屋と謳われた仙鶴堂の本棚には、物の本ばかりが並んでいる。申し訳程度に脇に積まれた錦絵と戯作だけが、この店の本分を主張するばかりだった。

喜右衛門は北に向かって歩き始めた。

上野を目指した。同地には寛永寺を始めとした古刹が多く、古くから書物問屋が軒を連ねている。

書物問屋に頭を下げ、紙を融通して貰う心づもりだ。

厳しい賭けではある。喜右衛門は、書物問屋の株仲間では新参者だ。長い付き合いのある地本問屋に頼んで駄目だったものを聞き届けてもらえるとは思えなかったし、ぶしつけなお願いをすることにも抵抗があってあえて声をかけられずにいたが、背に腹は代えられない。日本橋界隈《かいわい》を抜けて、神田を通り、下谷近辺へと至る道を、喜右衛門は重い足取りで歩いた。神田川に掛かる橋を渡ると、山下、下谷、上野広小路の界隈へと入る。寺も多いが、この辺りは各家中の藩邸も多い。町人地と武家地の入り交じる小路を縫うように進むと、不忍池《しのばずのいけ》の明媚な畔《ほとり》が見えてくる。ぽつんと佇み、何かを待つ白鷺の姿が池の真ん中にあった。寒々しくてならず、喜右衛門は目を逸らした。

この近くに書物問屋の集まる一角がある。

物陰から書物問屋の店先を窺った。どこもひっそり閑《かん》としていた。同じ本屋とはいえ、地本問屋とは趣《おもむき》が異なる。足を踏み出すのには勇気が要った。

ありったけの勇気を振り絞って喜右衛門は書物問屋の主たちに会い、苦境を説明し、協力を求めた。

だが、駄目だった。折からの紙不足は書物問屋も同じで、どの店もぎりぎりの在庫の中、青息吐息で本を摺っているという。邪険にはされなかったが、同情とも哀れみともつかない生温かい視線を浴びるばかりで、結局、紙はほとんど確保できなかった。

上野寛永寺の門前町にある茶店の縁台に腰をかけ、番茶と醤油団子を頼んだ。

胃の腑がきりきりと悲鳴を上げ、後悔があぶくのように次から次に湧き上がる。

茶店の娘が注文を縁台に置いた。

やってきた醤油団子を口に運び、茶碗の縁に口をつけた。醤油の焼けた香りが鼻先を掠め、ほどよい塩気と柔らかな感触、ほのかな甘みが混じり合って舌の上でじわりと広がり、体の中心から温まっていく。胃痛も和らいだ。

渋い番茶を啜りながら、物思いに沈んだ。

ふと、過去にやらかした数々の失敗が頭を掠める。

版元を長年やっていれば、失敗など売るほどあった。幾度となく戯作者を怒らせ、彫師に無理難題を言われ、摺師にへそを曲げられた。うまくいかないことなど日常茶飯事だ。

思わず、小さく笑った。

逆に覚悟が定まった。二百枚紙が不足するからといって、だから何だというのだと。戯作者に怒られ、仙鶴堂を見限られるかもしれないが、少なくとも命を取られはしない。昔の失敗が今の自分を奮い立たせ、心の芯を強くする。そのことに、喜右衛門は不思議な感慨を覚えた。失敗も悪いことばかりではない。

団子を口に運び、喜右衛門は写楽のことを考えた。

蔦屋がなりふり構わず喜右衛門の調べを邪魔しようと動いていることからも、写楽に大きな秘密があると見るべきだ。しかし、これまで、あまりに様々な事実を耳にしたために、逆に考えがまとまらない。

大田南畝《おおたなんぽ》の言葉が喜右衛門の脳裏を掠めた。

『こういうときには、分かっていることと分かっていねえことを切り分けるといいぜ。頭の中でごちゃごちゃにしていても漠とするばかりだ。紙に書き出せ』

喜右衛門は懐から懐紙を取り出し、矢立から筆を抜き取ると、これまで分かっていること、気にかかっていることを一つ一つ、書き付けていった。

白紙に〝内田米棠《うちだべいとう》〟と書いた。

本物の写楽を見た者は、俳諧師の内田米棠を除き、見つけることができなかった。その米棠が言うには、写楽を知る者は墓の下だということだった。その線から追うのは難しいだろう。

紙上の〝内田米棠〟の字を線で消し、その横に〝勝川春章〟と書き入れる。

画派から追う線も、暗礁《あんしょう》に乗り上げている。本物の写楽は勝川春章の門下、あるいは私淑者であろうというところしか判明しなかった。江戸中の絵師を虱潰《しらみつぶ》しに当たったにも拘わらず、写楽と思しき人物は見つかっていない。

先に書いた〝勝川春章〟を消し、横に〝芝居〟と書き入れる。

様々な歌舞伎役者に話を聞いた。江戸三座が休座し、控櫓だけで興行が打たれた寛政六年、板を踏んだ者たちの生の声が、喜右衛門の耳朶《じだ》に蘇る。ある者は控櫓の興行のまずさを口にした。またある者は芝居に介入する蔦屋に憤慨し、他の役者の演じぶりを評した。座元や役者の言葉を思い起こすうち、それまで意識していなかった違和感が頭をもたげた。

喜右衛門は頭を巡らし、懐紙を見下ろした。

「あの方は、何かを隠しておられるのでは」

ここから、その役者の住まいは遠くない。

喜右衛門は冷えて固まった団子を手早く食べ切り、残った番茶で口の中のものを腹に流し入れると財布から銭を出して縁台の上に置き、東を目指して歩き始めた。

南中する冬の太陽は、下天にぼんやりとした光を投げ下ろしている。

# ある記憶　参

「あの絵だけは版行《だ》してくれぬなあ」

笑みを浮かべつつ、写楽は言った。だが、表情に反して目は据わっている。写楽は青の絹羽織と鼠の袴に身を包み、上段の間の真ん中に座っていた。普段は意識することはないが、威儀を正すと映える。

青々と葉を茂らせた松がいくつも並ぶ、こぢんまりとした庭を望む客間で、蔦屋は顔を曇らせた。

何を言わんとしているのか、すぐ察しがついた。東洲斎写楽なる画号で描いた六枚の役者絵のことだ。

唐獅子牡丹の襖絵に囲まれた書院造りの客間で、蔦屋は手をつき、言った。

「色々と手回しをしている処でして」

嘘ではない。鳥居派絵師の人気に陰りが生じる中、当代市川團十郎とも知己を得、劇界との関わりを深めた。あともう一声、売り出しのための仕掛けが欲しかった。

「いい絵なのは間違いがありません。しかし、物事には、流れがあります。ぽっと出して、まったく売れませんでしたじゃいけません」

「なんだ、お前さんも銭勘定のことを言うか」

写楽が冷厳に言う。蔦屋は一度息を呑み、反論をした。

「違いますよ。いや、銭勘定のことも気にしてますが、売れるってのは、銭勘定だけのこっちゃないんですよ。売れたもんは、江戸を染める。たとえば先生がお好きな当代團十郎。あのお人の柿渋は、團十郎好みとか言って皆こぞって真似しているでしょう。あんな地味な色をね。ありゃあ、團十郎が売れっ子だからです」

「売らなきゃ、顧みられもしないか。それもまた、一定の真実だ。町方はまことに過酷だな」

「戦です。だからこそ策が要るのです。勝算があります。実は、あと二つほど、売るための策を用意できれば万全なんですが、まだ思い浮かばなくて」

「なんだ、自信があるかと思いきや、問題を先送りにしているだけか」

「先送りは悪、みたいな風潮がありますが、あたしはそれには与《くみ》しません。むしろ、ずっと待ち構えて、いざって時にぱっと売り抜ける、そういう商いだってあるんですよ」

写楽は白いものの混じる武家髷の横鬢を後ろに撫でつけつつ、なるほどな、と言った。

「お前さんらしいよ。ま、売ることに関しては、お前さんの右に出る奴はいない。任せたぜ。でもよう、俺の目の黒いうちに、売り出してくれよ」

後になって、蔦屋は思い返すことになる。あの時、写楽は己の行く末を予見していたのではないかと。

「勿論ですよ」

しかし、この時の蔦屋は、暢気《のんき》に胸を叩くばかりだった。

# 寛政八年　冬　真相

鶴屋喜右衛門《つるやきえもん》は船を雇い、本所牛島《うしじま》に至った。

日の傾き始めた雲ひとつない空に、江戸の空っ風が吹き渡る。道に人影はない。喜右衛門は衿をかき合わせつつ板塀の続く通りを足早に歩き、生け垣に囲われた小さな庵の前で足を止めた。枝折戸《しおりど》から敷地に入るとすぐ畑があった。白く乾いた土が畝《うね》を覆っている。畝の添え木に絡みつく蔓も干からび、時折吹く北風に揺れた。真ん中に立つ案山子も、かたかたと音を立て、小刻みに震えている。夏の間は様々な作物が実り、青々と葉を茂らせていたのに、今は荒れ地同然になっていた。

畑の間の道を歩き、庵の前に立った喜右衛門は、訪《おとな》いを告げた。すぐに、庵の障子が開いた。

障子の隙間から顔を出したのは、市川蝦蔵《いちかわえびぞう》だった。漆黒の羽織に翁茶《おきなちゃ》の着物を合わせ、足袋を穿いている。結い直したのか、髷にも櫛が入り、つやつやと光っている。他所行きの恰好だった。

蝦蔵は最初、意外そうな顔をしたが、ややあって、上書きするように、鷹揚な笑みを浮かべた。

「おお、あんたは版元の……鶴喜《つるき》さんだったかね」

蝦蔵は役者を引退し、成田屋七左衛門《なりたやしちざえもん》と名を改めている。呼び名に逡巡《しゅんじゅん》しつつ、喜右衛門は言った。

「まさか手前の顔を覚えておいでとは」

「役者だって客商売だよ。贔屓《ひいき》筋の顔を覚えておいくらの稼業だからね」

「……手前が、写楽《しゃらく》のことを訊いたから覚えておられたんじゃないですか」

喜右衛門が沈んだ声で言うと、蝦蔵は息を一つつき、腕を組んだ。

「ぼちぼち客人が来て、出かけることになってるんだ。でも、まだ約束の刻限じゃない。何もない処だが、上がりなよ。少しの間なら話を聞こうじゃないか」

蝦蔵は平坦に言った。声音が澄んでいる。目の細かな笊《ざる》で濾《こ》し取ったかのように、感情の澱《おり》が含まれていなかった。

喜右衛門は縁側から反古庵《ほごあん》に上がり込んだ。

庵中の炉にかかる茶釜から、湯気が上がっている。

蝦蔵は土間に降り、水屋から茶碗を取り出した。お構いなく、と声を掛けたが、聞こえないのか、それとも聞こえないふりをしているのか、何も答えなかった。茶釜の沸く音だけが部屋の中に満ちている。喜右衛門はおずおずと炉の前に腰を下ろした。

黒茶碗を抱え炉端に座った蝦蔵は、茶道具を引き寄せて茶を点て始めた。その動作には雑味が存在しない。まるで枝葉を切り落とした大輪の花を見るかのような、研ぎ澄まされた点前《たてまえ》だった。

ややあって手を止めた蝦蔵は、喜右衛門の前に茶碗を置いた。

「いついかなる場面であろうとも、一服の茶を点てるのが茶人の心得と言ってね」

茶筅の先を懐紙で拭う蝦蔵の勧めるまま、茶を啜《すす》った。口中に広がる華やかな香りと苦み、遅れてやってくる甘みが舌先で踊る。冷えた体が口、喉、腹の順で温まった。大きな息をついて喜右衛門が茶碗を畳に置くと、満足げに頷いた蝦蔵が、して、と口を開いた。

「今日はこの隠居に何用かな」

「写楽について、お伺いしたいことがございまして」

「一体なんだろうね」

暢気《のんき》に述べた蝦蔵に、喜右衛門は切り込んだ。

「本物の写楽について、何かご存知でらっしゃいますね」

蝦蔵は、丸っこい目を鋭く尖らせた。その目に見覚えがあった喜右衛門だったが、何処で見たものか、とんと思い出せない。

「――どうして、そう思ったんだい」

蝦蔵は落ち着き払っていた。喜右衛門の確信は深まる。的外れな問いに対したとき、人は驚きや困惑、怒りを顕《あらわ》すものだ。

喉の掠《かす》れを覚える。蝦蔵の座り姿に大名跡を背負ってきた男の覇気を見た喜右衛門は、己の気後れを自覚しながらも、一音一音、噛み締めるように口を開いた。

「二年前の五月興行での、蝦蔵さんの行ないが気にかかりましてございます」

「順を追って話してくれないかい」

「二年前、写楽の絵が刊行された際、自分の絵がないと怒り狂った六代目團十郎《だんじゅうろう》を叱りつけておいでですね」

「六代目はおいらの息子だよ。子供の不調法を叱るのは、親の務めさね」

「それだけじゃない。あなたの出演《で》られたあのお芝居は、蔦屋《つたや》が金を出して、配役や芝居の内容にも口を挟んだと聞きました。座元が思い悩むほど難儀した芝居だったそうですね。しかし、それを丸く収めたのも、あなたでした」

「そりゃそうさ、おいらはあの芝居では一番の年嵩《としかさ》だったんだ。芝居のために、一肌脱ぐこともあらあな」

蝦蔵の物言いに白々しいものを感じた。構わず、喜右衛門は続けた。

「二代目中村仲蔵《なかむらなかぞう》――三代目大谷鬼次《おおたにおにじ》さん――は生前、こう話しておいででした。写楽の絵が似ているか否かについては、義理があるから言えないと。一度お目にかかったきりですが、お芝居にひたむきで、次に出る大芝居の衣装を借りて病床に飾るほどのお方でした。手前にはそこまで話してはくださいませんでしたが、大谷から抜けたのも、役者として思うところがあったからなのでしょう。そんな仲蔵さんが、義理あってかばう相手は、蔦屋さんではありますまい。とすると、手前には、あなたのお顔しか思い浮かびませぬ」

蝦蔵は反論せず、ただただ、木石《ぼくせき》のように黙りこくる。

喜右衛門は手札を切った。

「あのお芝居に金を出したのは、蔦屋さんじゃなく、蝦蔵さんなのではありませぬか」

蝦蔵の目が、一瞬、僅かに泳いだ。

的を射た手応えを感じつつ、喜右衛門は続ける。

「あの頃、お芝居のために百両もの大金を出す余裕は耕書堂《こうしょどう》にないはず。寛政三年に重過料を食らってますし、昨今の不景気で、版元はどこもしみったれておりますから。役者絵を出すための費えとしては、百両は破格に過ぎるのです。されど、もし、蝦蔵さんが本当の金主《きんしゅ》だとすれば、話が変わります」

喜右衛門は庵を見回し、表面が剝げ、骨組みが覗く塗り壁に目を留める。

「かつての市川團十郎ともあろう方が、失礼ながら、こんな処に暮らしておられるのも気にかかっておりました。最初は風流人の気まぐれにも見えましたし、事実、そうした意味合いもございましょうが、いずれにしても蝦蔵さんの手元には、まとまった金があったと考えるのが適当でございましょう」

茶碗に湯を足し、両手で包み持った蝦蔵は、炉の隅に目を落とした。くすんだ銀色の火箸が刺さっている。

「面白いことを言うね。だが、こうは考えられないかい。芝居の金回りが悪いのを見かねたおいらが、蔦屋を通じて自分の給金を座元に戻したんだってな」

「ならば、そこに蔦屋を介する必要がございませぬ」

「もしおいらがそんなことをしてると役者仲間に露見《ばれ》たら座元の顔が潰れるし、他の役者もやりづらくなると考えて、蔦屋を代わりに立てたとも考えられるんじゃないかい」

蝦蔵は堂々とした態度を崩さなかった。板の上で鍛えた声と物言いは惚れ惚れするほど歯切れがよい。

喜右衛門は手刀を切って鉄釜のふたを取り、湯を茶碗に注いだ。息を吹きかけて湯気を散らし、軽く喉を潤すと、蝦蔵の反論を潰す。

「金の出所だったことをお認めになるようでございますね。——今の物言いにも、おかしな点がございます。座元への援助が他の役者に露見する虞《おそれ》を仰いますが、座元を助けたければ、給金を受け取らないだけでよいはず。あえて、蔦屋を挟む理由にはなりませぬよ」

蝦蔵は茶碗に口をつけ、湯を啜った。顔が茶碗に隠れ、喜右衛門から窺うことができない。

反論がないのを見て取り、喜右衛門は続ける。

「なぜ、あなたが蔦屋さんを挟んで芝居に援助なさったのか。理由は分かりかねますが、これが写楽の売り出しに関わっているのは明白、と手前は見ております」

黙りこくる蝦蔵の前で、喜右衛門は指を突いた。

「何か事情があって、隠し立てしておられるのは百も承知でございます。それを枉《ま》げて、手前に写楽を紹介しては頂けぬでしょうか」

蝦蔵は梁や茅葺きが丸見えの天井に目を泳がせた。何か思案する様子だったが、考えがまとまらなかったらしく、困った、と言わんばかりに顔をしかめ、炉の炭を火箸でかき回している。

喜右衛門は蝦蔵の自白を待った。参ったの言葉を待つ、将棋指しの心持ちでそこにいた。

が、閉め切られた障子戸の向こうから、暫《しば》く、と芝居がかった声が上がった。

障子戸ががらりと開き、炉の炎が大きく揺れた。冷たい風と共に現れたのは、蔦屋重三郎《じゆうざぶろう》だった。

おお、と蝦蔵が声を挙げる。

「来てたのか」

蝦蔵の顔に、陽の気が差した。

黒い着物に身を包み、薄い笑みを顔に貼り付ける蔦屋は、庵の中に足を踏み入れると障子戸を閉め、西に置かれた仏壇と差し向かいになる形で炉の前に座った。炉で手を炙りつつ、口を開く。

「先ほどから外で聞かせて貰ってました。あれほど釘を刺したのに、つくづく頑固でいらっしゃいますねえ」

蔦屋は、なおも手を炙ったまま、つまらなげに息をついた。

ひやりとした気配に気づいてそちらに顔を向けると、呆れ顔を浮かべつつじとりと喜右衛門を見返す蝦蔵と視線が交錯した。

蔦屋は困ったようにのろのろと頭を振った。

「理由なんて、ありませんよね、版元の業《ごう》ですもの。因業《いんごう》なことです。でも、そうでなくっちゃ務まりません。――仕方ない。あなたに、本物の写楽の正体、お教えしましょう」

「いいのかい」

蝦蔵の声に怯えの色が混じった。が、蔦屋は朗らかに笑い、言った。

「事情が変わりました」

蔦屋は喜右衛門を眺め、目を細めた。

「実は、あなたの想像は割合、良いところを突いているんです。負けに負けて、ですけどね」

蔦屋は蝦蔵を一瞥した後、え、と声を上げる喜右衛門に目を向け、言った。

「これから、真相を知る方の処へ蝦蔵さんと訪ねる予定になっています。よかったら一緒に行きませんか」

喜右衛門は一も二もなく頷いた。


小石川の町は、冬の淡い日の光に照らされていた。

水戸徳川上屋敷の白壁塀を眺めつつ横道に入りしばし行くと、蔦屋はある大名屋敷の長屋門の前で足を止めた。絵地図や武鑑《ぶかん》の持ち合わせはないが、喜右衛門はどの家中のものか知っている。駿河小島《おじま》藩の上屋敷だった。

蔦屋が大門に屯《たむろ》する小者《こもの》に何事かを告げると、通用門から中に通された。門の中は正面に大きな破風を備えた屋敷――母屋――があり、左右に家臣の生活のために用意されている長屋がずらりと並んでいる。

蔦屋は迷う様子もなく右手に折れ、長屋に面した小さな通りに入った。洗濯の干し台が並ぶ小さな道を進むと、どん詰まりに大きな屋敷があった。下級御家人の組屋敷ほどの大きさだろうか。辺りを生け垣で囲われ、小さいながらも木の門が立っている。重臣のための屋敷だろう。

蔦屋は木戸を開け、中に入った。木戸のすぐ側には勝手口がある。喜右衛門たちがそちらに向かうと、勝手口には取次役と思しき中間《ちゅうげん》の姿があった。蔦屋の顔を見るなり事情を解したか、何も言わず、喜右衛門たちを上げ、ある部屋へと通した。

六畳の上段と下段を備えた書院だった。唐獅子牡丹図の襖で囲まれたこの部屋は、小さな庭に面しており、濡れ縁から下段の間まで、冬の淡い光が差し込んでいる。

そこには、先客がいた。

歌麿《うたまろ》だった。借りてきた猫のように肩をいからせつつ下段の間の真ん中に座る歌麿は、喜右衛門たちの姿に気づくと気弱な顔を上げ、片膝を立てた。

「鶴喜に蝦蔵さんじゃねえか。どうしてここに」

「こちらの台詞ですよ」喜右衛門は言った。「なぜここに」

歌麿は舌を打ち、喜右衛門の後ろに続く蔦屋に険のある目を向けた。

「蔦屋に呼ばれて来たんだよ」

喜右衛門たちは下段の間に入ると、無人の上段の間を見上げ、歌麿の横に座った。

しばらくの間身じろぎせずにいると、ややあって、奥の控えの間から、用人を従え、一人の武士が姿を現した。蔦屋たちに従い、喜右衛門は平伏する。

上段の間の茵《しとね》に腰を下ろしたその武士は、用人を下がらせ人払いをすると、

「直答を許す。面《おもて》を上げよ」

短く言い放った。

恐れながら、と前口上を述べ、蔦屋は体を起こした。

「倉橋《くらはし》殿におかれましては、ご健勝のこととお慶び申し上げます」

喜右衛門も顔を上げ、倉橋と呼ばれた武士の面体《めんてい》を双眸《そうぼう》に収める。二十歳代後半から三十歳代頭と言ったところ、武家髷に結った髪は豊かで黒々としている。着用している青の裃には皺一つない。体が細く、首から肩にかけての体つきは貧弱だったが、眼光だけは妙に鋭い。

倉橋は、姿勢を崩さず上段の間から声を放った。

「形式張った挨拶は要らぬ。早う本題に入れ」

にべもない。蔦屋は苦笑しつつ口を開いた。

「本日、南町奉行所の与力、仁杉《にすぎ》様、ならびに、北町奉行所の与力、藤田《ふじた》様に照会をし、写楽について調べてはおらぬとのお答えを得ましてございます」

そうか、と述べた倉橋は、口の端に安堵を浮かべ、脇息《きょうそく》に腕を預けた。

「それは重畳《ちょうじょう》。だが」

喜右衛門と歌麿に冷たい一瞥をくれた。

「そこな二人は誰ぞ」

「版元の鶴屋喜右衛門と、絵師の喜多川《きたがわ》歌麿でございます」

倉橋は大きく目を見開き、喜右衛門を眺めた。その表情には、蛇のように熱がない。

「鶴屋喜右衛門か。こ奴のせいで余計な気を揉む羽目になった」

平坦な声だった。冷たい表情との落差に、喜右衛門は戸惑う。

「真《まこと》に面目次第もございませぬ」蔦屋は頭を下げた。「しかしこの者たち、蝦蔵殿のすぐ側にまで迫ってしまいました。蝦蔵殿から写楽まではあと数歩の処。でしたら、いっそ我等の側に加え、口止めした方がよい、そう考え、連れ参った次第でございます」

不穏な会話が頭上を飛び交う。切り込むとっかかりがない。喜右衛門は頭を深く下げ直し、やり過ごす。

倉橋は扇子を引き抜き、己の顎下に先を当てた。額に眉を集め、庭に目をやったものの、やがて口を開いた。

「この方ら、口は固いか」

「鶴喜は同業、歌麿は親戚でございます。耕書堂の暖簾《のれん》に賭けて、黙らせてご覧に入れます。倉橋様、蝦蔵殿と当方、そして歌麿と鶴喜は、なおも写楽の件、口外せぬことと致しましょう」

「長い付き合いだ。信じる。鶴喜と歌麿は、その首を賭けて口止めせい」

かしこまりましてございます、と蔦屋はその場で平伏した。

倉橋は音もなく立ち上がり、控えの間に消えた。

喜右衛門は顔を上げた。背にびっしょりと汗をかいている。手の震えは、寒さのせいではない。

誰もいない上段の間を眺めた蔦屋は手を叩き、明るい声を上げた。

「さ、これで仁義は切り終えました。河岸を変えましょう」

喜右衛門たちは、吉原の目抜き通り、仲之町《なかのちょう》通り沿いにある引手茶屋の暖簾をくぐった。常連なのか、重三郎は店の主人に親しげに話しかけている。久闊《きゅうかつ》を叙しつつ部屋の空きを改めていたらしい。しばらくのやりとりの後、喜右衛門たちはある座敷に通された。そこは、二階の奥まったところにある二十四畳の一間だった。男四人で膝を突き合わせるにはあまりにも広すぎる。

「密談こそ、広い部屋でやったほうがいいんです。狭い部屋だと声が漏れますからね」

四人が大部屋の真ん中に円居すると、部屋に酒膳が運び込まれた。今日は女郎さんも芸者さんも要らないからね、と店の者に伝え、蔦屋は銚子を手に取った。

「しらふでする話でもありません。ささ、一献」

蝦蔵はにかりと笑い、酒を受けた。が、喜右衛門は断った。

「酒より前に、本題に入ってください」

「真面目ですねえ」

蔦屋の口調は揶揄《からか》うようだったが、棘はない。愛おしいものを見るような目で喜右衛門を眺め、歌麿と自らの猪口にも酒を注いだ蔦屋は、銚子を脇に置いた。

「――では、本題に入ります」

歌麿が手を挙げて割って入った。

「その前に。先に目通りしたあのお武家様はなんだ。あの倉橋様とやらが、写楽なのか」

蔦屋は首を横に振り、猪口を一息に呷った。

「違いますよ。あの方は、本物の写楽の、息子様ですよ」

「じゃあ、写楽は」

「既にお亡くなりです」

落胆を禁じ得なかった。以前、蔦屋はあなたの探す本物の写楽はこの浮世を探したって絶対に見つかりませんと言ったが、あれはごまかしではなかったのだ。

一度でもいい、一作でもいい。写楽と一緒に仕事がしたかった。

後悔が心中を曇らせたが、疑問もあった。喜右衛門が声を挙げる。

「本物の写楽が死んでいる虞も考えの内に入れて、あたしも寛政六年五月以降に死んだ絵師を洗いました。なのに、誰一人として引っかからなかった。どうして」

猪口の縁をなめる蝦蔵が、へえ、と揶揄うような声を上げた。

「惜しいねえ。あと一息なのにね。どうして写楽が死んだのが寛政六年より後だと思うんだい」

蔦屋は手を挙げて蝦蔵を押し止めると、猪口に酒を注ぎ直し、にんまりと笑った。悪だくみを思いついた、そう言いたげな顔だった。

「ここは吉原です。せっかくですから、粋に参りましょう。喜右衛門さん、もしあなたが写楽の正体に思い至ったら、紙、融通しましょう」

「いいんですか」

「座興です」

喜右衛門は頭を巡らし、蝦蔵の『どうして写楽が死んだのが寛政六年より後だと思うんだい』という言葉を頭の中で反芻した。

自明のことだった。本物の写楽が描いた芝居『恋女房染分手綱《そめわけたづな》』が寛政六年五月興行で掛かった芝居だからだ。

いや――あることに気づき、喜右衛門は目を大きく見開いた。

脳裏に浮かんだ思いつきを、そのまま口にした。

「本物の写楽の絵は、寛政六年五月興行の『恋女房染分手綱』を写したものではない……？」

蝦蔵は目を細め、蔦屋は口角を僅かに上げた。

歌麿が頓狂な声を上げる横で、喜右衛門はなおも思考を巡らせた。

過去、『恋女房染分手綱』は幾度となく上演されている。本物の写楽の絵が、寛政六年五月興行以前の芝居の様子を描いたものだとすれば、様々な疑問が氷解する。

写楽の役者絵には、役者名や役名は書き入れられていない。顔立ちや装束、代紋から、描かれた役者を類推しているに過ぎない。過去の役者絵を引っ張り出し、さも版行直前に掛かった芝居のものとして売り出したとすれば。

喜右衛門は、息子の市川男女蔵《おめぞう》が「若い気がする」と評した『二代目市川門之《もんの》助《すけ》の伊達与作《だてよさく》』、実物よりも若く描かれた『四代目岩井《いわい》半四郎《はんしろう》の乳人重《めのとしげ》の井《い》』の絵を脳裏に描いた。

寛政六年五月興行で重の井を演じた四代目岩井半四郎は、十年程前にも同役を演じたと言った。その芝居において、市川門之助は主人公与作の烏帽子《えぼし》親、鷺坂左内《さぎさかさない》と奴《やっこ》の一平《いっぺい》を、当時團十郎だった市川蝦蔵は小悪党の江戸兵衛《えどべえ》と重の井の父、竹村定之進《たけむらさだのしん》を演じた、とも。

「まさか」

細い糸が繋がった。喜右衛門は、震える唇を上下させた。

「本物の写楽が描いたのは、二年前の芝居ではなく十年程前——天明七年の芝居だった。『江戸兵衛』は二代目中村仲蔵ではなく、蝦蔵さんの姿を描いたものだったってことですか」

喜右衛門の視線を受けた蝦蔵は、蔦屋に一瞥をくれた。許しを得ようとするかのような顔だった。蔦屋は頷きを返す。すると、蝦蔵は膳の上にとんと猪口を置き、言った。

「そうだよ。あの『江戸兵衛』は、おいらだ」

蝦蔵と写楽の『江戸兵衛』は顔の作りが似ている。鼻の形、頬の肉付き、口の形、共通点は多い。一方、明らかに違う処もあった。

「目が似ていませぬよね」

喜右衛門が指摘すると、蝦蔵は猫背になり、両腕を袖に引っ込めて着物と襦袢の間から出した。写楽の『江戸兵衛』と同じ見得だった。

喜右衛門は短く叫んだ。

丸い目を鋭く尖らせ睨み付ける江戸兵衛が、喜右衛門の目の前に現れた。

表情を一瞬で改め、蝦蔵は息をついた。

「とまあ、これくらいのことは造作もないこった。ついでにこっちもやるか」

両腕を袖に通した後、今度は額に皺を作り、顎を引いて胸を張る。写楽の『竹村定之進』が蝦蔵に憑依《ひょうい》した。

「あの頃は今よりは若くて、老人の演技が難しかった。こうやって爺の振りをしたんだよ。まあ、定之進についちゃあ、今は地でもできるがね。年を取ったもんだ」

百面相の團十郎。かつての蝦蔵の渾名を思い出し、喜右衛門は声を失う。素に戻った蝦蔵はぽつりと言った。

「先の芝居は、おいらが悪党役と老人役を二役でやるってんで、それなりに話題になった芝居だった。写楽さんもそれを面白がって、絵にしてくれたんだ」

天井を見上げて強く口を結んだ後、手酌で猪口に満たした酒を一気に呷ると、蝦蔵は続けた。

「享保時分から天明にかけて、歌舞伎は和事《わごと》芝居一辺倒になった。一人の役者としちゃ、悪くない動きだ。おいらだって若い頃は女形から悪党役から何でもやって、客から喝采を貰ったもんさ。でも、おいらは江戸歌舞伎の領袖《りょうしゅう》、市川團十郎だ。初代から連綿と続く荒事《あらごと》芝居を残さなくちゃなんねえ。そんな次第で、寛政からこっち、おいらはずっと荒事芝居尽くしだ。それはそれでやりがいはあるが、客の喜ばない荒事を守る意味はあるのかと思い悩んじまった。そうやって板の前で立ち竦《すく》んだ挙げ句、息子に團十郎を押っつけた。『戯場《ぎじよう》の君子』なんざ笑い草だ。おいらは新しい芝居の波に乗れず、古い芝居の道統を支えるのにも倦《う》んだ憧《あく》れ《が》者なのさ」

「では、蝦蔵さんが、蔦屋を通じて座元に金を融通したのは」

鼻をすすり上げた後、蝦蔵は言った。はっきりとした口上だった。

「まだ和事芝居をやってた頃の、潑剌《はつらつ》としたてめえの姿を残したかった。それで、蔦屋の話に乗ったんだ」

寛政六年五月興行での市川蝦蔵の行動が、ようやく腑に落ちた。役者の不満を打ち消して回った行ないは、芝居を成功させるためばかりではなく、本人の内にくすぶる利己心の結果だったのだ。

なおも喜右衛門には釈然としないものが残る。間髪容れず形にした。

「装束も先の芝居と食い違っているようですが」

「仕方ねえよ。天明時分はまだ景気が良かった。動く金が違ったんだ。おいらも、そこまで口は出せなかった」

「完全を期するのだったら、どうして仲蔵さんの見得を直させなかったんです」

蝦蔵は息をつき、苦笑した。

「最初、あいつには昔おいらが考え出した見得を教え込んだんだ。だが、本番であいつ、所作を変えやがった。初代仲蔵に憧れてたからな、てめえの考えた見得で、客を沸かせたかったんだろう。困った奴だよ。でも、それが役者の張りってもんだよなあ」

蝦蔵は肩を揺すった。愉快で仕方ない、そう言いたげな仕草だった。

喜右衛門は谷村虎蔵《たにむらとらぞう》の言葉を思い出した。寛政六年の『恋女房染分手綱』は波乱の芝居で、皆が浮き足立ち、上手も下手もぐっちゃぐちゃだったと。

喜右衛門は声を上げた。

「そうか、『鷲塚八平次《わしづかはっぺいじ》』の左肩の裃が肩脱ぎになっているのは」

応じたのは、蔦屋だった。

「二年前の芝居は、中村仲蔵さんを始めとした若手が大いに板の上で暴れ回って、当初の筋書きから大いに外れてしまったのですよ。周りの役者の演技に引きずられて、絵とあべこべに見得を切ってしまわれた上、肩脱ぎもお忘れになった。そこで絵の左右をひっくり返して事に当たったんです」

「そういえば、江戸兵衛と一平の位置関係が逆だって話もありましたが」

蝦蔵が答えた。

「以前の芝居と同じ配置で練習させてたんだが、本番では鬼次と男女蔵があべこべに立っちまったのさ」

「ならば、『鷲塚八平次』のように、彫りの際に左右を反転させればよかったのでは」

蔦屋は静かに、だが決然と首を横に振った。

「できませんよ。あの『江戸兵衛』と『奴一平』の絵は、一平が上手、江戸兵衛が下手だから成り立つんです。実際に試してもみました。不思議なことに、裏返してしまうと、『江戸兵衛』の睨みが弱くなるんです。それに、裏返すとなると、衿の合わせを直さなくてはなりません。それがどうしてもできなかった」

蔦屋は自分の衿を正しつつ続けた。

「衿にはその人の人生が出ます。写楽さんの絵には、それがあるんです。碌な人生を歩んでこなかった江戸兵衛や、男伊達を競う奴の一平は、衿が乱れているんです。そこに手を入れるなど、怖くてできたものじゃありませんでした。『鷲塚八平次』は構図上衿の合わせが分かりづらかったのでそのまま反転しましたが、『奴一平』と合わせが明らかな『江戸兵衛』は、そのままにせざるを得ませんでした」

　びしりと整えられた蔦屋の衿には、いい物を作り売る、版元の大道を歩み続けた店主の張りが漲《みなぎ》っている。

「寛政六年五月興行分において、当代團十郎や大谷広次《ひろじ》を斎藤様に描かせなかったのはどうしてですか。あの二人の絵を版行《だ》しておけば、余計な揉め事は起こらなかったでしょうに」

　蝦蔵は自嘲するように笑い、自分を親指で指した。

「團十郎についちゃおいらのせいさ。江戸兵衛を演じたおいらは、五代目の團十郎だった。團十郎は、一つの時代に一人しかいけないんだ。紙の上とはいえ、二人といちゃいけないんだ。紙の上とはいえ、二人の團十郎が並び立つべきじゃないんだよ。そう言って、六代目を描かせなかった」

　喜右衛門には、蝦蔵の言わんとする処が理解できなかった。しかし、よろずにつけて鷹揚な「戯場の君子」蝦蔵をしても譲れない何かがあったのだろう、そう感じた。

　蔦屋は手を挙げた。

「大谷広次さんを描かせなかったのはあたしです。谷村虎蔵さんのものとされている『鷲塚八平次』は、やはり天明七年、別の芝居で悪役を務めた大谷広次さんを写したものだったんです。主役に比べて悪役は似たり寄ったりですから問題あるまいと思いましてね。とはいえ、同じ月に血のつながりのないそっくりな二人の絵が出てしまっては、からくりが露見する虞がありました。そこで、広次さんを描かせなかったんです」

大谷広次の絵を描く際に難儀し、『鷲塚八平次を写せばよい』と蔦屋から助言があった、そう斎藤十郎兵衛は言っていた。また内田《うちだ》米棠《べいとう》のもとで、大谷広次の絵を眺めた時に感じた既視感を思い起こした。その既視感は『鷲塚八平次』からもたらされたものだったことに今更気づく。

他にもあった、写楽の絵への疑問が氷解していく。

二代目中村仲蔵が聞いた〝江戸兵衛に近い顔立ち〟という蔦屋の発言にも説明がつく。蔦屋は金主として配役に口を出す中で、江戸兵衛の役にぴったりの役者を選んだわけではなく、写楽の描いた絵に――かつての市川蝦蔵に――顔かたちの似た役者を選んだのだ。

市川男女蔵の父、市川門之助の絵に皺一つなかったのは、若い頃の門之助を描いたものだったからだ。門之助は天明七年の芝居で鷺坂左内と奴の一平を演じている。『伊達与作』は本来、門之助演じる鷺坂左内を描いたものだったのだろう。両人は善玉の武家、服装も似ている。替えても露見しづらかったろう。そして、『奴一平』も男女蔵ではなく、その父である門之助を描いたものだった。よくよく見れば、写楽の『奴一平』と『伊達与作』は非常に顔が似ている。同じ人物を描いたのだから当たり前だ。それを親子の共演に紛れさせたのだ。岩井半四郎の絵が若作りに描かれていたのも同じ事情だろう。半四郎が天明七年にも重の井を演じたのは、本人の証言の通りだ。

写楽の直筆画『江戸兵衛』の定紋が三枡《みます》だったという彫師の藤一宗《とういっそう》の証言も思い出した。あの絵は本来五代目市川團十郎を描いたものだったのだから、当然のことだった。

写楽の直筆画を貰った役者、貰えなかった役者がいるのも、当人のものではない絵を渡して、このからくりが露見するのを恐れた結果だろう。

納得した。本物の写楽の絵はすべて、天明七年の芝居を描いたものだった。

その瞬間、喜右衛門は気が遠くなった。写楽候補は天明七年当時に存命だった人物にまで広がったことになる。

しかし、手がかりはある。

小石川の駿河小島藩の大名屋敷で逢った倉橋なる武士は、写楽の息子だという。倉橋が三十代そこそこだったことを思えば、その父に当たる写楽は、天明七年当時、四十代から五十代だろうことが想像できる。

内田米棠の言葉を思い起こした。米棠の知る写楽は小石川近辺に住んでいたという。その写楽の残した団扇絵の画風や落款はほぼ、耕書堂から出た写楽のそれと一致している。

小島藩の有力家臣で当時四十代、学があり絵もよくする人物。付け加えるなら、勝川春章《かつかわしゅんしょう》の弟子、ないしは私淑者……。ここまで思いを巡らした喜右衛門は、目の曇りが晴れたような心地に襲われた。ある戯作者の名が、喜右衛門の中に浮かんだのだった。

そんなはずはない。だが、一連の絵が天明七年に描かれたのなら、充分、あり得る。

喜右衛門は、その名前を、声を震わせ口にした。

「写楽は、戯作者の恋川春町《こいかわはるまち》先生なのですか」

寛政元年七月に自裁した戯作者だった。恋川春町の名は、住まいの小石川春日町《かすがちょう》のもじりだと聞いたことがある。この名を口にしたことで、この筆名にもう一つの意味があることに喜右衛門は思い至った。

歌麿が、喜右衛門の言葉を代弁した。

「兄弟子の号は、勝川春章のもじりだったのか」

勝川春章、恋川春町。よく似た号だ。

蔦屋は満足げに頷いた。

「よく気づいたね。春町先生は、春章先生の筆に惚れてたんだよ」

勝川春章一派という北斎《ほくさい》の見方が的中したばかりか、版本絵師という十偏舎一九《じっぺんしゃいっく》の想像も結果的に当を得た恰好だった。恋川春町は元々版本絵師、狂歌師として世に出、戯作に転向した人だ。見つからないわけだった。戯作者の盛名が絵師としての名を覆い隠した上、寛政六年の芝居を描いたものとの思い込みから、それ以前に死んだ恋川春町は最初から写楽候補から外れていた。

一度からくりが解ければ、傍証は他にもある。

東洲斎《とうしゅうさい》写楽の名からしてもそうだ。歌麿と春町の師である鳥山石燕《とりやませきえん》は、東流斎燕志《とうりゅうさいえんし》に俳諧を学んだという。東洲斎と東流斎、号が似ている。元々東洲斎写楽の号は画号ではなく俳号で、仲間内で団扇絵を描く際に用いたのではないか。団扇絵は俳諧の連《れん》でやりとりされたものという。俳号を書き入れても不思議はない。また、写楽の読み「しやらく」をひっくり返すと「くらやし」となり、春町の苗字、倉橋に通じる。東流斎燕志の流れを汲んだ倉橋……、東洲斎写楽の号は、驚くほど直截《ちょくせつ》に写楽の正体を示していた。

写楽の落款もそうだ。写楽の落款は崩し字ではなく、漢文の素養がある人間の手による楷書である。恋川春町は大名家の家老格で天明狂歌の担い手、漢文の素養があってしかるべき人物だ。写楽の落款の特徴として注目した「画」は、春町も用いている。十偏舎一九が喜右衛門に見せた恋川春町の代表作の一つ『金々先生栄花夢《きんきんせんせいえいがのゆめ》』の序文の最後の丁にも、楷書で『画工　戀川春町戯作』と落款があった。

起こっていたことはこうだ。

恋川春町は天明七年に上演された『恋女房染分手綱』を始めとした芝居の役者絵を描き残す。

寛政元年、春町は戯作の内容が問題視されて松平定信公に呼び出され、出頭直前に自裁。寛政六年、蔦屋は市川蝦蔵を抱き込んで芝居小屋に出資をし『恋女房染分手綱』を上演させ、春町の残した絵を大々的に売り出す。このような流れとなる。

蔦屋のやり口は際どい。寛政の改革の最中、松平定信に目をつけられて自裁した人物の絵を刊行すれば改革への反逆と見なされかねない。耕書堂はおろか、周囲の人々に累が及ぶことも考えられた。

だからこそ、蔦屋は恋川春町の名を伏せて執筆時期をごまかし、〝写楽の絵は役者の生き写し〟なる評を大田南畝《おおたなんぽ》に頼んで世に撒いて、写楽の正体を隠したのだ。

「大首絵をお作りになったのは、恋川先生だったのですか」

蔦屋は顎に手をやり、唸った。

「そうだともいえ、そうでないとも言えます。元々、腰から上を大写しにした似姿は、勝川春章先生が扇絵でやっておられました。それを春町先生が団扇絵の形で引き継がれ、今日の大首絵に近いものにまで煮詰められました。しかし」

蔦屋は歌麿に顔を向けた。

「錦絵で大首絵を流行させたのは、そこの歌麿の仕事です。本来、写楽――春町先生で潰《つい》えるはずだった大首絵を歌麿が繋ぎ、大きく育ててくれた。そのおかげで、春町先生の大首絵を世に出すことができたんです」

それに、と蔦屋は前置きをし、はにかんだような笑みを浮かべた。

「春町先生の仕事は、歌麿にこそ継いで欲しかったってのもありますがね」

恋川春町が死んだ直後、大首絵は錦絵にはほとんど存在しなかった。今、大首絵が認知されているのは、歌麿の『当時三美人』の流行あってのことだ。

ここ数年来の蔦屋の仕事は、恋川春町の大首絵を世に出すための布石だったことになる。

喜右衛門は息を呑んだ。ただ売り出すのではない。二重三重に仕掛けを施し、一人の天才を世に売り出していた。天才と仕事をすれば何かが変わるかもしれない、そんな喜右衛門の浅はかな考えは粉々に砕かれた。

恐る恐る、喜右衛門は歌麿の顔に目を向けた。怒っているのではないか、そう思ったからだった。他人に乗せられるのを喜ぶ人ではない。だが、予想外にも、歌麿は、古い友人に町でばったり会ったかのような、穏やかな表情で蔦屋を眺めている。喜右衛門は、ああ、と声を挙げた。蔦屋と歌麿の間には、誰にも立ち入ることのできない繋がりがある。誰にも理解できないが――今この時、余人には理解の及ばない論理で以て、歌麿は蔦屋を許したのだろう。一人、土地鑑のない町に取り残されたような感覚に喜右衛門は襲われた。

だが、思うところもあった。喜右衛門は口を開く。

「斎藤十郎兵衛様は、写楽の――恋川春町先生のお残しになった絵を売り出すための、目くらましだったのですか」

写楽の周囲にきな臭さを感じた者があったとしても、正体に当たる人物が用意されていれば疑いようがない。斎藤の告白がなければ、喜右衛門とて今も首をかしげつつ、『江戸兵衛』を描かせていたはずだ。斎藤十郎兵衛こそが、写楽の正体を隠す最大の仕掛けだった。

だが、そのせいで、斎藤十郎兵衛の絵は死んだ。

喜右衛門は膝の上で両手を強く握る。

蔦屋は顔をしかめ、下を向いた。

「有り体に言えば、最初はそうでした。でもね、あたしは、斎藤様にも、絵師として羽ばたいて欲しかった。江戸を騒がす才のある方だと見込んだからこそ、仕事を頼んだのです。『恋女房染分手綱』以外の絵も見事だったでしょう。紛れもなく、あれらは斎藤様の作です。でも誰も、写楽に本物がいるなんて気づかなかった。あの頃の斎藤様は、春町先生に肉薄なさっていたんです」

蔦屋は猪口を呷り、吐き出すように言った。

「初めて斎藤様にお目にかかったのは、寛政五年の顔見世興行の芝居小屋でした。絵筆を持ち込み、芝居そっちのけで唸っているものだから気になって覗いてみると、まあ面白いこと。目の前のお芝居ではなく、目の前に置いてある扇絵を写しているんです。その日のうちに声を掛け、もしやと思い春町さんの絵を一枚写させたら、寸分違わぬものをお出しになった。あたしは訊いたんです。『この画風を真似て、他の役者を描くことは出来ますか』と。そうしてあたしは、例の仕掛けを拵えたのです」

あたしはね、と蔦屋は切り出した。

「春町さんの絵を売り出したかった。でも、斎藤様の絵も、一緒に売り出したかったんです」

「それが、耕書堂の商法ですものね」

本を仕掛けるときに、実力ある者とない者、人気者と若手を組み合わせるのが蔦屋の商法だった。春町と斎藤の座組は、春町の実力を踏み台にし、斎藤を売り出すための方策でもあったのだろう。それは紛れもなく、版元、蔦屋の〝善意〟だった。

「絵を百枚近く描いてもらったのもそうでした。東洲斎写楽の名を、何としても斎藤様に引き継いでほしかった。鉄は熱いうちに打てと言うではありませぬか」

が、と蔦屋は言った。その声は重く響く。

「あのお方を、春町さんの身代わりとして世に出したのが間違いでした。斎藤様は斎藤様として世に出さねばならなかった」

喜右衛門は首を横に振り、返した。

「いや、そもそも、斎藤様は、世に出すべきお人ではなかった。あの方はきっと、版元が関わってはいけない絵描きだったのでしょう」

蔦屋は目を落とし、力なく頷いた。

沈黙が部屋の中に垂れ込めた。誰もが口を噤む中、酒を注ぎ直し、一気に呷った蝦蔵は、力強く膳の上に置いた。

「春町さんを墓の下から蘇らそうとしたのが一番の間違いだったのさ」

「かも、しれません。でも、あたしはそうしたかった」

うなだれる蔦屋の姿に、颯爽《さっそう》としたいつもの風はなかった。喜右衛門の目の前にいるのは、正答のない稼業に身を染め、無限にある間違いの一つに躓《つまず》いた、版元の主だった。

蔦屋は繕うような笑みを作る。見る者に痛々しさを覚えさせる、そんな顔だった。

「結局は、ある版元の失敗譚ですよ。手前の力で何でも出来る、昔の後悔をも買い戻せると慢心した版元の、ね」

喜右衛門は自分の不明を羞《は》じた。

これまで、蔦屋重三郎は、さも当然のように奇策を連発し、当たり前のように良い本を世に問い、颯爽と売り捌いていたのだとばかり思っていた。しかし、蔦屋も喜右衛門と同じように悩み苦しみ、泥臭く手数を積み上げ、本を作り、広め、売っていた。

喜右衛門が言葉を継げずにいると、蔦屋は続けた。

「でも、よい兆しもあります。仙鶴堂《せんかくどう》に犬の首が投げ入れられた事件、あったでしょう。あれは御公儀ではなく、倉橋様――小島家中の者の行ないなのです」

小島家中からすれば、恋川春町の一件は絶対に蒸し返されたくない汚点だったはずだ。警告のためだったのだろう。

蔦屋は続ける。

「この件で奉行所が動き回った様子はないのです。写楽の正体が春町さんだとは誰も気づいていないようです。あなた方を除いてね」

蔦屋の声は、表面上明るい。が、ところどころにひびが入っている。喜右衛門がなおも何も言わずにいると、蔦屋は続けた。

「鶴喜さん、歌麿、黙っていてはくれませんか。写楽はこの江戸の何処を探しても見つかりません。されど、本物の写楽の正体が明らかになれば、不利益を被《こうむ》る人がいる。あたしだけじゃない。そこな蝦蔵さんや春町さんのご子息様に累が及ぶ。この蔦屋、一生のお願いです。この件、黙っていてください。もし言うことを聞いてくださるなら、鶴喜さんにただで紙をお譲りしてもいい」

蔦屋は膳をどけ、額を畳につけた。

喜右衛門は黙りこくる。

様々な思いが泡のように弾け、口を塞いでいた。しかし、それらを脇に退《の》け、口を開く。

「今日のこの茶番は、売りたい絵のために一人の絵師を潰した自分の罪を、懺悔するために開いたってことですね。蔦屋さんのお言葉を借りれば、〝憧《あく》れ〟のもたらした闇を、清算なさりたかった」

歌麿は声を低くして喜右衛門の言葉の先を継いだ。

「おめえは、重荷を一人で下ろすつもりか」

蔦屋は何も言わなかった。ややあって、白い半衿と着物の黒衿を整え、口を開いた。

「そんなわけはないじゃないですか。これまであたしは数々の失敗をしてきましたし、恥もかいてきました。中には、取り返しの付かないことだってあります。春町先生の一件は、紛れもなくあたしの罪です。でも、罰を引き受けてでも、やりたいことがあった。その決断に、後悔はありません。たとえそれが、憧《あくが》れであっても」

実は、と蔦屋は言った。

「春町さんの絶筆を耕書堂《うち》が抱えています。こちらも、何としても世に出したい。でも、今は駄目です。もう少しほとぼりが冷めないことには。そのためにも、写楽の一件、隠し通したいんです。何より、春町さんのために。あんな面白いものを眠らせたままじゃ、あの世に行ったときに春町さんに怒られてしまう」

「そんな小さな穴埋めで、あの世の兄弟子に許しを請うつもりか」

歌麿の鋭い声に、蔦屋は否を述べた。

「許してもらえるはずもない。でも、あたしはそうするしかない。あたしは版元だから。泥を被っても、世間から笑われても、摺り物を出す。それが版元の仕事なんですから」

蔦屋の言葉はあくまで穏やかだった。だが、誰にも侵されない、巌《いわお》のような固さがあった。

「だから、今回の件、事を荒立ててくれるなと」

歌麿の問いに、蔦屋ははっきりと答えた。

「ええ、お願いします」

歌麿は思案の後、

「勝手にしろ。俺は黙る」

そっぽを向いた。歌麿の言葉からは、いつの間にか棘が消えている。

喜右衛門もしばらくして、答えた。

「あたしも黙ります。紙は実際の掛かり分、お支払いしますよ。じゃないと、うちの帳尻が合わなくなりますから」

優しい声が出たことに、喜右衛門自身、戸惑った。

「そうですか」

空虚に頷く蔦屋に、喜右衛門は声を掛けた。

「蔦屋さん、春町さんの絶筆があると言っておられましたね。ぜひ、よい本にして下さい。待ってます」

「鶴喜さんは手厳しい。口止めに値するものかどうか高みの見物ですか」

本物の写楽――恋川春町の絵を寛政六年時点に出す必要性はない。未公開の戯作と同じくほとぼりが冷めるのを待ってもよいはずだった。にも拘わらず、危険を冒し、出所を隠してまで版行した。

その理由について考えた。だが、喜右衛門にはたった一つしか解釈が見つからなかった。蔦屋は、闘っていた。恋川春町を死に追いやった御公儀を向こうに回し、版元の流儀で穿っていたのだ。

なぜか、心が浮き立ってならなかった。

喜右衛門は満面の笑みを作った。

「ええ。まだ、あなたから学びたいことは沢山ありますもので」

蝦蔵は、幾度となく手を叩いた。囃すような仕草だった。

「怖い同業者があったもんだ。歌舞伎は、いい役者同士が研鑽していい芝居を作る。江戸の版元も、捨てたもんじゃないね」

「まったくですね」

蔦屋は鼻にかかった声で、力なく呟いた。


蝦蔵や蔦屋、歌麿と別れ、江戸市中に戻った頃には、夜が明けていた。

店に戻るべきだった。だが、喜右衛門には、やらねばならないことが残っている。

その足で、四谷忍原横町《よつやおしはらよこちょう》の武家屋敷を訪ねた。奥の間に通されてすぐ、この家の主が現れる。

「こんなに朝早く来るとは、何かあったのか」

屋敷の主人、唐衣橘洲は不審げに喜右衛門を見やり、対座した。奥の間で見《まみ》えた橘洲は、黒染めの絹着物に仙台平《せんだいひら》の袴を合わせて腰に脇差を差す、折り目正しい武家装束に身を包んでいる。

夜を徹したせいで、喜右衛門の喉は掠れている。頭には酒精が残っていて、白粉の移り香も心配だった。

喜右衛門が無言でいると、橘洲は口を開いた。話の接ぎ穂を探そうとしているようだった。

「そういえば、聞いたぞ。正月売り出し用の紙が足りず、右往左往しておるとか」

あえて大仰に後ろ頭をかき、喜右衛門は道化を演じた。

「先生のお耳にも入ってしまいましたか。これはしたり。紙については手代に任せていたのですが、しくじってしまったようで。もちろん、手代のしくじりは主人のしくじりでございます。先ほどまで、紙の調達に走り回っておりましたが、なんとか、手に入る見通しとなりまして」

蔦屋から紙の調達を受けることになった。これで、憂いはない。

「そうか。よかったではないか」

「ええ、真に」

橘洲は、喜右衛門の顔を眺めている。何をしに来たのだ？　そう顔に書いてある。

喜右衛門は無表情のまま切り出した。

「橘洲先生より頼まれていた、本物の写楽について、調べがつきましてございます」

「おお、そうか」

顔に笑みを貼り付けていたが、橘洲の目には光が灯っていなかった。

やはりか。内心でそう呟きつつ、喜右衛門は殊更に明るい声を発した。

「まことに申し訳ございませぬ。本物の写楽云々は、手前の勘違いでございました。やはり、写楽は斎藤十郎兵衛様でした」

「そなたが言い出したのではないか。写楽が二人居ると」

「勘違いでございました」

喜右衛門は未練を断ち切るように重ねて強く述べ、続けた。

「写楽は間違いなく、斎藤様の筆名でございます。されど、あれは一時の霍乱《かくらん》、寛政六年の五月に咲いた徒花《あだばな》。写楽としての斎藤様は、あの五月で燃え尽きて仕舞われたのでございましょう」

「なるほど、のう」

今日、ここにやってきたのは、自分の想像が正しいのかどうかを確認するためだった。

この期《ご》に及んでも、逡巡した。踏み込むべきではない、そんな声が幾度となく耳元で囁かれる。だが、このままでは癪だった。

喜右衛門は、あえて口を滑らせた。

「なぜ先生は、手前を唆《そそのか》されたのでございましょうか」

「むう？」

「写楽は蔦屋が売り出した絵師でございます。写楽の肉筆画が欲しければ、蔦屋に頼んでしかるべきでしょう。蔦屋と付き合いがないとは言わせませぬ。橘洲先生の狂歌の手引き本『狂歌初心抄』は蔦屋の耕書堂から版行されております。――先生は、狂歌手引き書の版行を餌に、写楽の正体を手前に嗅ぎ回らせたのですね」

口を真一文字に結ぶ橘洲に構わず、喜右衛門は続ける。

「ときに、橘洲先生は、田安《たやす》家のお侍様でございますね。田安家といえば、かの松平定信公を生んだお家でございます」

ここからは手前の憶測でございます、と喜右衛門は慇懃に前置きをした。

「橘洲先生は、定信公、あるいは定信公に近い筋から、写楽について調べよと命じられたのではありませぬか」

淡々と言葉を重ねる。

「橘洲先生は、随分前から御公儀の意を受けて動いてらしたのでしょう。寛政二年に蔦屋の処で本を出したのも、蔦屋を監視するためだった。その次の年に、山東京伝《さんとうきょうでん》先生の手鎖と、蔦屋の重過料の罰が下されています。つまり」

「わしが、蔦屋と山東京伝を売った、と」

「左様でございます」

橋洲は無言だった。だが、観念したかのように目を伏せ、口を開いた。

「半分は当たりで、半分は外れぞ」

「どちらが当たりなのですか」

「写楽の正体を探るために、そなたを用いたことだ」

「何が、あったのですか」

橋洲は肩をすくめた。

「何ということもない。さるお上の役人が、写楽周りがきな臭いと言い出した。何でも、あの蔦屋が突然世に出した役者絵師、何か秘密があるのでは、とな。役人は動いた分だけ出世するものだ。それゆえ、どんなに眉唾でも、膨大な手間暇を用いて阿呆なことに血道を上げる。その挙げ句、わしに面倒事が持ち込まれた」

橋洲は柾目《まさめ》の天井を見上げ、大きな溜息をついた。

「わしは、やらされておるだけだ。本物の写楽なんぞいようがいまいが構わぬ。藪の蛇を突いて恋川春町や山東京伝のようなことになっては寝覚めが悪い」

喜右衛門の心の臓が高鳴った。橋洲が期するところあって春町の名を挙げたのか否か、判断がつかない。

橋洲は、喜右衛門にずいと顔を寄せた。

「念のため、聞く。写楽は猿楽師の斎藤十郎兵衛だった。これでよいのだな」

「……ええ」

出遅れながらも、はっきり、喜右衛門は答えた。嘘だ。しかし、蔦屋との約束があった。商人の約定《やくじょう》は海より深く山より高い。

喜右衛門の決然とした声を聞くと橘洲は満足げに頷き、軽やかに言った。

「そうか。ならばよし」

橘洲は、憑き物の落ちたかのような、素直な笑みを浮かべた。見て見ぬ振りをする。そう言っているかのようだった。少なくとも、喜右衛門にはそう聞こえた。

喜右衛門は額を畳にこすりつけた。

# ある記憶　四　寛政元年八月

蟬時雨が降り注ぐ中、蔦屋は、石造りの墓を見上げた。

かつて、蔦屋は赤と黒の青梅縞を好んで着た。しかし、写楽が毒を呷ってからというもの、黒地の着物に、弔い装束に用いるような白の半衿を合わせるようになった。

「先生」

蔦屋は内藤新宿の寺にある写楽――恋川春町の墓の前で肩を落とした。

「結局、先生がご存命のうちに役者絵を出すことが出来ませんでした」

市場がそれを許さない、政《まつりごと》が悪い、あまりに新しすぎる……。世に出さなかった言い訳を並べても、約束を反古にした事実は変わらない。

墓石の後ろで、白木同然の卒塔婆が風に揺れている。

蔦屋はぽつりと言う。

「後悔先に立たずと言います。真《まこと》のことですねえ。今にして思えば、もっと本気で先生の絵を形にするべく動けばよかった」

蔦屋の手元には六枚、写楽の絵が残っている。一揃いの続き物としての体裁は整っているものの、そのまま出すには、色々の支障があった。

「もう少し、絵を預かっていてもよろしいでしょうか」

蔦屋は墓石に語りかけた。

「今は機が悪い。先生も身を以てご承知のことでしょう。でもね、あたしはこのままには絶対にしませんよ」

蔦屋の声は、いつしか大きくなっていた。

「絶対に諦めません。大仕掛けを考えて、必ずや、先生の絵を形にして見せます。だから、あともう少しだけ、お待ちください」

蔦屋は気づいている。己の言葉に欺瞞が含まれていることに。

もちろん、写楽との約束もある。だが、蔦屋を突き動かすものは、もっと大きなお題目だった。それは、蔦屋が版元として過ごした中で培った、たった一つの信仰だった。

沢山作り、大いに売る。そうすることで、江戸を――世の中を変える。

胸の奥に鈍痛を覚えつつ、蔦屋は墓石に頭を下げた。

「また、来ます」

言い残したことがあった蔦屋は、付け加えた。

「先生、あたしは、先生の絵で、世の中を穿ってみようと思ってますよ。あの世にも聞こえるほどの大騒ぎにしますから、待っていてください」

蔦屋は踵を返し、歩き始めた。

墓場の卒塔婆が風に揺れ、かたかたと音を立てた。

# 終　寛政十年三月

鶴屋喜右衛門《つるやきえもん》は持参した木箱を差し出した。その箱を受け取った山東京伝《さんとうきょうでん》が、おもむろに紐の結び目をほどき、蓋を外すと、箱の中から饅頭が顔を覗かせた。

にんまりと笑いつつ、京伝は口を開いた。

「へえ、おみやげ持参とは、気が利くな」

「最近、通油町《とおりあぶらちょう》界隈《かいわい》で評判の店なんですよ」

なるほど、と手短に頷いた京伝は、よっこらしょ、と声を挙げて立ち上がり、奥から空の湯飲みを二つ持って戻った。店の端に置かれた火鉢に向かうと、鉄瓶を手に取って湯飲みに湯を差して元の場にどかりと座り直し、上がり框《かまち》に腰を下ろす喜右衛門に湯を勧めた。

「一緒に食べるかい。お前さん、昔から甘いものが好きだったものな」

「ではお言葉に甘えて」

京伝が一つ取り口に運んだのを見計らい、喜右衛門も饅頭に手を伸ばした。黒糖が練り込まれているのか皮が茶色く、一口で食べ切れるほどの大きさをしている。そんな饅頭を二つに割り、一方を口に運ぶ。僅かな苦みの後に小豆のぽくぽくとした食感が舌の上で踊る。甘いもの特有の喉が焼ける感覚はなく、最後まで小豆の素朴な香りが損なわれない。もう半かけも口に含み咀嚼した後、湯を啜った。

「なかなかだな」

京伝は目尻を緩め、しみじみと言った。

湯飲みを置くと、京伝は煙草盆の上にあった銀煙管《ぎせる》と磨き布を手に取り、そういえば、と切り出した。

「お内儀とのことは、落ち着いたらしいな」

喜右衛門は頭を垂れつつ、頭を下げた。

「伏せておりましたのに」

「摺師や彫師、他の版元からも聞いた。皆、心配してたぞ」

誰にも話していないはずだが、どこかから話が漏れたらしい。喜右衛門はばつの悪い思いに襲われる。しかし、くすぐったくもあった。

一年と数ヶ月前に起こったお辰《たつ》との夫婦喧嘩は、二人とも折れることがないまま平行線を辿り、お辰が実家に戻る、別宅に住む、江戸の親戚の元に身を寄せるといった様々な提案がなされては沙汰止みになってを繰り返した。どれも現実味が薄く、実現しなかっただけだ。その間、お辰とは別々の部屋で起居し、碌に言葉を交わすことなく過ごした。喜右衛門は、まずい、まずいとは思いながら、何もできないまま足踏みしていた。

あの頃を思い出し、喜右衛門は身震いする。

「店の者にも随分迷惑をかけましたよ。でも、気づいたこともあります」

「なんだ」

「やっぱり、手前どもは版元だったんですよ」

喜右衛門の取った原稿をお辰が校合《こうごう》し、差し戻す。赤字を通じたか細い往来が一年ほど続いた。

文のやりとりにも似た交流だった。そんなある日、どちらともなく声を掛け、今は、顔を合わせれば仕事の話をするくらいには関係が修復した。家業が二人のかすがいとなった恰好だった。

「元の鞘に収まったわけか」

喜右衛門はかぶりを振った。

「騙し騙し、無理矢理鞘に収めただけのこと。ところどころで悲鳴が上がってますよ」

喜右衛門は変わった。お辰もまた変わったのだろう。もしかすると、一生、二人がしっくりくることはないのかもしれない。許されたとは思っていない。諦められたのかもしれない。甘い夫婦生活など、元よりなかった。だが、お辰は少しずつ、歩み寄ってくれている。そのことが、ただただありがたかった。

京伝は腕を組んだ。

「すまぬ。刀と鞘に喩《たと》えたのは良くなかった。むしろ、そなたらは金継ぎの茶碗だな。一度割れてしまったのも事実。だが、金継ぎには金継ぎなりの美しさもある。歌麿《うたまろ》と晩年の蔦屋《つたや》の関係がそうだったようにな」

「かも、しれませんねえ」

写楽《しゃらく》の一件があってから、歌麿は蔦屋の耕書堂《こうしょどう》とよりを戻した。しかし、あの二人もまた、蜜月の関係には戻らなかった。歌麿は数ある版元の一つとして蔦屋を遇したが、蔦屋から版行される絵は、どこのものよりも力が入っていた。

寛政九年二月、蔦屋は突如倒れ、五月にこの世を去った。少し前にも横紙破りの版行——自著戯作の刊行——を行ない江戸を騒がせた直後だっただけに、突然の訃報には誰もが面食らった。

蔦屋がもう少し長生きしていたら、耕書堂の店先にはかつてのように歌麿の絵が山ほど並んでいたかもしれない。商売仇としては悪夢だが、一地本数寄《じほんずき》としては拝んでみたくもあった光景は、結局実現しなかった。

版元の世界にも、世代交代の波が迫っている。随分早い。あと数年、蔦屋の商法を学びたかった。が、往々にしてそんなものだ。時は、人の都合など関係無しに、ただ、粛々と流れゆく。

磨いていた銀煙管を棚に収め、京伝は言った。

「人間の心の綾は、戯作のようにはいかんということだ」

「戯作者の先生がそんなことを仰ってもいいんですか」

「喜坊《きいぼう》はわかってない。手前の人生が儘《まま》ならないから、どこにもいない人間の人生を描いて平仄《ひょうそく》を合わせて満足したふりをする生き物が戯作者なのさ」

だが、と京伝は付け加えた。

「平仄が整わぬからこそ立ち現れる妙味もある。蔦屋と歌麿はあれでよかったのだ。――願わくば、お前たち夫婦も、そうしたものになれるとよいな」

大戯作者、山東京伝の言葉だった。素直に頷いた。

京伝は、はたと手を叩いた。

「蔦屋と言えば、この正月に耕書堂から出た春町《はるまち》さんの本、読んだか」

「ええ、見事なもんでした」

寛政十年正月、恋川《こいかわ》春町の遺作『須臾之間方《ちょんのまほう》』が耕書堂から刊行された。仙人の使う仙術の種明かしを描いたもので、徹底して馬鹿馬鹿しく、顔をしかめたくなるほどに下品で、腹がよじれるほど笑える、あっけらかんとした滑稽本だった。だが、耕書堂が罰されることはなかった。お上にとっても、寛政の改革は過去のものとなったのだろう。

恋川春町の遺作を読み終えた喜右衛門は目頭を揉んだ。蔦屋は最後の最後まで有言実行の人だった。

「今日はどうした。仕事を頼みに来たわけではあるまい」

京伝に促された喜右衛門は、懐《ふところ》から絵扇を一つ取り出し、おもむろに広げた。

「これは？」

「斎藤十郎兵衛《さいとうじゅうろうべえ》様に描いて貰いました。最近描き上がりましてございます」

喜右衛門が差し出したのは、勝川春章《かつかわしゅんしょう》の描いた『初代中村仲蔵《なかむらなかぞう》の斧定九郎《おのさだくろう》』を写した絵扇だった。

よく描けている。線には様々な表情が籠もり、彩色も丁寧で、絵そのものに力がある。死の直前、初代中村仲蔵の斧定九郎が、客を一睨みした瞬間を切り取ったものだった。だが、あくまで勝川春章の写しだ。写楽画の風は影も形もない。

その絵を手に取り眺め、ほう、と声を上げた京伝は、顔を柔和に緩めた。

「こうしてみると、随分写楽と違うな」

「版元からすれば、値はありません」

扇面の絵には、他の絵師のように、人気者になりたい、絵師として天下を取りたい、金が欲しい、そんなぎらついた野心がまるでない。版元からすればまったくそそるもののない絵だった。

しかし、認めざるを得なかった。

「よい絵です」

眩しい。ただただ、憧れたものを写すその筆捌きは、祈りが形を持ったかのように鮮烈な輪郭線を描き、かつての名役者とかつての絵師の仕事を紙上に留めている。

京伝は絵扇を喜右衛門の前に置いた。

「お前の憧《あくが》れの果ては、この絵だったか」

心の奥底に刺さったままの小さな棘がちくりと痛んだ。それでも、努めて笑みを作った。

「ようやく、手前は写楽から足を洗えます」

「写楽は、もう、どこにもおらぬのだな」

軽く頷いた喜右衛門は、才について思った。才は花だ。盛りがあり、終わりの日がやってくる。押し花のように残し伝える技術《わざ》はある。が、摘みたての花にある芳醇な香りや感触は消え去る。版元とは、花の盛りを捉えて花卉《かき》を摘み、並べ売る仕事なのかもしれない。

とうの昔に失われた絵師の作を、蔦屋は何としても世に出そうとした。写楽――恋川春町の才を後世に残そうとしたその思いも、痛いほど理解ができる。

しかし、それは版元の思い上がりだ。

かつて山東京伝が、写楽をもう一度打ち出そうとした喜右衛門の目論みを咎めたことがあった。喜右衛門は最近、その意を理解した。

昔咲き誇った花は、思い出の中でこそ輝く。咲かせたところで無理が出るに決まっている。版元が――喜右衛門が――やるべきは、昔の花を狂い咲かせることではなく、新たな花の種を蒔くことだった。出版の最前で花を咲かせ続けた京伝だからこそ、古い花に囚われ続ける喜右衛門に危うさを覚えたのだろう。

古い花は心底で咲かせ、新たな花の糧とするべきだったのだ。

一切合切を飲み込み、喜右衛門は言った。

「儘ならぬことに、倦みもします。捨て鉢にもなります。されど、ここのところ、それすらも楽しまねばならぬと思うようになりました」

京伝は、ほう、と声を挙げた。

「しばらく見ないうちに、随分いい顔をするようになった」

京伝は斎藤十郎兵衛の絵扇を拾い上げ、

「それにしても、いい絵だ。無心、か。こうありたいものだ」

眩しいものを見るように、目をすがめた。

喜右衛門は首を横に振った。

「京伝先生は、そうなってはいけませんよ」

京伝は薄く笑った。

「そうだな。失言だった」

京伝の眺める斎藤の絵は誰も登ったことのない峻厳な孤峰のような山容を誇っている。誰にも媚びず、凛としているからこそ美しい。しかし喜右衛門は、作り手の憧れが積み重なり、それゆえに妖しく、ときに下品に咲く戯作者や浮世絵師の仕事にも、崇高な頂があると信じる。

勝川春章が先鞭をつけ、本物の写楽が大胆に用い、歌麿が世に広め、本物の写楽——恋川春町——に影響を受ける形で斎藤十郎兵衛が描いた大首絵は、昨今では歌川豊国《うたがわとよくに》やその弟子の歌川国政《くにまさ》などが取り組む様式となった。これからも、大首絵は版元の店先を彩ることだろう。

東洲斎《とうしゆうさい》写楽は十ヶ月の間だけ活動した新人役者絵師に過ぎない。程なく忘却の彼方に飲み込まれるはずだ。だが、筆で顕《あら》わした魂は、人々の記憶から忘れ去られてもなお、後進の絵に残り続ける。地本問屋の店先に並ぶ新作の浮世絵を手に取れば、恋川春町や斎藤十郎兵衛の息づかいに巡り会うことができるのだ。これに名をつけるなら、救いと呼ぶべきものだろう。

一方、版元の行ないは、絵や戯作よりも迂遠《うえん》だ。人と人とを繋いで作り上げた人間曼荼羅を用い、浮世全体を一枚の大きな絵とする行ないだった。その〝絵〟のあり方も、形を変え、画風よろしく版元に受け継がれていく。

しかし、その絵は商売っ気という名の邪心に支えられている。無心でできる行ないではない。愛でてもいい。だが、版元は、斎藤の頂に憧れてはいけない。今、喜右衛門はそう思っている。

喜右衛門は懐から『三代目大谷鬼次《おおたにおにじ》の江戸兵衛《えどべえ》』を取り出した。上手を睨む悪党は、虚空に手を押し出し、睨みを利かせている。

「いつか、あたしも」

江戸兵衛の身振りはまるで、喜右衛門の決意を後押しするかのようだった。

心の臓が、痛いほど高鳴る。胸を押さえた喜右衛門は、なけなしの勇気を振り絞って切り出した。

「今日ここに伺ったのは、新作をお願いするためだったんです。え？　ああ、子供向けの教養本はやめましょう。京伝先生には、是非、先生の顔になるお作を描いて頂きたく思っているんですがね……」

# 主な参考文献

山口　桂三郎〔編著〕『写楽の全貌』東京書籍
東武美術館〔編〕『大写楽展』東武美術館
中嶋　修『〈東洲斎写楽〉考証』彩流社
『喜多川歌麿』千葉市美術館
服部　幸雄『市川團十郎代々』講談社学術文庫
三谷　一馬『江戸吉原図聚』中公文庫
『日本の美術366　豊国と歌川派』至文堂
小林　忠　大久保　純一『浮世絵の鑑賞基礎知識』至文堂
今田　洋三『江戸の本屋さん：近代文化史の側面』平凡社ライブラリー
松木　寛『蔦屋重三郎：江戸芸術の演出者』講談社学術文庫

また、作家の高井忍先生に写楽団扇の存在をご教示いただきました。この場をお借りし、厚く御礼申し上げます。

**谷津矢車**（やつ・やぐるま）

一九八六年、東京都生まれ。二〇一二年に「蒲生の記」で歴史群像大賞の優秀賞を受賞。翌年『洛中洛外画狂伝　狩野永徳』でデビュー。一八年に『おもちゃ絵芳藤』で歴史時代作家クラブ賞の作品賞を受賞。他の作品に『廉太郎ノオト』『吉宗の星』『ええじゃないか』『ぼっけもん　最後の軍師　伊地知正治』『二月二十六日のサクリファイス』など。

※この作品は書き下ろしです。

---


# 憧《あくが》れ写楽《しゃらく》

二〇二四年十一月十日　第一刷発行

著者　谷津《やつ》矢車《やぐるま》

発行者　花田朋子

発行所　株式会社　文藝春秋
〒一〇二‐八〇〇八
東京都千代田区紀尾井町三番二十三号
電話　〇三‐三二六五‐一二一一

組版　萩原印刷

印刷所　精興社

製本所　加藤製本




---




ISBN978-4-16-391916-4